徳間文庫

妖草師

人斬り草

武内涼

目次

柿入道 5
若冲《じゃくちゅう》という男 99
夜の海 153
文覚《もんがく》の袈裟《けさ》 231
西町奉行 305
解説　高橋敏夫 389

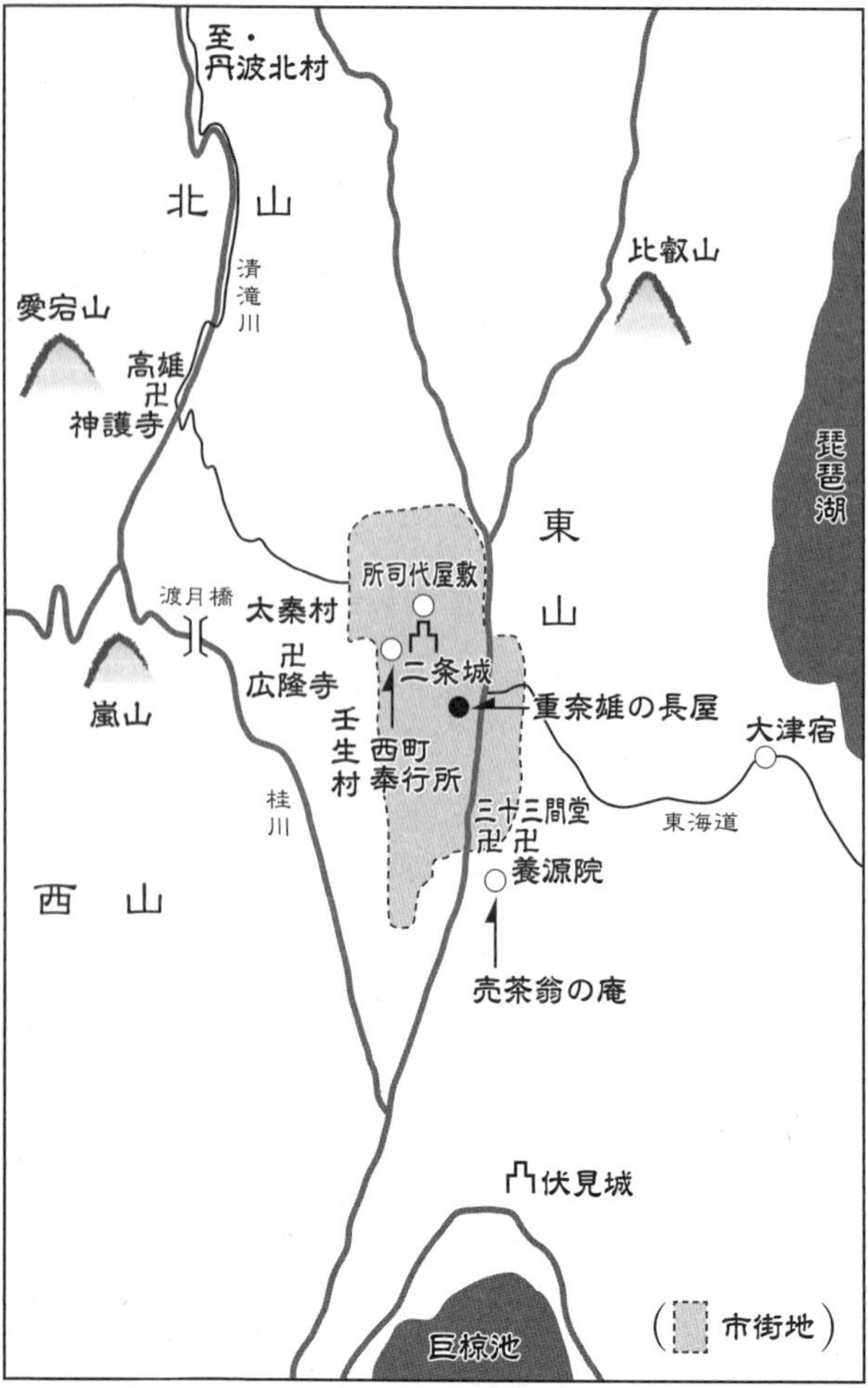
至・
丹波北村
北　山
清滝川
比叡山
愛宕山
高雄
神護寺
琵琶湖
東
山
所司代屋敷
渡月橋
太秦村
広隆寺
二条城
重奈雄の長屋
嵐山
壬生村
西町奉行所
大津宿
桂川
三十三間堂
養源院
東海道
西　山
売茶翁の庵
伏見城
巨椋池
市街地

洛中および周辺図

柿入道

一

養源院《ようげんいん》の門をくぐると、石畳の横に、涼しげな青紅葉《あおもみじ》が佇《たたず》んでいた。

宝暦《ほうれき》七年（一七五七）七月十八日。

今の暦で、九月初め。

暦の上では秋なのだけど、とてもそうとは思えぬ、都の暑熱《ねつ》を、健気《けなげ》な青紅葉どもは、頑張って吸収《すお》うとしている。しかし力およばず、ツクツクボウシが喧《かまびす》しい境内には、茹《う》だるような熱気が、重くかぶさっていた。

黄色をやさしく、やわらかくした、蒸栗色《むしぐりいろ》の地に、青い桔梗《ききょう》、銀色のススキが描かれた着物の椿《つばき》は、つと、振り返った。

父、滝坊舜海《たきのぼうしゅんかい》は、まだ門の下にいる。

法体《ほってい》の父の後ろには、三十三間堂《さんじゅうさんげんどう》がのっそりと横たわっていた。

父と共に歩くのが、椿は苦痛である。何故《なぜ》なら会話がほとんどない。花道家元である舜海は、花材をさがしに、よく東山や北山に入る。故に足腰は丈夫であるが、十八歳の椿が早足で歩くと、少し遅れる。会話が乏しいため、どうしても椿の足が、前へ出てしまう。

(お父はん……違《ちゃ》う、家元と、こないに話さんようになったのは、いつの頃からやろ?やっぱり先月違うかな。重奈雄《しげなお》はんと会ったら、あかんなんて……。家元がうちに、意地悪《いけず》しやはるさかい、うちの方から話しかけるゆうことが、なくなったんどす)

ふっくらとした頰が汗ばんだ椿。手にもつ花桶《はなおけ》が、何だか重く感じられた。

重奈雄というのは——庭田《にわた》重奈雄のことだ。

二十五歳。堺町《さかいまち》四条上《しじょうあが》ルで、草木の医者をいとなむ傍ら、妖草師《ようそうし》として都を守っている、風変りな人物だ。

妖草とは、常世《とこよ》と呼ばれる異界に芽吹き、時折、人の世にやってくる妖しの草である。こちら側に芽吹く時は、人間の心を苗床にし、様々な災いや、妖しの出来事のきっかけになる。妖草師とは、沢山の種類の妖草の特徴、駆逐法に通じ——遥《はる》か昔から人の世を守ってきた者たちなのだ。

そしてこの重奈雄と、椿は、幼馴染《おさななじみ》だった。

だが、先月、椿は重奈雄と、ある妖草が引き起す事件に巻き込まれ、一晩、滝坊邸に帰らず、父である家元舜海を、大いに心配させた……。その事件では、死者まで出、東町《ひがしまち》奉行所が捜査にのり出したほどだったから、舜海は、一人娘、椿と重奈雄が会うのを、固く禁ずるにいたったのである。

重奈雄はその後、江戸で生じた妖草と対決すべく、東に下っている。椿は重奈雄の実家、庭田家に人をやり、彼が無事に、もう少しで江戸の町を壊滅させる所だった妖異を収拾したのをつかんでいたが、以降の動静は知らぬ。順調に東海道を上ってくると、今日明日くらいに、帰京しそうなものだが……

(仮に重奈雄はんが、都にもどらはっても、うちは会えん)

舜海が重奈雄と会うのを禁じた直後、椿は致し方ない裁きと考えていた。だが、よくよく思案してみると……とても不公平な裁きである気がしてきた。何故なら、妖草は、人の世に災いをなす。混乱をなす。左様《さよう》な事態を、重奈雄、椿は、止めたのだ。

いわば舜海は……重奈雄と椿が守った平和な京に、暮しているのである。それをいささかも考慮せず、一方的に面会を禁じるというのは、成熟した大人の仕打ちだろうか——という思いが、椿の中でむくむくと大きくなってきたのである。

「椿、どうした？」

舜海が椿に追いついたのは、百日紅《さるすべり》の木の傍だった。百日も散らないという赤い花が、白っぽい土の上に、ほのかに紅色の影を落としている。考え事をしている内に、椿の足は、なまめいた百日紅の傍で止っていたのだ。

「何でもありまへん」

わざと、冷たく答える。父の方を見ようともしない。将軍家の花の師匠、幕府御華司《おはなつかさ》に任じられているせいで、京言葉を意図的につかわぬ舜海は、

「左様か。なら……良いのじゃ」

椿は、舜海に幾分冷たく接することで、舜海の方から、重奈雄との面会禁止を撤回させようとしていた。だが舜海は、椿の冷たい態度にわざと気づかぬふりをしつづけて、娘が望む方向に、自分が引っ張られないようにしていた。

左様な我慢比べが……ここしばらく、片時も休まずにおこなわれている。

赤く咲いた、幾本もの百日紅の、花を眺めながら、舜海もやはり娘の方を見ようともせず、

「のう椿。本日の茶会には、京都所司代・松平輝高《まつだいらてるたか》様、権大納言《ごんだいなごん》・庭田重熈《しげひろ》様、裏千家《うらせんけ》

の宗匠などがこられる。くれぐれも、作法からはずれたりせぬようにな」

庭田重熙は重奈雄の実兄で、一応、妖草師だった。重奈雄とは歳《とし》もはなれ、既に子が何人かいる。世代がはなれているのと、重熙が世の中の常識にがんじがらめにとらわれて、小さくまとまった人物であることの、二つの理由から、椿は、格別したしいというわけではない。

また重奈雄は故あって十六の時に庭田家から勘当されている。

椿は、言った。

「わかってます」

父親が取りつく島もない椿の答え方だった。

養源院の玄関に垂れ下った白幕に、黒く染められた葵《あおい》の御紋が、どんどん大きくなってくる。

養源院は、豊臣《とよとみ》時代——淀君《よどぎみ》が、亡父、浅井長政《あさいながまさ》と、長政の父、久政《ひさまさ》の菩提《ぼだい》を弔うため建てたのにはじまる。

豊臣が徳川《とくがわ》に滅ぼされ、江戸幕府ができた頃、養源院は焼失した。この寺を再興したのが、淀君の妹で、将軍・徳川秀忠《ひでただ》の妻だったお江《ごう》である。

再興時、本堂には、秀吉《ひでよし》の伏見《ふしみ》城の一部を移築した。

このため、当寺の天井には……関《せき》ヶ《が》原《はら》の前哨戦で、西軍の四万とも五万とも言われる大軍の前に全滅した、徳川方の伏見城守備隊、乃《すなわ》ち、鳥居元忠《とりいもとただ》隊、千八百人の血飛沫《ちしぶき》が……今ものこっている。

——血天井である。

徳川幕府が打ち立てられるために、武者たちが流した血の沁《し》み込んだ床板を、幕府は、豊臣ともゆかりが深く、京都朝廷のほど近くに建つこの寺に、もちいたのである。

また幕府は、養源院再興に当って、天下に名を知られた三人の男を、招聘《しょうへい》している。

絵画の鬼才、俵屋宗達《たわらやそうたつ》。

造園大名、小堀遠州《こぼりえんしゅう》。

彫刻の匠《たくみ》にして、天才大工、左甚五郎《ひだりじんごろう》。

故に養源院には、俵屋宗達が白象や唐獅子《からじし》を描いた杉戸や、小堀遠州作庭の、閑寂とした庭、左甚五郎の鶯《うぐいす》廊下などがある。

将軍家、豊家《ほうけ》と関《かかわ》りが深い寺で、きわめて格式が高い。したがって、町人や農民は参拝できない。この日は松平輝高が、将軍・家重《いえしげ》の代参をする予定だった。お参りの後、百日紅を愛《め》でつつ茶を喫したいとのことで、輝高と個人的にしたしい庭田重熈、舜海などの京の名士、特別に立ち入りが許された二人の豪商等《ら》が、まねかれていたのだ。

二人の供の者を外に待たせた、舜海、椿は、本堂に入った。

幽鬼がにじみ出てきそうな血天井を上に見つつ、宗達の杉戸に歩みよる。杉戸では、軟体動物的なやわらかさのある白象がゆっくりと闊歩《かっぽ》していた。

開かれた明り障子の向うに、緑に映えた百日紅の赤が在《あ》る、部屋に入ると、既に裏千家の宗匠がきていた。喧しいツクツクボウシの鳴き声がひびく中、二人は正座して挨拶《あいさつ》している。

養源院には茶室もあるが、本日は百日紅を愛でるのが目的なため、かなり広い座敷を会合につかう。

床の間の前に、舜海が立つ。舜海は椿がもつ花桶から、青い桔梗と白い男郎花《おとこえし》を取ると——鮮やかな手つきで花鋏《はなばさみ》をつかい、使い古した竹筒にさっと入れ、瞬《また》く間に、いかにも涼しげな茶花を仕立ててしまった。

「百日紅は今の季節の都をいろどる花どす。せやけど、百日紅の赤には、暑熱《あっさ》を掻《か》き立てるものがおます。

その百日紅から生じる暑熱を……二輪の桔梗と、一本の男郎花で、見事に鎮めはった。

いつ見ても、上品《こうと》な、滝坊殿の茶花どす」

茶の宗匠が、呟《つぶや》く。

茶席での花は、通常、茶人が生けるのだけど、花道滝坊の家元がこられるなら、是非そちらにお願いしたいという、裏千家側のたっての要望で、此度《こたび》は舜海が生けたのである。

しばらくすると、西陣《にしじん》の織物屋が一人、伏見の酒屋が一人、やってきた。

その後に、京都所司代・松平輝高と、権大納言・庭田重煕がきて、百日紅を愛でながら茶を喫する会がはじまった。

京都所司代・松平輝高は、上州高崎の藩主だ。知恵伊豆と言われた松平信綱《のぶつな》の子孫で、教養はありそうだが、胆力に乏しそうな、やや線の細い人物だった。三十代前半。まだまだ、若い。だが既に寺社奉行をつとめており……老中になるのは、ほぼ間違いないと噂《うわさ》されている。

権大納言・庭田重煕は、四十過ぎ。政治的には無色透明、中立という立場であった。というのも、この時代の朝廷は、上級貴族、老練な貴族は幕府、つまり京都所司代と距離が近く、下級貴族、若手の貴族は、帝《みかど》との距離が近かった。重煕はどちらの派閥にも属さず、中間の所で漂っているのだ。悪く言うと、日和見《ひよりみ》主義者なのかもしれぬが……重煕から自分だけは生きのこってやろうというような、ギラギラした感じは漂ってこないので、京都所司代とも昵懇《じっこん》だし、帝からも信任を受けているのだった。

重熈は細面《ほそおもて》で目が下に垂れた、人の良さそうな中年男性、彼の弟、二十五歳の重奈雄は、切れ長の瞳が鋭い、皮肉屋的な雰囲気の漂う若者だ。他人にあたえる印象は真逆なのだが、やはりそこは兄弟で、顔の骨格とか、唇の感じとか、似ている所もある。

椿は重熈を見ている内にどうしても重奈雄を思い出してしまった。

椿の瞳は、庭にむいている。まだ夏と言っていい青々とした庭で、赤い泡を掻き立てたが如《ごと》く咲き乱れる百日紅の華《はな》を眺めれば、楽しい気持ちになれるように思えた。

だが、百日紅では、胸に生じた痛みはなくならなかった。

と、

「ご住職、お顔色がすぐれぬような気がするのは、わしだけかの」

松平輝高が、言った。

養源院の住職が、

「……いえ」

椿は黒文字の楊枝《ようじ》で、甘い羊羹《ようかん》を切り、口に運んだ。たしかに丸々とした養源院の住職の顔が、青い。舜海も心配そうに、

「この前、お会いした時はお元気そうでしたのに……。何処《どこ》か、お悪いのですか?」

雪よりも白い眉をひそめて、訊《たず》ねた。自ら野山に入り、花材をさがす舜海の肌は、黒々と焼けている。髪はない。剃髪《ていはつ》している。

滝坊の家元は、五台院《ごだいいん》という寺の住持でもあるのだ。

まだ壮年の舜海だが、雪よりも白い眉の下の目は、眼光鋭い。この鋭くも知的な目で、真っ直ぐに見つめられて問われると——大抵の者から、本音が、引きずり出されてしまう。

養源院の住職が、答える。

「はい。十日ほど前からやろか? 何や、けったいな夢……見るようになりましてな」

——養源院の住職が見るようになった面妖な夢とは、次の如きものだった。

夢の舞台は、いつも住職の私室である。文机《ふみづくえ》にむかって写経などしていると、外から、

『おい俺だ。入るぞ』

という粗暴な声がする。障子が開き——青い肌の大入道が、入ってくる。

人間の肌が青くなったような色ではない。まるで、青大将みたいに、本格的に青い。身の丈は七尺(一尺は約三十センチ)もある。

これだけでも恐るべき化物だが、目と鼻がなく、大きく裂けた口が三つある。

一つ目の口は、人間の口がある位置で横に大きく裂けている。

二つ目の口は、人間の右頬から右眉にかけての位置に、縦にざっくり裂けている。ちなみに、眉もない。

最後に三つ目の口だが……丁度、人間の鼻から左目の位置に、斜めに大きく、開いていた。

『何や、お前は！』

夢の中で、住職が叫ぶと、

『俺は——』『庭の柿の木の』『精だ』

三つの口が、別々に蠢《うごめ》く。

『木の精言うたんか？……柿ん木の精が、どないなわけで出てきたんやっ？』

今度は三つの口が同時に動き、三重の厚みをおびた、不気味な声がした。

『俺を喰うな。実が熟しても、喰うな。——喰わないと約束しろ』

『………』

住持の前にぬっと立ったほとんど妖魔と言っていい青入道は、

『俺の実を喰った奴には、必ず祟《たた》りがある。必ず、死ぬ。わかったか？』

『わかった。喰わんさかい、なんしか帰れ。ええな？』

現実に青入道が目の前に立っていたら、養源院の住職はここまで強気でなかったかもしれない。だが夢の中の住職は強気であった。

すると――思いもよらぬ災難が、住職の身にふりかかった。

小突かれたのである。

物凄《ものすご》い力で。

奴は撫《な》でるような小力《こちから》で、住職の肩にふれたようだが、小突かれたこちらの体には、虎にのしかかられたら、これくらい凄《すさ》まじかろうという大衝撃が、走っている。

呻《うめ》き声と共に――住職の体は床に崩れ込んだ。

はっと目が覚めた住職。

灯火で自分の肩をたしかめた所、身の毛が逆立つほど冷たい怖れで、五体がふるえている。

青入道に小突かれたまさに同じ場所に……大きな青痣《あおあざ》が、浮き上がっていたのだ。

翌日夜。

やはり夢の中に、同じ青入道が、出てきた。

夢の中、また、自室で写経をしていると、

『おい俺だ。入るぞ』

表で、青入道の声がする。

住職は逃げようとしている。

青入道は庭に面した障子の向うに立っていて、住職の部屋には隣室に通ずる襖《ふすま》が、あった。この襖を音もなく開けて、奴から逃走しようとしたのだ。

なので……襖を開けた次の瞬間ほど、住職は夢の中で絶望した経験《ためし》は、ない。

竹林の七賢を描いた枯淡な襖の先に、世の中の禍々《まがまが》しさが凝集して一つの生命になったような、件《くだん》の青入道が、どんと立っていて、怪力で両肩をつかまれたのだから。

青入道に軽々とつかみ上げられた住職。

大口が三つ裂け、皮膚は青い面貌《めんぼう》に、ほとんどふれ合うというくらい、引きよせられ

『昨日の』『話の』『つづきだ』

『…………』

黙していると、腐った鱈子《たらこ》に似た唇どもが、同時に動き、

『熟した実が、秋に落ちたら、種を取れ』

『種を取るんやな。わかった』

『そして、その種を、お前の知人の、他の寺の僧や、商人《あきゅうど》、公家《くげ》などにくばれ。そして、庭に植えさせるんだ。わかったな？』

『…………』

無論、同意しかねる申し出だ。こんな気味悪い夢を見させる木の種を、知人に配布したら何が起るのか？　また、同様の悪夢を見させる木が……生えてくるのではないか。

住職は、

（ほうすっと……拙僧の知り合いの家にも、この縁起悪《げんくそわる》い木が……生えるん違《ちゃ》うか？　こんなしょうもない、化物ふえたら……それは、あきまへんやろ。拙僧の知り合いの家でも、青入道出て、沢山《せんど》同じことくり返されたら、何が起る？

――都中《みやこじゅう》、青入道だらけになってしまうやんか。

えらい怖いものにつかまっとるんやけど、ここは、仏につかえる者として、うなずいたらあかん）

きわめて理性的な判断が、住職の唇を、固く閉ざしている。

『おい、聞こえたのか？　実が熟したら、種をくばれ。お前の知り合いの庭に、俺を植えさせろ。さもないと……お前の身に、不吉なことが起きるぞ』

『………』

『おい。聞こえているのかよ? 住職』

青入道は三本の長い舌で、ぺろぺろと、住職の顔面を舐《な》めている。長い舌は……青紫色だった。そのザラザラした舌で舐めまくられた、住職の頬、額、鼻は、痛いような痒《かゆ》みが生じた。

そこで――目が覚めた。


青入道に舐められた所には、蕁麻疹《じんましん》に近い皮膚炎が生じ、以後、三日ほど鎮まらなかった。また強くつかまれた肩にも、当然、青痣ができている。

次の日にも、その次の日にも、奴は夢に現れた。

そして同じ要求――実を食べてはいけないというのと、種をできるだけ多くの知人に配れとの所望――が、なされた。

五日目には、住職は寝室ではなく、本堂に籠《こも》り、寝ずに本尊に祈ろうとするも、丑《うし》の初点(午前一時頃)辺りにどうにも眠くなり、うとうとしたとたん、青入道が夢に出て、水泡に帰した。

奴は、庭の柿の精を自称している。庭園にはたしかに、この木としか思えないという、古柿があった。

木を伐《き》ってしまえば、全ての悪は解決される気もしたが……実を食べたら祟る、種を人にくばらねば災いをなす、などと言ってくる木なのである。斧《おの》で伐り倒せば、何が起るかわからない。

故に、伐採ははばかられた。

さらに、はじめて妖夢を見てから六日目、驚くべき事実が、明らかになっている。

自分と同じく顔色が悪い、若い僧や稚児《ちご》、寺男などに訊ねると、皆、ここ数日——同じような夢に苦しめられているというのだ。

己一人なら、気鬱《きうつ》からくる、病かもしれぬ。また、偶然かもしれぬ。

だが、寺にいる全ての者が同じ悪夢にさいなまれているならば、それはもう、病でも偶然でもない。

庭園の柿の木に、たしかに、妖気がやどっているのだと考えられた。

住職の話が終った時——先程まで、夏同然の暑気が踏ん張っていた養源院の座敷は、凍《い》てつく冷気が、忍び入ったようになっていた。京都所司代・松平輝高も、滝坊舜海も、椿も、庭田重熈や他の人々も、皆一様に、氷の棒が背中に入ったような、面差《おもざ》しになっている。

住職が、

「本山に登りましてな……」

本山とは、延暦寺《えんりゃくじ》である。今は別の宗派だが、この頃の養源院は、天台宗だった。

「木の精ゆうもんを打ち負かす呪法《じゅほう》がないか、懸命にしらべました。せやけど、一向に見つかりまへん。

上様の御代参で、松平様が来やはる、その後、百日紅見ながら、お茶会をしやはる、これはもう先々から決っていたこっとす。

せやけど……柿の精は、今の所、夜しか現れまへん。わしらの夢の中に出て、実ぃ喰うな、種ぇくばれ、そん二つんことを、くり返し言《ゆ》うてくるだけどす。まさか昼間、お参りに来やはる方に、けったいな真似、しいひんやろ、こない思うて、木の精のこと、黙っていました。ほんまに、申し訳あらしまへん。堪忍しとくれやす」

しばし黙していた松平輝高が、

「しかし、これは………大変なことじゃぞ。当寺だけの問題ではすまぬぞ」

将軍家ゆかりの寺での怪異は、幕府の威信にかかわる問題だった。

「……はい。申し訳あらしまへん」

住職は、再び頭を下げている。

「いやいや、ご住職。頭を上げてくれ。そなたが悪いのではなく、その柿の精とやらが悪いゆえ。真に柿の精というものが、いるならの話じゃが……。

庭田様。貴方《あなた》様は、今の話、いかが思われます？」

京都所司代・松平輝高の方が、貧乏貴族、庭田重熈より遥かに絶大な権力を有するのだが……官位では、重熈が従一位《じゅいちい》、輝高が従四位下《じゅしいのげ》であった。

「そうですなぁ……」

重熈の渋面は、小さくかしげられていた。輝高は重熈の方に、身をのり出し、

「わしは、妖草なるものを見た覚えはないが、庭田様は、古《いにしえ》より綿々とつづく妖草師の家とか」

常世の植物、妖草は、滅多に人の世にはこない。

だから、妖草の認知度は――低い。

滝坊舜海、椿は、妖草の存在を信じ、重熈、重奈雄兄弟が妖草師であることも熟知している。

松平輝高は、仕事柄、京都の公家についていて精密にしらべているため、庭田家が妖草師で

あるのは、耳で知っていた。ただ、妖草を見た覚えはないので、妖草師というものについても、昔の公家がでっち上げたものではないのか、という思いが強い。

つまり、妖草師を知っているけど、信じてはいなかった。

そして、この部屋にいる他の者たちは――妖草なるものについて、全く知らなかった。

なので重熈は、まず妖草について簡単に説明した後、

「ただ、此度の怪異、妖草というより――妖木《ようぼく》がかかわっておる気が……いたしますなあ。皆さんは……タンコロリンというのを御存知であらしゃいますか？」

「タンコロリン？」

舜海の厳《いか》めしい目が、きょとんと、丸くなっている。

「柿の怪異です。

ある寺の小僧の許《もと》に、夜、男が現れましてな、自分の糞《くそ》を喰えと言う。ことわると、強く叱るので……仕方なく口に入れると、やけに美味であったという。

熟した柿の味がしたそうです。

また、さる女の許に、夜、顔の赤い男が現れ……尻をほじって喰ってみろと言う。そうしてみると、やはり甘く熟れた柿の味がしたそうな」

「…………」

重熙は、固唾《かたず》を呑んで聞き入る一同に語った。

「双方、実を取らずに捨ておいた柿の木が、化けたもので……自分を喰えというふうに、言う。さらに赤い顔だという。

今回の者は、タンコロリンに近いが、タンコロリンではない気がしますな……」

タンコロリンは自分を喰えというが、養源院の化け柿は、決して自分を喰うなと警告する。

タンコロリンは赤い顔だが、今、住職を悩ましている妖《あやかし》は青い顔だ。

再び鳴きはじめたツクツクボウシの喧騒《けんそう》が、青畳にしみ込む。

重熙が言った。

「ちょっと、見てみましょう」

その古柿の木は、山桃の大木の隣に生えていた。

深緑の葉が波濤《はとう》の如く生い茂る中に、果皮がやや白っぽくなった青柿が、たわわに実っている。ずっと上の方で、二匹のツクツクボウシが、交互に鳴いていた。

いくつもの罅《ひび》が、縦にも、横にも、幹に入っており、灰色がかった苔《こけ》が、そこかしこで、成育していた。

（……何の変哲もない柿や）

というのが、椿の率直な感想だ。

黄緑色のメジロが二羽、百日紅の花の方から飛んできて、古柿の枝先に止った。が、人が下にいて落ち着かなかったのだろう。

黄緑色の、動く影となって、空に飛び立つ。

と、

（何？）

その二羽のメジロがさっと飛び去った刹那《せつな》――悪寒《おかん》に似たものが、椿の五体を駆けめぐっている。

（………何やろ？　この感じ。そうか、これは――）

天眼通《てんがんつう》――古の妖草師がもっていたという、常世の植物《もの》を感知する能力。

（あれは、祇園《ぎおん》の神輿洗《みこしあら》いの日やった……）

祇園の神輿洗いの日、椿は、重奈雄と共に、復讐《ふくしゅう》のために妖草をもちいていた、さる尼僧の東山の巣窟《そうくつ》を突き止め、重奈雄を襲わんとした妖草を見切った。

その時、重奈雄は椿に、妖草を本能的に察する超常の力——天眼通があるのではないかと、指摘している。

(今、感じた妙な気分は……あの時と同じものやわ！　ほしたら、この柿の木は、常世の木ゆうこと?)

皆を、見まわす。柿の樹下にいる他の者たち——つまり、松平輝高とその家来、舜海や重熙、住職と茶の宗匠、二人の豪商、皆、さっきと寸分も変らぬ顔で、青柿を仰いでいる。

柿からたしかに放たれている妖気、いや、殺気は、椿にしかつたわらなかったのだ。

(だけど、間違いない。うわ……敵《かな》んっ！　嫌な感じが、えろう強まっとる気がする……)

夜に策動している、魔柿《まし》は、昼間、眠っているのかもしれない。

熟眠状態の所に、椿たちがきて、奴は目覚めた。覚醒《かくせい》と同時に、枝先の隅々まで、青柿の一つ一つまで、妖気が行き渡り——椿はそれを感じたのかもしれぬ。

椿は木の周りをうろうろし、扇をパタパタさせながら、何か面妖なものがないかあらためている重熙に近づき、

「庭田様」

「おお、何じゃ椿殿」

重熙の扇が、止る。

「ちょいええどすか?」

椿と重熙は皆とはなれ、サザンカの木の傍にきた。押し殺した声で、天眼通について語ると、重熙は目を丸くしている。

「天眼通とな……。重奈雄が、そう申したのか? ううむ…………なら、あの柿が妖木であるのは、間違いないかもしれん」

「あの、妖木ゆうんは、何どすか? 妖草が常世の草なら、妖木は……常世の木でっしゃろか?」

「椿殿。——炯眼《けいがん》であらしゃる。まさに、その通りじゃ」

重熙は言った。

「妖木は、妖草よりさらに闇淵《ふかみ》に茂ると言われる、常世の木じゃ。そして、妖草よりも恐るべき力をもつという。

さらに、妖草は常世から種子《しゅうじ》がきて、人の世に芽吹くのじゃが、妖木はもう一つ別のやり方で、人の世に現れることができる。

人の世の木が、年を経て、その地に渦巻く様々な情念を吸い——妖木になるのじゃ。

これを……妖木化と言う」

のじゃろう」

「うむ。あの柿は、古くから当寺にあるものゆえ、何らかのきっかけがあり、妖木化した
「妖木化？」

　椿は、

「どう倒せばええんどす？」

　皆に聞こえぬよう、小さな声で、重熙はささやいた。

「……わからん」

「えっ？」

　しーぃっと、急いで口に指をやった重熙は、

「妖草の種類や、刈り方は、天竺《てんじく》からつたわった妖草《ようそう》経《きょう》という書物に詳しい。

　この書物は、当家にある。

　しかし妖木は……妖木伝《ようぼくでん》という書物に、詳しいようなのじゃが……この妖木伝、南北朝の動乱で都が焼けた時に、うしなわれてしまったのじゃ」

「――」

　また大きな声が出そうになった椿の口を、重熙の扇がおさえる。

「妖木の倒し方がのっておる、妖木伝。この書物がなければ……いくら妖草師でも、どう

妖木と立ちむかってよいかわからぬ」

今まで、妖草師が妖木伝なしで何とかやってこられたのは、妖木が人界に、滅多に生じなかったからだと思われる……。

だが左様に大切な書物がうしなわれてしまったという話が椿にあたえた衝撃は大きい。

「…………」

愕然《がくぜん》とした椿を見、重熙が、小さく笑う。

「安心してくれい、椿殿。実はその妖木伝を、江戸に行った重奈雄が見つけたらしい。

──弟からの文に書いてあったのじゃよ」


紀州藩邸に生じた妖草を、妖草刈《くさか》りすべく、東に下った庭田重奈雄。

彼は、対立する妖草師が潜んでいた、江戸郊外の不動堂で、うしなわれた書物、妖木伝を見つけたのである──。

その重奈雄は、今日明日くらいには、京都にもどってくると考えられていた。

「ほな、重奈雄はんに、そんな本お借りになられはったら、よろしおすえ」

「…………うぅむ。そこが、問題なのじゃ」

椿が提案するも、重煕の面差しは、灰色に、硬い。

さすがに長話しているため、柿の木の傍にいる人たちが、どうしたのだろうという目で、見てくる。

重煕は益々《ますます》声を潜め、

「よいか？　弟、重奈雄は、当家を勘当された身。元々、あの者は世の中を斜に構えて見ておる所があったが……勘当の一件で、益々ひねくれた人物になってしまった気がする」

「……」

「わしが、妖木伝をかしてくれとたのんだ所で、素直に応じてくれるかどうか。何かきっと、条件を出してくる気がする。だがその条件が、わしには、読めぬ」

「ほな、うちが……」

言いかけた椿は、父、舜海の圧力で、重奈雄と会うのを固く禁じられているのを思い出した。が、椿の呟きを、重煕は聞き逃していない。

「おお、椿殿が言ってくれれば、あの者も応じるかもしれんのう」

嬉しそうな重煕だった。父までとどかぬ小声で、椿が、ささやく。

「庭田様のお役に立ちたいんは、やまやまどすねん。せやけど、うち、重奈雄はんに会うの、家元から固く禁じられとるんどす」

「それはわしの方から、上手《うま》く言ってあげよう」

さすがに心配になったのだろう。舜海が、こちらに歩いてくる。

「椿、何かあったのか？」

暑さにうなだれた庭木の青葉が、ツクツクボウシの喧騒で、ジリジリとあぶられる中、父はゆったりとやってきた。重煕が言った。

「滝坊殿、実はかくかくしかじかで、椿殿は天眼通という妖草妖木を見破る力をおもちでの。養源院の怪異を解決すべく、是非、ご助力をたまわりたいのじゃが」

舜海が厳しい眼差《まなざ》しで、一度、椿を見る。

「それはもう……。我が娘にできることでしたら、何でもお力添えさせます」

「心強いお答。痛み入ります。ついては…………重奈雄と共に働く形になると思うのじゃが、大丈夫かな？」

舜海の白眉が、ぴくりと蠢いた。ほのかな笑みが舜海の口元に浮かぶ。だがその双眸《そうぼう》は、いささかも笑っていない。

椿は何食わぬ顔でうつむいている。厳格な父がさだめた決りに、潰《つぶ》されそうになって、暗涙《あんるい》をこぼしかけた日が幾日かあった。だがここで喜びが顔に出るようだと、父は益々己の決りにこだわり……重奈雄と会う道は、完全にふさがれてしまうかもしれない。だから椿は、出《い》でようとする喜《き》の心を、抑えた。可憐《かれん》な唇を強く嚙《か》みしめ、足元の苔だけを見据えていた。

舜海が、言った。

「勿論《もちろん》……大丈夫です」

内心は小躍りしそうだったが、椿は、むずかしそうな顔を崩さずに佇みつづけるのに、成功している。

二

編笠《あみがさ》をかぶった女が三人、今日の宿は何処にしようと迷っている。女たちの傍らを、豆俵の車を引いた黒牛や、青と茶色の、棒縞《ぼうじま》の着物に、天秤棒《てんびんぼう》をかついだ男が、あわただしく通りすぎてゆく。

夕空の下に、下り坂があり、坂道が切れた果てに、柿色に染まった琵琶湖《びわこ》があった。

東海道。大津《おおつ》の宿。

養源院の怪異を滝坊椿が知った同じ日の暮れ、庭田重奈雄と、絵師、池大雅《いけのたいが》は、東海道大津宿までできた。

二人は、大富屋《おおとみや》という、かなり古びた木賃宿に入っている。

大雅は知恩院《ちおんいん》袋町《ふくろちょう》で待賈堂《たいかどう》なる扇屋をいとなむ傍ら、祇園の玄人《くろうと》筋がつかう煙草盆や、火鉢などに絵を描き、口を糊《のり》している売れない絵師だ。今年の四月、大雅の家に、妖草が生じ、重奈雄が解決したことから、二人の奇妙な縁《えにし》ははじまった。旅好きの大雅は、江戸に旅した経験もある。重奈雄が東国は不案内ということで、大雅は共に旅してきたのだった。

今日は、大雅が夕飯当番だ。

(鮒《ふな》の甘露煮、小芋の煮《たい》たん、飯、茄子《なす》の味噌汁《みそしる》……これだけつくれば、十分やろ)

長い東海道を上る旅。余程の名物でもなければ、二人は交替で飯をつくってきた。

貧乏人二人の旅路ゆえ……清潔な個室に通され、宿の者が夕飯を出してくれる、旅籠《はたご》などはつかわない。木賃宿専門だ。木賃宿では見知らぬ男女との相部屋が基本で、飯も、自炊せねばならぬのだ。

ただ大富屋の二階は、赤茶色い染みが浮き上がり、所々、すりむけたようになった襖が、いくつも並んでいた。

一応、個室が利用できる。

ただその個室は、三畳しかなく、畳も黄ばみを通りこして、くたびれ果てた茶色と化していたが。

大富屋の童女の手をかり、二人分の折敷《おしき》が、急階段の上へ上げられる。

ぼろぼろの襖が、開く。——庭田重奈雄は、黴臭《かびくさ》い三畳間に横になっていた。

「庭田はん。夕飯、できました。えらい鈍《どん》なことで、堪忍しとくりゃす」

「おお。待賈堂さん、ありがとう。甘露煮ですか？　いい匂いだ」

重奈雄は行灯《あんどん》の明りで、例の書物、妖木伝を読んでいたようである。歩いている時以外は、大雅が話しかけても上の空で、ほとんど憑《つ》かれたように読んでいると言ってよい。

二十五歳。

日焼けしにくい男だ。同じ日数、残暑にうなだれた東海道を上ってきた大雅は、黒く焼けているというのに、この男、白い肌が薄く赤らむ程度なのである。

切れ長の瞳は、あくまでも涼しく、相貌《そうぼう》は細い。年齢にしては、落ち着いた話し方をする人物だった。

二人は、質素な飯を実に美味《うま》そうに頬張りはじめた。

みりん、醬油《しょうゆ》などで煮込んだ鮒を、口にふくんだ大雅は、

「明日は、いよいよ都でんなあ」

「そうですな」

重奈雄の箸《はし》が、小芋にのびる。

「庭田はん、都にもどられたら、何《なん》をされます」

「……何だろう」

気のない重奈雄の答え方だった。――頭の中は、妖木伝で夢中なのだ。それが面白くない大雅は、少しすねたような表情で、勝手にしゃべっている。

「わしぃ、旅の途中に見た、けったいな人や獣、扇絵にしよう思うてます。その扇、売れるん違《ちゃ》うかな。ああ庭田はん、甘露煮は是非、ご飯と一緒に口に入れておくれやす。……そう、そうどす」

重奈雄が思い出したように、呟く。

「売茶翁《ばいさおう》をご存知かな?」

「知ってます。今は三十三間堂の近くに庵《いおり》ぃ構え、揮毫《きごう》をされとるとか」

売茶翁というのは――元は肥前《ひぜん》の人で、禅僧であった。京に住み、都大路で煎茶《せんちゃ》を立て、人生の教訓めいた一言と共に、売って暮していた。たしか八十をこす高齢で、今は売茶の業をやめ、主に揮毫をして暮しているというのを、大雅は知っている。揮毫というのは、寺院や草庵《そうあん》の額に、言葉を書くのである。

重奈雄は、語った。

「九年前のことです。庭田の家を出されたわたしは、雪の相国寺《しょうこくじ》の前で、行き倒れていましてな……。そこをたまたま通りかかった売茶翁から、熱い茶をいただき、蘇生《そせい》したわけです」

「おお、そないなこと、おましたんか」

はじめて聞く重奈雄の過去に、大雅の咽頭《のど》で、小芋がつまりそうになった。何か大きな悲しみがきっかけで、兄の金で放蕩《ほうとう》し、勘当されたというのは、朧《おぼろ》げに聞いている。

重奈雄は、

「ええ。草木の医者というのも、売茶翁がすすめてくれて、はじめたものでしてな……。恩人と言ってよい。大分、御年をめしているので、夏や初秋の暑熱、冬の寒さが心配なのです」

京都盆地は、夏は蒸し暑く、冬は背骨が凍ったかと思うくらい、冷え込む。

「だから、明日、家にかえる前に、売茶翁の庵を訪ねようと思っている。予定は、それくらいかな。後はもう、草木の病とか、いろいろと百出しているだろうから、流れがおもむくまま暮してゆくだけです」

「流れがおもむくままか……。何ちゅうか、庭田はんが言わはると、上品《こうと》でよろしおすわ。せやけど、わしが同じこと言うても……きっと、あきまへんわ」

「何を言われる」

「庭田はん。わしも、売茶翁に、是非お会いしたい。ご迷惑でなければ、是非」


明けて、七月十九日。京につくなり、二人の足は、住みなれた我が家でなく、三十三間堂南の、売茶翁の庵にむかっている。

だが売茶翁が留守だったため、重奈雄と大雅は、帰京の翌日、幻々庵《げんげんあん》というその庵を訪ねた。


故にその日、昼——滝坊椿が、堺町四条上ルにある、重奈雄の長屋にきた時、重奈雄の姿はなく、乞食のような身なりの男が酒を飲んでいるだけだった。

重奈雄の隣に住むその男、曾我蕭白《そがしょうはく》は、何故か重奈雄の部屋に上がり込み、蓬扇《ほうせん》と呼ばれる、風を起す妖草に吹かれながら、ちびりちびり酒をあおっていた。

「重奈雄？」

蕭白のぼさぼさ髪が、蓬《よもぎ》に似た体を上下動させて涼風を起す、蓬扇のせいで、わさわさと波打っている。どうしたわけか、重奈雄は絵師と縁深いらしく、蕭白もまた絵師だった。

ただ大雅が、仙境を清冽《せいれつ》な筆使いで描くのが得意なら、蕭白は、妖怪的な人物をグロテスクな色彩で表現するのが上手かった。

「椿殿、全くあの男は……本当にろくでもない！　やることは、ごろつきと同じじゃ。この蕭白を伊勢に置いてけぼりにして、江戸まで行ってしまうのじゃからっ」

先月、曾我蕭白は、重奈雄、大雅とつれ立って、東国に旅立った。しかし勢州《せいしゅう》で何かの厄介事が生じたため、蕭白だけがのこされ、後の二人は江戸へむかったようである。

「隙《すき》を突いて逃げ出さねば、俺は一生都へもどれなかったぞ。まあ……伊勢も楽しい所であったがのう」

蕭白が怒っているのか、感謝しているのかわからぬ面持《おもも》ちで、ひとり言《ご》つ。

椿は蕭白、大雅とも顔見知りだ。この男の絵が鬼気迫るものなのは、妖草師、庭田重奈雄の影響ではないかと、密《ひそ》かに思っていた。また蕭白がいくら悪口《あっこう》を垂れても、内心では重奈雄のことを好きなのを、ちゃんと知っている。

「ねえ蕭白はん。昨日、都にもどった重奈雄はんが、今日、何処へ行ったん？」

蕭白が答えた。

「何でも、売茶翁の所に行くとか言っておった。三十三間堂の南らしい」

「三十三間堂の南？　せやったら、養源院のすぐ近くや」

＊

宝暦の京の辰巳《たつみ》の端は——丁度、三十三間堂、養源院の南辺りである。

故に、養源院の道一本はさんだ南側は、蕪《かぶら》や大根の畑だったし、三十三間堂の南も、竹細工屋や、漬物屋などがいくつか並ぶ他は、化物みたいな竹藪《たけやぶ》がむさ苦しく、暴れ茂ったり、田んぼの稲穂が、黄色に熟れたりしていた。

売茶翁の住む幻々庵は、比較的たやすく見つかった。

元々、奇人として有名な人だったので……漬物屋の娘に訊《き》くと、すぐにわかったのだ。

教えられた器屋の角をまがると、椿、そして無理矢理つれてこられた蕭白の前に——畑の中の小径《こみち》が現れている。

蓼《たで》、そしてオオバコがびっしり生い茂る小径の左は、長い莢果《きょうか》が沢山垂れたササゲの畑、右は、秋茄子のこぢんまりした畑だ。

（あの、どんつきの庵が、幻々庵？　何か、お百姓の作業小屋に、そのまま住みついたような庵やな）

庵は、板屋根に、板壁。

裏手は、アラ樫《かし》やイチイ樫、竹にヤツデ、枇杷《びわ》とクヌギなどが猛然といきり立った、緑の荒海になっており、烏瓜《からすうり》の蔓《つる》が樹という樹にからみついていた。

また、庵の左手前には茶の木が二本、生えている。そして庵の丁度右側には、見上げるほど高いムクの樹があり、根元には、女陰《ほと》に似た穴が裂けていた。

穴の中には石仏が据えられているらしく、濃密な民間信仰の拠点になっているのか……米ののった皿、野の花、銭などが、樹の周りに散乱していた。そしてこの、養源院の柿よりずっと怪しげな、呪術的なムクの横に、「幻々庵」と墨書された板が、無造作に立てかけられてあった——。

「ここみたいやな、蕭白はん」

こほんと咳払《せきばら》いした椿は、

「お邪魔します」

蒸し暑い小屋の中に入った椿、すぐに重奈雄と大雅を見出《みいだ》している。

まず、売茶翁と思《おぼ》しき老人は、部屋の中央で、何もかけずに寝ていた。骸骨《がいこつ》のように痩《や》せた人で、大きく口を開け、木の枕に頭を寝かせている。真《まこと》に不謹慎な話だが、時折、ムニャムニャと口を動かさなければ、既に死んでしまった人に思えたろう。それくらい静かな寝姿であった。

そして、重奈雄と大雅はというと、売茶翁の脇に座し、扇を静かに振って風を送っているのだった。

椿、蕭白に気づいた重奈雄は、ほっそりとした指を、薄い唇に当てている。なので新しくきた二人は重奈雄たちの横に黙座した。

久しぶりに見る重奈雄に、大きな変化はない。草色の小袖を着ていて、思ったより日焼けしていない。江戸行が彼の外見に大いなる変容をおよぼしたり、内なる雰囲気に決定的な変質をおよぼした跡はなかった。椿は少し、安心した。

重奈雄の赤っぽい額は、部屋の蒸し暑さに、ほのかに汗ばんでいる。繊細な手が、規則正しく動き、小さな涼しい風が老翁に送られていた。老人の夢の中から、残暑が形になった、むさくるしい妖魔や、悪霊の類《たぐい》を、払いのけようとしているようだった。

椿は、どうして重奈雄は蓬扇を一鉢、ここにもってこないのだろうと思っている。

あれを一鉢、枕元に置いておけば、老人はいつだって快適に昼寝できるではないか……。

だが、きっと、売茶翁自身が、部屋に新しいものを置くのを、拒絶するのだろうという考えが浮かんだ。

極端に、ものが少ないのだ。

この家は。

所有するという概念が、この家の主《あるじ》は、嫌いなのかもしれぬ。

部屋の隅に、冬につかう布団と火鉢。

茶碗《ちゃわん》と、汁椀《しるわん》と、箸。

爪切り用の、和鋏《わばさみ》一つ。

行李《こうり》。

そして土間に、水桶と、竹箒《たけぼうき》が一本ある。

後は……無かった。多分、炊事は、近くの農家の婆さんにたのんでいるのだろう。何をもつか厳しいこだわりをもつ売茶翁の眼鏡に、夏に涼風を起す妖しの草は、かなわなかったと思われる。

と——売茶翁の目が、開いた。

大変高齢な売茶翁が、穏やかな眼差しで一同を見まわした後、呟いた。

「長い夢を見ておった」

「いかなる夢でした？」

重奈雄が訊ねると、

「……わすれたわ。重奈雄、この人たちは？」

「絵師、池大雅。同じく絵師の、曾我蕭白。この娘は、花道滝坊家の、椿と言います」

売茶翁の半身が、ゆっくりと起される。

「そうか。お前はたしか……」

「江戸に行っておりました」

　重奈雄は、包みを二つ、取り出した。

「東海道を上りながら……」

「いやいや重奈雄。土産《みやげ》などはいらぬよ。わしはなるたけ、ものをもたぬようにしておるのじゃ。茶道具じゃって、幾年か前、全部ぶっ壊して捨てたほどじゃからの。

　さらに、銭を出して買ったものを、人からもらわぬようにしておる。故に土産など結構、結構」

　歯がほとんどかけた売茶翁の、痩せた腕が、素早く横に振られている。声は小さいが、動作は大きい。

　重奈雄は言った。

「まず、左程《さほど》かさばるものではありませぬ。次に、銭を出して買ったわけでもない。一つは道端に生えていたのを、東海道で陰干ししつつ、もってきたもの。いま一つは、宿のものにもらったものです」

「……ふむ」

　売茶翁の温厚な眼差しが、椿にそそがれる。

「何という名前じゃったかな？　あんたは」

「椿どす」

「椿さん。わしは、御先々々前御代《ごだい》から、生きておるが…………元禄《げんろく》の頃から、どうも人が、銭金にとらわれて生きるようになった気がする。人が銭金をつかうのはよいが、銭金が人をつかうほど、悲しいことはない」

「…………」

「銭金とは、魔物じゃ」

「魔物どすか」

　椿がくり返すと、売茶翁は真剣な目でうなずいた。

「うむ。銭金に心の全てが占められた者は、平気で人を殺《あや》める。銭金がきっかけで、戦などが起きたりする。じゃが、元をただせば…………所詮《しょせん》、人がつくり出したものよ。そういう意味では……味噌や竹箒と一緒じゃよ」

　売茶翁はいかにも哀しげな瞳で、土間の竹箒を見つめ、頭《かぶり》を振った。

「いや。味噌や竹箒の方が、温かみのある連中かもしれんな。もっと儚《はかな》いもの……わしがさっき見ていた夢と同じくらい、儚いものかもしれぬ。

　そのようなものに……五体の全てが動かされ、一生の全部の時をあやつられてしまう人が出てくるのは、何とも……悲しい話じゃ」

四代将軍・家綱《いえつな》の頃から生きていると語る売茶翁。彼が生きてきた時の重みと、この庵の物体《もの》の少なさが合わさって、異様な説得力が醸《かも》されている気がする。

「わしは時折、銭というものが生れる前の世の中を夢想してみる……。

多分、人は、柿と大根を交換したり、桃と里芋を交換したりして、生きておったのじゃ。川の傍に暮す者は魚を捕り、山に住む者はフキや茸《きのこ》を採って、それらを交換して、すごしておったのよ。

今よりずっと、ものは少ない。

じゃが、それなりに……人は幸せに暮していたのではないか？

左様なことを考える内に、わしは銭で買うものを、なるたけ自分の庵からへらそうと考えた。勿論、銭そのものが無くなった方がいいとは思っておらん」

歯のかけた口が、一瞬、固く閉ざされる。また開き、

「わしとて、人の庵や寺などに揮毫して、銭をもらって生きておるでな……。

じゃが、あまりに銭金につかわれておる人が多い気がして、違う生き方もあるとつたえたくての。何の話からこうなってしまった？」

少年のように目を丸くした売茶翁が、重奈雄に問いかけた。ほのかに唇がほころんだ重

奈雄が、

「わたしの土産物が買ったものなのか、そうでないものなのかという話から、今の話につながりました」

「おお。そうじゃった、そうじゃった。銭金がからんでおるものじゃと、受け取れん。そうでないなら、喜んで受け取ろう。まあ……人にあげてしまうかもしれんが」

「大丈夫です。土産は二つありまして、一つ目は東海道沿いに生えていた延命草《えんめいそう》の陰干し。道端に生えていたのをつみ取り、陰干ししつつ、旅してまいりました」

重奈雄に相対するようにあぐらをかいた売茶翁は、小さく頭を下げている。

「……かたじけない。丁度、胃が、変じゃった」

延命草は――胃の薬になる。

「いま一つが、ムクゲの蕾《つぼみ》。浜松で下痢をした所……宿の主人が呑ませてくれました。すると、ぱたりと、下痢がおさまったのでございます」

「ほんまのことどす」

大雅が、保証する。

「この蕾を雑炊にまぜて食すと、あらゆる腹の不具合によいとか。多めにいただいたので、売茶翁にもと思い、持参いたしました」

「七日前に下痢をした所じゃ。ありがたくいただこう」

道でつんだ延命草の陰干しと、浜松の木賃宿の主がくれた、ムクゲの蕾を干したものが、売茶翁に贈られた。痩せた老人は、心からの嬉しさがにじんだ目を、針の如く細めていた。

「……ところで椿、どうしたのだ？」

重奈雄に問われた椿は、簡単にいきさつを説明している。

話が終ると、重奈雄は厳しい顔付きで、腕をくんだ。

「……ふむ。養源院に、妖木とな」

売茶翁は耳が遠いらしく、椿が小声で語ったため、いま一つ事情がわかっていない。

「せっかく、素晴らしい土産をとどけてくれたのじゃ。重奈雄、今日は烏瓜の花が咲くまでいてくれるの？

裏に、藪があろう。烏瓜の蔓がさかんに巻きついておる。夕方になると、白く、儚い、烏瓜の花が咲くのじゃ。まるで女人の魂のような、寂しい花がいくつも咲くのじゃ。茶道具も壊して何のもてなしもできぬゆえ……せめて、烏瓜の花だけは見ていってくれい」

無邪気な輝きを燃やした目で、椿にも一生懸命すすめてくる。そう言われると……繊細な情緒をもつ椿の胸の内では、一介の野の花にすぎぬ烏瓜の白花が——極楽の蓮《はちす》に匹敵する、幽玄な花のように、次々と咲きだした。だが、重奈雄が、

「売茶翁」

老翁の耳に口を近づけ、

「養源院に――妖しげな木があるとのこと。どうも、常世の植物《もの》である気がします。手早く片付けば、烏瓜の花見に参りますが……場合によっては、うかがえぬかもしれません」

「わかった。それなら仕方がない。気をつけるのじゃぞ」

「はい。ありがとうございます。では、椿」

立ち上がった重奈雄は、切れ長の瞳に青白い眼火を灯《とも》している。

「――早速、行ってみよう」


重奈雄、椿、「宗達の絵やと……。せっかくどっさかい、目の肥やしに、見ときたいもんや」と興奮する大雅と、「俺は宗達の絵より、宗達の絵を見た時の大雅の訳知り顔の方が、絵の肥やしになる気がする」と、嘯《うそぶ》く蕭白、計四人は、養源院の門を足早にくぐった――。

三

椿、二人の絵師、養源院の住職が固唾を呑んで見守る中、双眸を細めた重奈雄は、例の柿を仰いでいる。やがて、

「柿はこれだけですか？」

「はい」

住職の答を聞いた重奈雄は、慎重に境内を散策しはじめた。重奈雄の仕事ぶりが段々わかってきた椿は、今、寺内に——他の常世の植物が進出していないか、しらべているのだと、感じた。

百日紅が燃えるような赤い天蓋《てんがい》をつくった下で、重奈雄が立ち止る。

「椿」

「はい」

大雅と蕭白は少しはなれた所で住職の話を聞いていた。だから二人の近くには、シャガの葉の上でゆっくりと鎌を蠢かしている蟷螂《かまきり》や、灰褐色の山桃の樹皮で、鳴き出しの頃合いをはかっているツクツクボウシが、いるだけだった。

「祇園の神輿洗いの日以来だから、丁度、一月《ひとつき》くらいになるか」

「そうどす。……江戸ではえらい危ない目にあわれたとか。お兄様から聞いたさかい」

「うむ」

椿は、重奈雄が、紀州藩邸を壊滅させ、大江戸をも惨劇の渦に引き込みかねなかった、恐るべき妖異を撃退したのを、知っている。彼が行く道に、妖草妖木が茂っているだけなのか、それとも彼が――左様なものを引きつけてしまうのか、それはわからない。だが一つはっきりしているのは、安泰な暮しに守られている自分が、どうしたわけか、巨大な危うさと隣合せにある、この男の歩む道に――妖草妖木が茂る道に、引きつけられてしまうことだった。

重奈雄が、

「子供の頃……どんな人も、夏山の暗がりに魅せられた覚えがあろう。

名も知れぬ草どもの息吹がいくつも重なり合い、蔓草や、木の葉の一つ一つがささやき合っているような暗がりだ。棘《とげ》に刺され、蔓にからまれ、草の実がいっぱい体についても、すすむのを止《や》められない――。

どんどん、わけ入ってゆく。

その先に……夢で見た仙境に近き場所、妖しくも美しい花が咲き乱れているような場所が、あるような気がするからだ。

だが大抵の場合、そんな場所に出られない。どこまでも、どこまでもつづくかに思われた叢《くさむら》がふと途切れて——目の前が開けると、そこは、いつもの町や、村だったりするのさ」

重奈雄は人間の暗黒と対峙《たいじ》する者がいだく憂い、もしくは決意に似たものを、瞳に浮かべていた。

「——妖草師も同じなのかもしれない。俺たちは、俺たちの道の行きつく先に……何か美しいものをさがしているのかもしれぬ。だが大抵の場合、俺たちの前に立ちふさがるのは、人間の怖れや不安、悲しみや絶望、憎しみや嫉妬《しっと》が呼んだ、妖しの植物《もの》たちだ。子供が棘に刺されるように、妖草師が危ない目に遭うのは、仕方のないこと——」

言い終った重奈雄は、春のひだまりのような温かい顔で、ふっと笑った。だがすぐにいつもの冷静な面差しになり、

「さて、此度の仕事の話だ。椿、そなたには常世の植物を感じる力——天眼通があるかもしれん。どうだ？　この庭に他に気になる所はあるかな？」

東山から吹いた風が、晶々《しょうしょう》と小波《さざなみ》を立てる古池の横で、椿は頭《かぶり》を振った。

「俺も、そう思ったよ」

重奈雄の首が、縦に振られる。

庭田重奈雄や重熈のような、今の世の妖草師に天眼通はない。椿は……何故か、生得の天眼通をもつようだ。では椿が妖草師をやればいいのではという意見もあろうが、それは無理なのである。

何故なら椿は、漢文が読めない。妖草師になるには、無数の種類の妖草の特性、駆逐法がしるされた妖草経全十一巻を読まねばならない。妖木については、妖木伝を読まねばならぬ。これらは全て、相当むずかしい漢語でしるされていた。

では、わかりやすい仮名言葉にして、沢山刷って、妖草師自体をふやしたらいいのではないか、という考えもあろうが、そういうわけにもいかない。

常世の植物には——巨大な力をもつものがある。人の世に、災いを引き起すようなものもある。妖草師がふえて、巷間《こうかん》にこの知識があふれたら、何が起るだろう？

悪用する者が出てしまうかもしれない。

現に重奈雄は、妖草を復讐にもちいていた暗黒側の術者と、対決すべく、江戸に下ったのだ。

だから妖草についての知識は、この者なら大丈夫だという人に、師から弟子への継承という形で伝授されていた。

椿は重奈雄に、一昨日、一瞬妖気を感じた青柿から……今日は何も感じない、もしかしたら奴は眠っているのかもしれない、とつたえた。

小首をかしげた重奈雄は、風呂敷から枯葉色の古書を取り出している。

(妖木伝!)

表紙に、そう書かれていた。重奈雄は愛読している妖木伝を、片時もはなさずもち歩いているのだ。

重奈雄の手が、初めの方を開く。

「丁度、三つ目に書かれた妖木が、こ奴のことだったゆえ、すぐにわかった。外は暑いから、座敷で皆に話そう。まだ他の妖草妖木を呼んでいないようだが、早めに、処置せねばなるまい」

＊

妖草妖木には——常世から、仲間を呼ぶ習性がある。

「青《あお》タンコロリン……？」

呟いた住職。目が、丸くなっていた。

「ええ。タンコロリンは柿が熟れた頃現れ、赤い顔で、自分を食べろと言う。青タンコロリンは、まだ青柿の頃……青い顔で現れ、自分を食べるなと言う。また、種を方々にくばれと言う。言うことを聞かねば、災いをなすとも……」

「まさに当寺で出とる柿の精そのものや」

「いかなる災いを引き起すのじゃ？」

住職、蕭白が、口々に言う。

一昨日、茶会が開かれた百日紅の見える部屋で、重奈雄の話を聞いている。

重奈雄の目が、青タンコロリンについて書かれた、妖木伝中の文章を追う。

「但馬《たじま》のある男が、青タンコロリンの申し出を無視し、実が熟れてきた頃、家族全員で食べた。すると男の飼っていた牛が……全部死んだという」

「………」

妖草経、妖木伝は、天竺で書かれ、唐土《もろこし》と本朝で加筆されたものである。数は少ないが、中国と日本の事例も書かれている。

「奈良のある女が、実こそ喰わなかったものの、隣近所に種をくばれという青タンコロリンの申し出は無視した。熟れた実をもぎ、庭で焼いてしまったのだ。

すると……冬なのに雷《いかずち》が落ち、女に当った。女は……即死した。

まだ、ある。唐土の王の宮殿に、青タンコロリンが現れた……。王は実が熟れると、全てもぎ、隣国の王との宴に出してしまった。その二つの国では、疫病が蔓延《まんえん》し、千七百人もの死者が出たという」

不幸の木と呼ぶべき青タンコロリン。

青タンコロリンの申し出をつっぱねると、祟りがある。だが祟りを怖れて、種をくばってゆくと、災いをこうむるかもしれぬ人が、際限もなくふえてしまう。祟りは、いつ、いかなる形で、どれくらいの範囲の人に降りかかるか、全く予想できない。

とにかく、すみやかに、祟りを起さぬ形で青タンコロリンを駆逐するのが、もとめられていた。

「庭田はん」

大雅である。

「妖草は――人の心を苗床にして、こちら側に芽吹くと、前に言わはった。妖木もそこは、一緒どっしゃろ」

「ええ」

「ほら。思った通りでっせ。ほな……青タンコロリンは、いかなる心ぉ、苗床にして生じるもんなんやろ」

「斬られた者、滅ぼされた者の怨《うら》み。妖草妖木は、生きた人間の心で芽吹くだけではない。死んだ人間の気持ちに、呼応したりします」

怪談が苦手らしい大雅の体が、塩をかけられたナメクジみたいに、ちぢまる。

椿が訊ねた。

「幽霊ゆうこと？」

「幽霊とは少し違うな」

落ち着き払った様子の重奈雄は、温《ぬる》めの茶を軽くすすり、

「さっき血天井を見せていただいた。強い思いをいだいて死んだ者は、あの血の痕《あと》のように、目に見えない染みを、自分とゆかりの場所や、ゆかりのものにのこしていったりする。そこに、線や面としての意志はない。ただ、死の刹那の強い思いが、点としてあるだけだ。一つの思いが、染みとしてのこっているだけだから、怪談に出てくる幽霊の如く動きだしたりはしない」

雪のように冷静で澄んだ声が、部屋に淀《よど》む残暑の厳しさを、吸い込んでゆく。

「左様な、人の目には見えぬ、情念の染みと言うべきものが多い場所は、妖草妖木の種《しゅう》

子《じ》を引きつけやすい。また、そこに古くからある木が、妖木化したりする……。

養源院は、戦国の世に斬られ、滅ぼされた、多くの者の思いがつみ重なった場所。織田《おだ》に滅ぼされし、浅井《あさい》。

秀吉にこの寺をつくらせた淀君の胸中には、父だけでなく、まさに己の夫に越前北ノ庄《えちぜんきたのしょう》で滅ぼされた、母の姿だってあったかもしれない。

そして、徳川に滅ぼされた淀君自身と、豊家。

開府の人柱として、伏見城で散った……鳥居元忠隊。

左様な夥《おびただ》しい血が流れた上に、今の泰平がある。我らが泰平の有り難みを忘れ、その尊さを軽んじ、安逸と、腐った柿に似た甘い爛《ただ》れを一緒くたにしてしまったら、彼らは何と思うだろう？

幕府も当初、この寺にかかわる者たちの霊を怖れていた。今も、京都所司代が、将軍家の代参こそしている。

だが——外側の殻だけに、なっていませんか？　この寺にかかわる者が、どういう思いで滅んでいったか。……どれほど酷《むご》い時代であったか。その内側の心を、しっかりとつたえておるのでしょうか」

重奈雄は住職に問うた。住職の唇は固く結ばれたままだった。

「軽んじられている……いくつもの情念の染みがそう感じ、柿の老木に働きかけ……青タンコロリンが現れたのかもしれない。

実を喰うなというのは、俺を斬るな、わたしを殺すなという……死者たちの最後の叫び、悲痛な絶叫なのです。

種をくばれというのは……己の子孫をのこしたいという、燃え盛る城で滅んでいった一族の、壮絶な願いです。

ここを理解しないと、青タンコロリンは何度でも出てくる怖れがある。

妖木伝に書かれたやり方で、奴を退治してみせよう。だが、俺が倒しても、また青タンコロリンが出てきたら、元も子もない。故にご住職の方から、所司代に、今の話を是非つたえてほしいのです」

「庭田はん………今の調子で、是非、松平様に話しておくれやす。拙僧から言うより、貴方が言った方がええ。是非引き合わせますさかい」

重奈雄は、小さくうなずき、

「……わかりました」

その後、重奈雄の口から——青タンコロリンの駆逐法が語られている。それは、次のようなものであった。

青タンコロリンは、元々、生きたいと願っていたのに、その思いを途中で断絶された者の怨念《おんねん》が、基盤にある。殺められた者たちの、死の瞬間に感じた怒りが、底に在る。彼らは死してなお、生きたいと願っている。その念が他の者の念とまじり合い、長い歳月を経る内に、濃縮され……無関係な者を殺めてでも、生きたい、命在る者として世の中に出たいという、黒い願望に変ってゆく。

この黒い思念の塊が、種子となって、柿の木に働いて生じた妖木が、青タンコロリンなのだ。

したがって、青タンコロリンを倒すのは、尋常の伐採では不可能である。住職が直覚したように、伐採などしたら巨大な祟りが人々に降りかかる。

では、どうすればよいか。

青タンコロリンが出る夢の中で、討伐するしかない。

男の思念は女の声を、女の思念は男の声を聞きやすい。故に、深い絆《きずな》で結ばれた男一人女一人が同時に眠りにつく。同じ建物であれば、別の部屋でかまわない。

そして——同じ夢を見る。

あらかじめ、どういう場所で青タンコロリンに会うか、打合せしておき、そこを心に浮かべて、眠るわけだ。さて男眠者《みんしゃ》が海の夢で漂い、女眠者が山の夢に登ってしまったら、どうなるか？　彼らは別々の小さな夢で、青タンコロリンと遭遇するから、決して打ち勝てない。

二人に共通する、思い出の場所などを決めておき、夢の中のその場所で会い……共闘する形で、青タンコロリンと対峙せねばならぬ。

さて、では、どう、戦えばよいか。

妖木伝のその辺りの記述は非常に曖昧《あいまい》であった。

和訳すると――

命の尊さを、わからせよ……とだけ、書かれていた。

どういうふうに、青タンコロリンに、命の尊さをわからせたらいいのか、何の説明もない、とにかく、突き放した書き方なのだ。

一番大切な所で、男眠者、女眠者、個々の智恵と人生経験に期待するふうな、書き方なのだ。

長い思案の末、重奈雄は、男眠者は自分、女眠者は――

「椿。お願いできぬか？」

と、言ってきた。椿はわくわくしている。

「家元が何て言わはるかわかりまへんが、うちは、よろしおす」

椿がはきはきと答えると、重奈雄の相貌に不安の靄《もや》がかかった。

「椿。危ない目に遭うかもしれん。……本当に、大丈夫か？」

「大丈夫。大丈夫」

翌日夜、重奈雄と椿は、養源院に泊ることとなった。不測の事態にそなえ、庭田重熙、滝坊舜海も、養源院入りすると決った。さらに寺側から知らせを受けた京都所司代・松平輝高は、いまだ妖木について半信半疑であったが……

「将軍家ゆかりの養源院から、妖しの木が諸方に広まったなどという噂が起ってはまずい。わし自ら、事の顚末《てんまつ》を見に参ろう」

所司代が度々、養源院に詣《もう》でると、京 雀《きょうすずめ》の噂になってしまう。老臣一人、剣術にすぐれる若き高崎藩士五人をすぐった輝高は、お忍びで養源院へむかった。


凡俗の寺なら、所司代や舜海はこなかったと思われる。だが、場所が場所だけに、関係者の不安も大きく、大がかりな事態に進展している。つまり、重奈雄や、椿が、養源院でしくじって、己らが幕府に睨《にら》まれないだろうかという、灰色の憶測が、重熙や舜海の胸に、かなりの重みをもってのしかかり、彼らの足を養源院にむかわせてしまったのだ。

また大雅と蕭白も、夢でかの妖木を見、姿形を、後世に描きのこすべく、泊ることになった。


宝暦七年七月二十一日夜。

涼やかな鈴虫やコオロギの音《ね》が、障子の隙間からこぼれて、重奈雄の耳に入ってくる。

重奈雄は、養源院の住職の部屋で寝ていた。一人である。

襖一つへだてた隣の部屋に、椿がいて、椿の部屋と接する廊下には、舜海と滝坊家出入りの医者がひかえていた。彼らは、不寝《ねず》の番をする。もし椿に異変があれば、すぐに起し、診察するわけだ。勿論、重奈雄に異変が生じても、診《み》てくれるだろう。

恐ろしい力を有する青タンコロリンだけに、倒しにきた二人が、永遠《とわ》に夢界《むかい》にとめおかれることも、あるかもしれない。用心に用心を重ねた方がいいというのが重奈雄の意見だった。

昨夜も、住職の夢に登場した青タンコロリンは――

『俺を倒すために、人を呼んだろう。住職、いろいろと策動しているであろう』

と、より一層、激しい口調でまくし立てたというのだから。

また、少しはなれた別の部屋には、兄、重熈が寝ていた。

自分も、夢の中で、重奈雄、椿に合流し助太刀《すけだち》すると息巻いているが……重熈は重奈雄とも椿とも、格別したしいわけではない。本当に合流できるのか、はなはだ疑問であった。


重奈雄は苦戦している。

なかなか、寝つけぬのだ。

椿も同じようで、時折、寝返りを打つ気配がする。

(余計なことは考えるな。ただ、庭田の家の庭だけを思い浮かべるんだ)

幼い頃、庭田邸の庭で遊んだ記憶が、椿は濃厚だという。それならば、十六の時に勘当されたとはいえ、住み慣れた我が家である。心に描けぬはずはない。

二人は――夢で落ち合う場所を、庭田邸の庭に設定していた。

ひたすら、庭田の家を思い浮かべる。

苔の海に浮かぶ飛び石。夏、白い花から甘い香りを漂わせる梔子《くちなし》。梔子の傍にある柿の木。

不意に、布団が下に落っこちてゆく気がして――重奈雄は、眠りの淵《ふち》にいた。

（何処だ？　ここは）

土橋がかかっていて、奥に、堂がある。檜皮葺《ひわだぶき》の屋根で、シダや苔が青々と生えていた。

（草堂《そうどう》か）

妖草師、庭田家には草堂と呼ばれる堂があり、妖草経十一巻は、そこに保管されている。椿と待ち合わせした庭は、草堂と少しはなれた場所にある。

重奈雄はそちらに行こうとした。

すると、歩いてもいないのに——体が勝手にたゆたってゆく。足が地面についていないのに、まるで幽霊の如く、空間をすすんでゆくのだ。

夢の中にいる重奈雄。

椿は、すぐに見つかった。梔子の傍でしゃがんでいた。

一方、重奈雄だが、彼の半分は夢にひたり、のこり半分は何処か醒《さ》めた視座に立っていて、これが夢だとわかっている。

そして、醒めた重奈雄の半身は、

（この椿はどっちだろう？　妖木伝が言うように、俺と椿が、同じ夢を見ているのか？

それとも、この椿は、俺の心が見せる椿の幻にすぎないのか？）

と、疑った。

夢の庭に立つ重奈雄が、呼ばわる。

「おい椿。そこにいるのか?」

返答は、ない。

苔の緑海に似た庭に、椿は紫色の帯を重奈雄に見せる形で、しゃがんでいた。よく見ると椿の隣には、一枚の白布が置かれている。椿は布の上に、摘み取った草花を置いているようだった。

と——幾匹かの白い蝶《ちょう》、黄色い蝶が飛んで行ったのを合図に、信じられぬ出来事が起った。

季節を無視した百花が、椿の周りから芽吹き、急成長し、開花し、風にそよぎだしたのだ。

春のナズナ、つくし、菫《すみれ》、夏のアザミ、青紫の桔梗。秋の七草も——出てきた。黄色い女郎花《おみなえし》、薄紫の藤袴《ふじばかま》。冬の花、ツワブキまでも、黄色く佇んでいる。

それら沢山の花たちが、椿を起点に、渦を掻くように勢いよく広がってゆき、重奈雄があっと気づいた時には——庭全面が、世にも美しい花畑と化していたのだ。

それは人間世界の四季を軽々と超越した、花畑であった。

しかし椿は重奈雄が何度呼んでも答えない。

花の香りを指で撫でながら、桔梗や菫をそっと摘み取って、布に置いてゆく。透明な壁に守られているのか、こちらの声がとどかぬのだ。

と——次の刹那、青い風がどっと吹きよせて、庭の花たちが、激しくふるえている。文字通り、風が青い。青い煙が、重奈雄と椿めがけて、もうもうと押しよせてくる。

青い煙風《えんぷう》は、庭の柿の木の方からやってくるらしい。不思議なのは、椿が、この青煙に全く反応をしめさぬことだ。椿は、重奈雄が呼んでも、青き魔風が吹きよせても、いささかも動じない。ただひたすら楽しげに、花を摘み取っているのだった。

重奈雄の顔が、風上にむく。

「——」

(……何だ、これは)

庭田邸の柿が、ありえないほどの巨木になっている。東方の海にあるという、伝説の巨木、扶桑《ふそう》もかくやというばかりの、大樹なのだ。

樹冠は天に接していた……。天では青い雲が、怒濤となって流れている。実があった。青い。だが柿と言うより、青光りする髑髏《どくろ》に近い。柿の果皮に、しゃれこうべの模様がある、真桑瓜《まくわうり》大の果実なのだ。左様な実が、いくつもいくつも、ぶら下がっている。

そして、髑髏の鼻や口の所から、青煙がもうもうと出ていた。

天で吸った雲が、幹の中を下に流れ、青髑髏の鼻や口から、噴出されていると思われた。

樹の前に、まさに住職が言っていた青入道が立っていた。

(——青タンコロリンか)

のしのしと、青入道が近づいてくる。目鼻はなく、猛悪な牙《きば》が並んだ口だけが、三つある。三つの口が蠢き、

「おい！　誰だお前は？」

重奈雄は、微塵《みじん》も動ぜず、

「庭田重奈雄。妖草師」

青タンコロリンは至近の所まできた。

「俺の庭で、何してる？」

「いや、ここは俺の庭でもあるゆえ、立っていただけさ。この京の寺社、野、山、全て俺の庭のようなものさ。だからどこでどう動こうと、こちらの勝手であろう。それより青タンコロリン。お前はいつから……養源院を庭にしたのか？」

青タンコロリンは重奈雄の言葉を訝《いぶか》しむように、小さく首をかしげている。

「…………わからん。大分昔であった気もするし、つい最近だった気もする」

その肝心の所がわからぬのかと、言おうとした重奈雄の肩が、青い手で、強くつかまれ

る。激しい痛みが、指の先まで走った。恐ろしい力で押さえつけた重奈雄に、青タンコロリンは、

「とにかく、俺の周りをうろうろするな！　わかったか」

「青タンコロリン。まず、俺の話を聞け」

「えい！」

相手は話し合う気などないらしく、思い切り重奈雄を放り投げた——。

バタンと畳に打ちつけられた重奈雄の体が、はじかれたように跳ね起きる。

「…………」

闇が——万物を、黒に均一化している。重奈雄は世の中の光という光がうしなわれてしまったような気がした。

やがて目がなれてくると、障子から入る、ほのかに青い月明りと、黒々とした影になっている文机などがみとめられた。

住職の部屋と、知れた。

重奈雄の背中は、汗で濡《ぬ》れ、肩は、激しく痛む。青痣になるのでないかと思われた。

(奴はたしかに、きたのだ)

重奈雄の手は、己の肩を押さえている。

(だが、椿と連携できず、命の尊さを説く暇《いとま》など、なかった)

胸中で反省していると、椿が起きる気配があった。重奈雄は、襖の向うに、

「椿、起きたか?」

「うん。重奈雄はんは……」

閉ざされた襖の向うで椿の声がする。重奈雄は、言った。

「俺も今しがた起きた所だ。奴と、ぶつかり合った。だが、どうも駄目だった」

「うちは…………夢の中で、庭田の屋敷まで行ったのや。柿があって、梔子があった」

「…………」

喉が渇いたのか椿が水を飲む気配がした。飲み終ってから、

「ほしたら、沢山の花が、咲いてきたやんか……。春の菫の隣で、秋の藤袴が、夏のツユクサの隣で、冬のツワブキが咲いとる。これは、えろうめずらしい、摘んどかな思うたわ。そいで、うちは夢中になって、花ぁ摘んどったんや。

ほうすっと、何処からかうちを呼ぶ声がしたんどす」

「それはきっと、俺の声だ」

「そやったん? うち、誰の声か、わからへんかった。堪忍え。

重奈雄はんより先に、青タンコロリンがきたんかと思うたんや。せやから……気ぃつけな、あかん思うて、そのまま花ぁ摘んどったんどす……」

「青い風は？　青い風は吹かなかったか、椿」

「青い風？……そんなもん、吹かんかった」

椿の答を聞いた重奈雄は襖の向うで黙りこくっている。沈黙にたえかねた椿が、

「重奈雄はん？」

と呟くと、重奈雄は、

「途中まで、同じ夢だったようだな。しかし、途中から二つの道にわかれてしまったのだ」

この重奈雄の何気ない一言が……天啓にも似た大衝撃を、椿にあたえた。途中まで同じ夢を見ていたが、今は二つにわかれている……。椿と重奈雄の人生について物語っている言葉の如く、感じられたのである。

何故なら、椿は、幼い頃、ずっと重奈雄と隣合う道をすすんでゆくものだと思っていた。庭田家が御所の花飾りを命じられている関係で、両家の関りは、深かったのだ。だが次第に距離ができ、重奈雄が十六で勘当されると、滅多に会わなくなった。今年になって、池

大雅の家に出た妖草がきっかけとなり、二人は再会するも……滝坊舜海の厳禁によって、その交流は打ち砕かれている。

共に歩んでゆくと思われた重奈雄が、一人わけ入る道は――妖草妖木が横溢《おういつ》する道だ。――危険な道である。物質的な危うさだけではない。妖草妖木と向き合うというのは、人の心の闇と対峙することを意味する。憤怒、憎悪、絶望、嫉妬、佞姦《ねいかん》、常に、それら負の情念の傍近くを行かねばならぬ。重奈雄はそれが自分の宿命《さだめ》なのだと言う。そして彼の目標は……その暗い道の先に、「美しきもの」をさがすことなのだという。

重奈雄の言う「美しきもの」とは何なのか、椿は考えた。昨日から、ずっと考えてきた。今日、夕餉《ゆうげ》の精進《しょうじん》料理を胃に入れながら、はたと思いつく所があった。

もし人間の心が、負の情念だけで成り立っているなら、この世の中はとっくに、妖草妖木で溢《あふ》れ返っているはずである。

だが――そうなっていない。

ということは、人の心には――明るく、暖かく、正しい方向性のものが、たしかに在り、それらが在るゆえに、妖草妖木の繁殖が妨げられていると、考えられた。だとしたらそれらは何なのか？

この妖草妖木の領域の拡大をふせぐ方向の情念こそ、人間世界とは何なのかを解く「鍵」になり得るものでないかと、椿は考えた。重奈雄もまた、その鍵を追い求め、つかみ取らんがために、妖草妖木が溢れ返る道を、突きすすんでいるのではないかと、感じた。

一方で今、重奈雄と隣合う部屋で休む椿は、自分がすすむようさだめられた道についても、思案している。

重奈雄がわけ入る道が、常世の植物の道なら、椿が行くのは、人界の植物の道、人界の花の道である。今まで椿は、滝坊家に生れたから花を生けてきた。だが重奈雄から妖草師としての決意を聞かされた今、椿もまた、自分が何のために花の道を行くのか、花道家になった先に何が在るのかを、考えはじめていた。

重奈雄が、言う。

「椿……先程、夢の庭で、沢山の花が咲き乱れたのは、椿が思ったからに違いない。あの花は、奴に命の尊さを説く一助となるだろう。だから次も、是非そうしてくれ。

夢の中で、青タンコロリンを止めるしかない。椿……ここが正念場だ。奴を今止めなければ、ずっと広い範囲に災いがおよんでしまう」

「わかった」

闇につつまれた椿が、首肯する。襖の柄も見えぬほど暗いけど、重奈雄の声は、温度が感じられるほど近い。椿は少し、嬉しかった。だが一方で大いなる不安が、椿の内側でじわじわと浸透している。もし今宵、青タンコロリン退治にしくじれば、二度と重奈雄と会えなくなるのではないかという、心配だ。この不安は――椿を強くした。絶対に庭田邸を夢見、野の花で庭を埋め尽くし、青タンコロリンが出てきたら、一歩も退《ひ》かずに打ち勝つ、と決意させた。

いつの間にか、睡魔が瞼《まぶた》に忍び込んだ。急にうとうととなった椿は――一気に眠りの世界に、引き込まれている。

また、さっきの庭にいた。

庭田重奈雄が十六まで住み、今は重熙が当主として君臨する、あの屋敷の庭だ。まだ重奈雄はきていない。夢の中の椿は、少し手持無沙汰《ぶさた》の気分で――飛び石の上に立っていた。

と、声が、した。

「おい！　またきたのか」

振り返る椿。

青タンコロリンは、もうそこまできていた――。

恐ろしい三つの口が、別々に動き、

「猪口才《ちょこざい》な」「小娘めっ」「うぬらは何故、俺の邪魔をするのか！」

椿は叫ぶ間もなく、青い魔人に胸倉をつかまれている。いくら夢とはいえ、これほどの悪夢ははじめてであった。まず、胸倉をつかんでくる力が物凄い。次に、大きい。相手の体がだ。

七尺。

見上げるほどの大男で、重い肉の威圧が、暴の気を放ちつつ、漂っている。

鮫《さめ》に似た凶牙《きょうが》がびっしり並ぶ口が、横、縦、斜め、三つの方向に裂けた他は……青くのっぺりとした顔も相当、不気味であった。

叫ぼうにも、叫べない。体の何処かで声がつかえている。半分、夢だと知っているけど、半分は、現実の気がする椿は、がくがくとふるえ上がってしまった。

その時だった。

「おい！　青タンコロリン、その娘からはなれろ」

重奈雄の声がした。

(重奈雄はん)

重奈雄は、青タンコロリンの後ろに立ち、夢中で引っ張ろうとしている。だが、敵はびくともしない。

「重奈雄はん！　妖草を……」

椿が、野山の花を喚想すると、この夢の世界では、春夏秋冬の草花が――風にそよぎだした。であるならば、重奈雄が馴染《なじ》みの妖草を、心に浮かべたら、それらは出てくるのではないか。椿の思いは、重奈雄に通じたらしい。

「妖草・鉄棒蘭《てつぼうらん》！」

重奈雄が、叫ぶ。


すると、どうだろう？　一つの前触れとてなく、まるで奇術みたいに、唐突に、一本の妖草が重奈雄の掌に現れた。黒く、長い、鉄棒状の草で、見るからに硬そうだが、ぐにゃぐにゃと蠢いている。

妖草・鉄棒蘭――棒蘭という蘭科の着生植物がある。棒状で、多肉質の葉は、一見、茎のように見える。妖草・鉄棒蘭は、棒蘭よりずっと長く、太く、硬い黒色の草で、甲冑《かっちゅう》をもひしゃぐ、魔の硬度を有する。

妖草・鉄棒蘭は、庭田重奈雄を江戸まで下らせた闇の妖草師がもちいていた草で、重奈雄、椿は、散々手こずらされた覚えがある。

その鉄棒蘭が、今、夢の中に立つ重奈雄の掌に登場した――。

重奈雄は、鉄棒蘭に、青タンコロリンを後ろから叩くように命じた。

激しい一撃が、青タンコロリンの背にあたえられる。だが相手に目だった変化は見られない。

くすりと笑んだ、青タンコロリンは、

「他愛もない妖草の一、二本。蚊《か》に刺された程度の痛みしか覚えぬわっ」

さすが妖木と言うべきか……。傲然《ごうぜん》と、言い切っている。

重奈雄は、

「妖草・つちのこ草《ぐさ》！」

するともう、鉄棒蘭は何処かへ消え、別の妖草が重奈雄の手の中に現れた。

重奈雄が喚想し、呼び出した妖草は――蝮《まむし》草《ぐさ》に似ている。

水芭蕉《みずばしょう》や蝮草など里芋科の草は、仏炎苞《ぶつえんほう》と呼ばれる仏像の光背《こうはい》に似た筒にくるまれた奇《き》怪《かい》な花を、咲かせる。蝮草の花は暗い紫で白い筋が入る。

妖草・つちのこ草にも、妖しい仏炎苞があった。

蝮草のそれより遥かに丸っこくふくらんでいた。

膨満した蛇形妖怪、つちのこの如くふくれていた。

そんな仏炎苞の口を、青タンコロリンにむけ、

「おい青タンコロリン」

「何だ?」

「——?」

驚くべきことが、起っている。

青タンコロリンが椿から引きはがされ、重奈雄の方へ吹っ飛んでゆく。

西遊記《さいゆうき》には——紅葫蘆《こうころ》という、名を呼ばれ、応答した人を吸い込んでしまう、神通広大な瓢箪《ひょうたん》が登場する。

妖草・つちのこ草は——形は蝮草に、能力は紅葫蘆に似た、常世の草である。重奈雄は実見した覚えはなかったが妖草経でこの草について知っており形状《かたち》を思い描いたのだった。

さて、吸引される途中で青タンコロリンは、これが現実のつちのこ草でなく、重奈雄が夢想したものにすぎないと気づいた。するともうその時には、つちのこ草は消えている。

だが青タンコロリンは、重奈雄の大分近くまで引きよせられていた。両者がつかみ合いになる。重奈雄は青タンコロリンをかかえ込むような姿になり、思い切り投げ飛ばした。妖草はもうない。純粋に、重奈雄の二つの腕だけで、放り投げた。

青く恐ろしい入道は――腕力に乏しい重奈雄が投げたと思えぬくらい遠くへ、飛んでゆく。

椿は目を瞠《みは》った。

そしてすぐに、合点した。

ここは夢の中。必ずしも現実世界の腕力は反映せぬのだ。思いの強さが、ここでは腕力になる。

重奈雄は真剣な面差しで、さっとこちらにむき、

「早く四季の花を」

うなずいた椿の目が、閉ざされる。椿は心の中で百花を一気に思い浮かべた。

黄色いタンポポや、青い竜胆《りんどう》を、白い紙の上に置くような形で、一つ一つ思い浮かべたのではない。

――違う。

たとえば、椿は聖護院《しょうごいん》村の、聖護院大根が植わった畑と、畦道《あぜみち》を思い浮かべてみた。

向うに、苔むした萱葺《かやぶき》屋根が、ある。民屋《みんおく》だ。炊煙が上っている。手前に大根畑があり、春の畦道がまっすぐ伸びている。畦道から畑にむかって、雀やセキレイが幾羽かとことこと歩いてゆく。

その畦道には――白いナズナや、赤紫のホトケノザや、青いオオイヌノフグリや、若い蓬、赤くくたびれた葉で冬越ししたスイバなど、とにかく無数の種類の花や、草が、そよめいているのだった。

次に、椿は、初夏の洛北《らくほく》、深泥池《みどろがいけ》を思い浮かべてみた。ジュンサイの産地、深泥池。初夏には純白の三柏《みつがしわ》が咲き乱れる。蝦夷地《えぞち》や、本州中央の高峰群で見られる、いと珍しい花である。白い三柏の近くでは、やはり白いカキツバタや、紅《くれない》のトキソウが咲いていた……。

このように椿は一つの花を思い浮かべるのでなくいくつかの光景を心に描いた。一つの光景に十数種類の花が咲いていたから、六つか七つの光景を頭に並べただけで――百種の花が、胸の中で咲いたのである。

椿が、開眼する。

たまゆらの沈黙の後、土が呼吸するように、緑色にふくれ出し、あっという間に――さつきの花の渦巻きが現れた。

ナズナ、黄タンポポ、白花タンポポ、桔梗、女郎花、ススキ、藤袴、さらに元々、庭田邸にあったのとは別の……小ぶりな柿の木が現れた。

重奈雄が椿の傍に立つ。青タンコロリンが、猛進してくる。青タンコロリンは、初めこそ、苔の庭に物凄い勢いで広がる、花の群れを、驚きに打たれたような面持ちで見つめていたが、やがて思い直し、殺気を漲《みなぎ》らせながら、近づいてきた。しかし、歩けども、椿、重奈雄との間合いを詰められぬ。

苦戦している。

何故かと言うと……椿からくり出される豊饒《ほうじょう》な花の渦は、まわりながら、中心から遠ざかる動きを見せている。このため青タンコロリンは、歩こうにも、足が思わぬ方向に流れて、前進できず、同じ場所からほとんど移動できないというジレンマに陥ったのだ。

椿は、ある策を、思いついた。

幾本かの花を手折《たお》る。また、新しく登場した柿の、一番下の枝も、実ごと椿に手折られた。それは青柿ではなく、真っ赤に熟れた初冬の柿だった。それらを、手に、椿は、濡れ縁に上がっている。

ここは現実の庭田邸でなく、夢の中であるため、椿が念じただけで——誰も引いていない障子が、両側にさーっと開いた。

椿が座敷に入ると、苔庭を席巻していた花の渦は、一瞬で掻き消えている。すかさず青タンコロリンが、遮二無二《しゃにむに》突っ込んでくるも、重奈雄が濡れ縁の所で食い止める。両者は激しいつかみ合いになった。

争う気配を後ろに感じつつ、椿は座敷の奥へすすんでゆく。

花瓶があった。

椿は床の間の前に座すと、鋏がないかさがしている。と、もう次の瞬間には——花鋏が椿の手ににぎられていた。

椿は手早く鋏をつかい、摘んできた花材をととのえた。

ジョキジョキと切る音が、思いの外大きく、座敷内で轟《とどろ》く。やけに大きい音だ。家全体が歯ぎしりしているみたいだ。

と——

「斬るなっ！　斬るなぁぁっ」

後ろで、絶叫がした。青タンコロリンが叫んだのだ。

柿の枝に、鋏が入れられるのを、怖れているに違いない。重奈雄は、織田に滅ぼされし浅井、西軍に討たれた鳥居元忠隊、徳川に滅ぼされた豊臣……様々な死者たちの思いが、青タンコロリンを産んだと語った。彼らには、柿を切る鋏が、自分の体を斬らんとする刀に思えるようだ。

大きなためらいが、椿の内で巻き起る。

記憶の深層から、舜海の声が引き出された。

『椿。当家の立花《りっか》、生花《しょうか》につかってはならぬ草木が、いくつかある。まず、人が食べられる実のついた、草木。

蜜柑《みかん》、柚子《ゆず》、柿、栗、胡瓜《きゅうり》などを、実のついたまま、立てたり、生けたりしてはならぬ』

青タンコロリンは、柿枝に鋏を入れるなと嘆願し、父はそれを花瓶に立てるのを禁じている。

椿の鋏が、止る。

だが、突進しようとする青タンコロリンを食い止めている、重奈雄が、

「椿！　ためらうな。ここは夢の中。そなたが思うように、花瓶に生けてみよっ」

重奈雄の言に背中を押された椿の手が動く。柿に強く鋏を入れた椿。青タンコロリンが、叫ぶ。花材の形をととのえた椿の手は、微塵の迷いもなくてきぱき動き、現実世界ではあ

りえない生花を完成させた。

床の間で――四季が共演している。

春の白花タンポポ、夏の桔梗、秋のススキ、そして冬の表現者として、椿は滝坊では禁じられている材料をもちいた。

赤く熟れた実が一つだけぶら下がった柿。

農民たちは、畑の傍で鈴なりに実をつけた柿を、全ては収穫しない。

必ず、二つだけのこす。

もっとも天に近い所の実は、野鳥のために、もっとも地に近い所の実は、喉を渇かした旅人のために、わざともがずに、取っておく。

左様な情けを……もっていた。

椿の柿は、冬の田舎道で、旅人の手がとどく高さにポツンとのこされた、情けがつまった果実を、表現していた。

青タンコロリンが重奈雄を撥《は》ね飛ばす。椿のすぐ後ろまで、きた。

だが四季が小さく結晶化して、床の間に降り立った感のある、椿の生花に奴は手が出せないでいる。

青タンコロリンが言った。

「斬るなと申したのに、何故斬りつづけた？　どうして止めなかった？……斬るのが楽しいのか？」

「違います。うちかて、野や道の辺《べ》に楽しげに咲いとる花を手折る時、今、うちがこの花の命散らしてええんやろか……そない思うことが、あります」

「ではどうしてお前は、花を殺める？——鋏で斬る？」

椿は、

「大《いか》い町に住んどると、他の人ん中で、うちはどない見えとるんやろかとか……今、うちにどれくらいお金があり、いつくらいまで足りるんやろかとか……そないなことに夢中になります。

人の海ん中で泳ぎ、何を買うかて銭金が要るさかい、しょうがへんことどす。せやけど、人間の世の中は、人の力だけで動いとるわけでも、銭金で全てがはかれるわけでも——あらしまへん」

重奈雄に触発され、自分は何のために花の道を行くのだろうと考えながら、床についたからかもしれない。椿はすらすらとしゃべっていた。

「春の畦道の上を飛ぶ蜂《はち》や、夏の森でひらひら舞っとる蝶は——人が動かしとるものやありまへん。勝手に生きて、勝手に動いとるもんどす。春の次に、夏がくるのも同じや。

深泥池には、夏の初めに、雪のように白い三柏が仰山《ぎょうさん》、咲きます。この仰山咲いた三柏の見事さを…………何石《ごく》とか、何両とか、人が米や、銭を数えるやり方ではかれますか？


数えられまへん。そうやって数えては……あかんものや。

北山の金閣寺《きんかくじ》に、冬、雪が降ります。鳳凰《ほうおう》の翼の上、屋根の上、沢山の松の上、全て雪で白うなります。赤松石の上も、石灯籠《いしどうろう》の上も、小《ち》っさい春日社《かすがしゃ》の鳥居の上も、ふかふかの雪がつもっとる。

ほな訊きますが、この金閣につもった雪から漂う……尊さを…………銭にしたらいくらになりますの？」

青タンコロリンが黙していると、椿は、

「この世には、人が動かせんもん、動かしたらあかんもん、数えられんもんが、仰山あります。

子供でも分かる簡単なことや。

せやけど、どないなからくりがあるのか、わかりまへんが……大い町に住んどるとな、この簡単なことが、わからんようになってくる……。これがわからんようになってくると、どないなことが起るか？

人は元々………愚かな者や。せやから、この肝心な所がわからんようになると、後々考えた時、自分で自分がわからんほど愚かなことを、仕出かすんやないのか、うちはそう思います」

椿が嚙みしめるように、呟く。

「せやさかい、人は時々、思い出し、たしかめねばあかん。今、どの花が咲いていて、どの木に実がなっていて、季節がどないに動いとるかを……。

そこに――床の間に花を飾る意味があると、うちは思います」

毅然《きぜん》とした面差しで、振り返った椿は、ある異変に気づいた。

青タンコロリンが……心なしか小さくなっている。さっき、七尺くらいあった青タンコロリンだが、今は椿と同じくらいの身の丈なのだ。また、禍々しい牙も、若干、鋭利さがなくなり、人の歯に近づいてきたように見えた。

「そのために、花を殺めていいのか」

さっきより威勢の乏しくなった、青タンコロリンの声だった。

重奈雄は青タンコロリンの後ろに立っている。その重奈雄が、言う。

「たしかに、野の花を手折るのは殺生《せっしょう》。だが、その一本によって、多くの人に野の花の命の尊さを愛でてもらう。そこから、花だけではなく、鳥や獣、人の命の尊さにまで心をのばしてもらう。そのために、立花師は一本の花を手折る。そうだろう？　椿」

「……詭弁《きべん》を弄《ろう》されているような」

青タンコロリンの声は、益々か細くなっている。体もさらに縮小化していた。

「詭弁やありまへん。

一本の花を、手折る。これは目に見える世界でおこなった殺生や……。せやけど、座敷で立花や生花を見た人の心の中に……その花はのこる。のこらへんようなら、それはうちの腕の未熟がなせることどす。

心の中で咲いた花が、美しければ美しいほど、その人は――小さな者の命を大切にしてくれるはずや」

青タンコロリンは――猿くらいになってしまった。

「せやから、きっと……花を生ける、と言うんや。重奈雄はんが、自分の道を行く意味を知っとるように、うちも……それを考えねばあかんと思うたんや」

椿がうなずくと、青タンコロリンはまた小型化し、赤子程度の大きさになった。

重奈雄の手が、落ち着きなく首をまわす青タンコロリンの、小さな頭《こうべ》に置かれる。

「青タンコロリン。そなたら……戦国の世で倒れていった者たちの、魂の上に……今の世が在る。そのことを、我らは忘れてはならない。

そなたらの目から見れば、泰平のありがたみを忘れ、己の欲だけを追い求めている輩《やから》が跳梁跋扈《ちょうりょうばっこ》しているように、思えるのかもしれん。ただこれだけはわかってほしい。

この都一つとっても――左様な者ばかりではない。

たとえば椿は……春の畦道に咲く菫や、秋の地蔵の横に佇む、一輪の彼岸花《ひがんばな》の尊さを……少しでも多くの人につたえてゆきたいと願っている。そういう、良い娘さ。

俺は……。俺のことは、いいか。とにかく、この都すてたものではないと、俺は思っている。

だから青タンコロリン、もう少し長い目で見てくれぬか？

まだお前が出ずるには早い、宝暦の京だと思うのだよ……」

「…………」

重奈雄の手が、そっと青タンコロリンの頭を撫でる。椿も優しく青い頬を撫でている。

重奈雄が、問うた。

「秋に赤く熟れたら、食べても良いか？……そなたの思い……しかと噛みしめながら、食すゆえ」

「……是非食べてくれ」

疲れた声だ。百年以上、煮詰められた怨念に憔悴《しょうすい》したような小声。だが真にかすかに安堵《あんど》がにじんでいるように聞こえたのは、気のせいだったか。そんな小声がするや――

コロン。

何か青いものが一つ、畳に転がった。青柿だ。重奈雄が、ひろう。

そこで――全員の目が覚めた。

全員の、というのは、重奈雄と椿だけでなく、この夜、養源院にいた全ての人が、同じ夢を見たのである。

つまり、住職、寺僧、寺男。池大雅と、曾我蕭白と、庭田重熈。不寝《ねず》の番をしていたのに、急にうとうととしてしまった、滝坊舜海と医者。重熈や舜海の供の者。そして、松平輝高と六人の家来までもが――同じ夢を見たのだ。

また長い夢から覚めた時、重奈雄の手には、青い柿が一つにぎられていた……。翌朝、起きてきた人々が、しきりに驚き、重奈雄と椿をほめそやしたのは、言うまでもない。そして重奈雄は、朝餉の席で、一昨日住職に語った話を、京都所司代をふくむみんなにしている。

養源院の怪異は——この一夜以降ぱたりと止んだ。

四

「で、大雅、青タンコロリンは、ちゃんと描けそうかよ？」

蕭白の問いに、大雅は、

「そやな。わしは、青タンコロリンを、絵の左に、凡俗のタンコロリンを、絵の右に立たせよう思うとる。……ええ絵が描けそうや」

「——実は、わしもその構図でいこうと思っておった」

「何やと？　蕭白……お前……わしの構図……」

池大雅と曾我蕭白の手による、二通りの「青タンコロリン　及び　凡俗のタンコロリン図」は、残念ながら後世につたわってはいない。京都所司代に贈られて、幕末の動乱か何かでうしなわれてしまったのだろうか？　我らがその絵を見ることは叶《かな》わない。

「しかし重奈雄。滝坊殿のお怒りが解けたこと、重畳《ちょうじょう》であらしゃいましたのう」

重熈が、呟く。

妖草師の仕事は、妖草妖木が消えても終らない。妖木化していた例の青柿周辺の土を採取して、普通の土と違わぬかしらべたり、昨夜、妖気を失してただの柿になったと思われる例の木から、葉っぱを何枚か取り、昨日と様子が違わないかしらべたり、とにかく、いろいろ事後処理がある。

輝高たちと、滝坊家の者はさっき帰り、庭田兄弟と、二人の絵師は、まだ養源院にのこっていた。

門の所で輝高は、

『昨夜の妖しき夢で……妖草妖木というのが在ると、しっかりとわかった。庭田重奈雄殿、滝坊椿殿。……あっぱれな活躍にござった』

この京都所司代の賛辞がきいたのだろうか？

去り際に舜海は、古《いにしえ》の厳僧の、木像みたいに、きりっと鋭い目で重奈雄を見つめ、しばしの沈黙の後、口を開いた。

『庭田殿。昨日、同じ夢を見て、この滝坊舜海…………一つ貴殿にお詫《わ》びしなければならぬと、感じました。わしは、いつか、貴方が椿を危険な道に引き入れるゆえ、もう会わないでいただきたいとお願いしました。

じゃが、椿の夢を共に見て、気づかされたのは——椿は貴方と会う中で花の道の先に在るものを見据えようとした、ということでした。花の道の先に在るものを見据える……父として……これほど嬉しいことはない。

そこはこの舜海、心よりお詫びしたい。わしが間違えておりました』

舜海は娘の前で重奈雄に、深々と頭を下げている。

『またもう一つ、妖木の脅威を目《ま》の当りにした今、天眼通なる能力がある娘を、五台院に閉じ込め、貴方の助力をさせぬのは――天下安寧を思う時、問題がある、斯様《かよう》に考えました。

妖草妖木がまた世に出た時、どうぞ気兼ねなく娘をつかっていただきたい』

だが舜海からは、重奈雄と椿が無制限に会っていいというような、甘ったるい許しが出たわけではなかった。褐色に焼けた僧形《そうぎょう》の家元は、厳しい眼火を燃やしながら――つけくわえるのも忘れていない。

『ただ、娘もそろそろ婿を取らねばならぬ齢《よわい》。妙な噂が立つわけにゆかない。庭田殿の手に負えぬ妖草妖木が出た時にかぎる……という条件でよろしいですな？　それ以外の時は、花の道の修養に――専念させたいゆえ』

重奈雄と共に、青タンコロリンを倒し、何処か余裕に似たものが漂いだした椿は、そんな父に意見している。

『家元。うちはまだ、お婿はんのこと、よう考えられまへん。花の道……これは、一心に精進せねばすすめん道どす。まずはこの道をまっすぐに歩み、何かたしかなものをつかみ取ってからでなくては、他の物事は考えられまへん』

『………』

非の打ちどころがない正論だったため、舜海は曖昧に微笑し、うなずいただけだった。

滝坊一行が帰ってから四半刻《しはんとき》（約三十分）後、重奈雄たちは、のこった仕事をすませ、養源院を辞した。三十三間堂を左に見つつ、方広寺《ほうこうじ》の方へ歩きながら、重熙が言う。

「少し早いが、何か皆さんに夕餉でも馳走《ちそう》しようかのう。何が良い？　何でも好きなものを言って下され」

大雅の店の扇で、残暑を払っていた重奈雄が、

「おい兄上。大丈夫なのか？」

供は二人だけ、輿《こし》にも乗らず都を移動している重熙を、弟なりに心配してくれたようだ。

重熙は、しかめ面《つら》の弟に笑った。

「大丈夫じゃよ。そもそも当家の屋台骨がきしんでおるのは、そなたが、悪所などに通っ

たからじゃ」

「それを反省しているから……大丈夫なのかと、問うたのだが」

「大丈夫じゃ！　大丈夫。大雅殿は何がいい？」

「いや……わしは何でも」

「蕭白殿は？」

「霊山《りょうぜん》の、珠阿弥《しゅあみ》がいいですな」

大雅が、衣を引っ張るも、蕭白はつづける。

「高い所にあるゆえ、都中が見下ろせるとか」

「珠阿弥とは、正法寺《しょうほうじ》の塔頭《たっちゅう》の？」

「ええ、寺の塔頭なんじゃが、ほとんど料理屋と変りありません。魚も喰えます。

一度でいいから、都の町屋の海、二条城、方広寺……そういったものを、鯛《たい》など喰らいながら、全部見下ろしてみたいと思っていましてな。殿様気分と言うんですか？　別に殿様にあこがれはないが……彼らが、どんな気分で天下を見下ろしているか知るのも、悪くないでしょう」

「さすが絵師であらしゃる。この店のこれが食べたいというのではなく、食べる場所にこだわるのか……。重奈雄、大雅さん、そこで良いかな？」

と——重奈雄の草履《ぞうり》が止っている。

「いかん」

重奈雄は踵《きびす》を返した。

「売茶翁の所で、烏瓜の……白花が咲くのを見るのであった。兄上、蕭白、待賈堂さん、悪い。俺は幻々庵に行く」

「いや、庭田はんが来《き》ひんなら、わしも」

「ぬう……珠阿弥は今度にするかっ」

重奈雄に磁力でもあるのか、大雅、蕭白の体も、南にまわる。

「そういうことだ、兄上。また会おう」

「あっ、待て！　重奈雄」

重奈雄を酒に酔わせ、褒めちぎって得意の絶頂にさせ……妖木伝を謹呈させようと構想していた重熈が、懸命に叫ぶ。だが三人は、重熈の制止を振り切って——砂埃《すなぼこり》を上げて小さくなってしまった。

ふうっと小さな息がもれた重熈は、二人の青侍の真剣な眼差しに気づいた。珠阿弥につれて行ってくれるのでしょうか……という目であった。

「たわけっ。この状況で、どうして珠阿弥に行こうか？　今日はまっすぐ帰りますぞ」

失意の塊と化した二人の青侍と共に、重熈は、北へ歩きはじめた。

「美味い飯より……烏瓜の花か。全くお前は――」

苦笑いしつつも、少しだけ重奈雄が羨《うらや》ましそうな、重熈の横顔だった。

若冲《じゃくちゅう》という男

一

はじめて気づいたことがある。

キビの葉は、やわらかく、心地よい。

対して茎は、粗く、ざらついている、という事実だ。

絹に似たすべすべした肌触りの葉に対し、何故《なぜ》キビの茎は、かくも、人肌に、やさしくないのか……。

原因は繊毛だ。

葦《あし》に似た姿のキビ。

細身の茎に真っ白い繊毛がふわふわ生えている。真昼の日差しに照らされた、キビの繊毛は、白銀《しろがね》色の、人をうっとりさせる光を放つ。

見ている分には、美しい。

しかし繊毛どもには、相当なごわごわ感がある。

故に——キビ畑に入り何が一番厭《いと》わしいかと言ったらキビの曲者《くせもの》の茎が素肌に当る瞬間だ。

その事実を、胸くらいの高さまで伸びた、キビどもの間を歩む、滝坊椿は、はじめて、知った。

宝暦七年。

八月四日（今の暦で九月半ば）。

京の北、丹波《たんば》の山間《やまあい》、ずっしりと穂の垂れた、キビ畑の中だった。

十代後半の椿は、髪のほつれが気になりつつもキビの穂を、手に取り、

「なあ重奈雄はん」

ややふっくらとした白い顔を、前方の重奈雄にむける。

「こうやって見ると、キビって……稲よりも仰山《ぎょうさん》、実ぃつけとるんやけど……。キビの方が、稲よりも、世のため人のためになる作物《もの》の気がするんは、うちの気のせいなん？」

たしかに全て同じ方向にうなだれた柳か緑の滝に似たキビの穂にはぎっしりと実がつい

ている。まだ熟さぬ緑の実が、沢山。

「世のため、人のためか……」

庭田重奈雄も考えこんでいる。

聡慧《そうけい》な瞳が涼しい。

緑一色の小袖を着ていた。重奈雄は、枯草が目立つ頃から初春まで、茶色の衣ですごすが、後は、青草色の小袖姿だ。

京に暮す椿、重奈雄、両名とも、百姓仕事の経験は、ない。

と、

「キビは田ではなく、畑に育ちまっしゃろ」

この畑の持ち主、百姓の半二《はんじ》が、下は枯れ上はまだ青々としたキビの間を通って椿の所にもどってきた。黒く焼けた、顔の彫りが深い男だ。

「そやさかい水気が少ない。パサパサしとる。ご飯に炊けまへん」

「なら、どないして食べるん？　キビだけの場合」

椿が訊《たず》ねると、半二は、

「キビ粥《がゆ》ですわ。後は、キビ団子。あっ……キビ団子、今日——あの妙な草、刈らはった後で、食べてって下さい」

「キビだけの飯ではないが……米にキビを入れて炊く。なかなか美味だぞ。俺はよく食べる」

「重奈雄はんが？」

目を丸くした椿に重奈雄は笑いかけた。

「椿は……ないのか。まぁ……そうかもしれんな」

椿の父、滝坊舜海は――室町時代から綿々とつづく、花道・滝坊家の、当主だ。京坂《けいはん》の豪商層を中心に多数の門人を擁し、時には、関東の将軍の許《もと》に、花を立てに行くそう。

椿の家では、日に三度、白いご飯が出る。

飯に時々キビをまぜるという重奈雄と、米が一粒も入らないキビ粥をよく食す半二が、顔を見合わせる。仲間外れにされた気がした椿、八重歯で、下唇を噛《か》んで、

「何なん、その目。……嫌やわぁ。今、何かえらい嫌なもん感じたわ。二人の目に」

「椿。今日、我らは、丹波北村《きたむら》まで、遊びにきたわけではない。――妖草刈《くさか》りにきたのだ。専念してもらわねば、困る」

薄く微笑《ほほえ》んだまま、真剣な目で叱る、重奈雄の頭上で、赤トンボが二匹、飛んでいる。

養源院の一件で——舜海は、椿が重奈雄と共に、常世の植物がらみの案件を解決するのを、みとめざるを得なくなっていた……。

京都から北に、九里《り》（一里は約三・九キロ）。篠山《ささやま》藩領、北村、つまり今いる村には、普明寺《ふみょうじ》という寺がある。

普明寺の僧の紹介で、昨日、半二は、都にある重奈雄の長屋を訪れた。要件は田に出た妖しの草を見てほしいというもの。念には念を入れ、重奈雄は椿に助太刀《すけだち》を要請し、丹波にむかっている。

ついさっき、三人は、山深き北村に、到着。が、肝心の田を見る前に、椿が——村の入り口のキビ畑から不穏なる気配を感じ、

『では、そこからあらためよう』

重奈雄の一言でキビ畑にわけ入ったのだった……。

「こちらで間違いないのだな？」

重奈雄が、念を押す。

「うん。もう何間《げん》かすすんだ所から、妖草から漂うもやもやしたもんを……ビリビリ感じる」

人の胸くらいの高さで茂るキビ畑の中、椿は教えた。

重奈雄の首が、横に振られ、

「天眼通――人の世に侵入した、あらゆる妖草を、看破する能力《ちから》。古《いにしえ》の妖草師はその能力をもっていたが、今の妖草師は……その力を失してしまった」

椿は今の妖草師・重奈雄の自責の言を、愉快げに聞いている。ほこらしい気持ちで、

「重奈雄はんはもってへん力なんやけど……うちは、もっとる。そういうことやろ？」

「まだ、わからんがな」

「またそないな発言。もしこのキビ畑の中に、ええですか、妖草があったら、うちは、天眼通の持ち主」

「…………承知した」

彼の前に出ると素直になれないが、童女の頃、椿は重奈雄に、淡いあこがれを抱いていたと思う。

けれど故あって重奈雄は、十六の時、庭田邸から、放逐された。

（その後は……堺町四条の狭い長屋に住み、いろいろと、苦労しはったようや）

「あ、違《ちゃ》う。そっちやない。もう少し右。そう、そっちの方や」

椿は二人の男に指示した。前方、庭田重奈雄の背に、椿の瞳は、どうしても固着されてしまう。

（重奈雄はんかて…………十六まで、庭田邸で、白いお米のご飯ばかり食べてはったん、違うの？　嫌《かなん》なぁ、うちだけ……世間知らずみたいにあつかわれるの。そもそも、庭田家は公家《くげ》。滝坊は公家やない）

滝坊家は——下京《しもぎょう》、五台院の住持の家柄だ。

（茶道はなあ、将軍家につかえる同朋衆の中から生れ、庶民に広まったものや。滝坊の、花道は、逆。——町衆の中から生れたものや）

戦国時代——京都町衆は、真《まこと》にみじかい間であったが、民による自治を実現した。

その拠点は、上京《かみぎょう》の革堂《こうどう》など寺だった。

左様《さよう》な寺院は、町衆の会所であり文化の中心だった。

様々な芸人たちがつどい、声聞師《しょうもんじ》の千秋万歳、軽業師や手品師の奇抜な芸、白拍子《しらびょうし》の舞、手傀儡《てくぐつ》と呼ばれる者たちの巧みな操り人形が、一年中見られる空間だった。

——その自由の雰囲気の中から、生れたのが——立花《りっか》だ。

（京都町衆あっての滝坊の花道どす。父……家元は、いつも左様《さよ》に言わはります。町衆の中から生れた立花が、都に来やはる、巡礼さん通して、……六十余州に広まった。そして今、天皇さんも将軍さんも花立てはったり生けはったりするようになった）

椿はキビ畑を行く重奈雄の背をきっとにらみ、

（要するに——うちが、何言いたいか言《ゆ》うとなあ、うちが町方のことに通じてないみたいな言われ方されるのって、どうかとゆうこと。後、重奈雄はんが……たかだか十年、裏長屋に住んだはったくらいでさも民情に通じてますぅみたいな顔してはるのも、どうかと、思う、うちは）

重奈雄が——立ち止った。

「椿、この辺りかな？」

「……え？　あ、うん。もう少し先や。もう少し先から——嫌なもんがぞわーっとくる」

葦の葉に似たキビの青葉が、重奈雄と半二の腕で掻《か》きわけられる。

次の刹那《せつな》——二人の男の背に緊張が走るのを、椿はみとめた。

「どうしたん？」

「……あったな」

重奈雄が、言う。

「間違いない。——常世《とこよ》の草だ」

椿の心臓で粟粒《あわつぶ》がざわざわ立ってゆく。

本当に妖草があると聞いた椿は、さすがに緊張し前に踏み出せないでいる。

「大丈夫だよ。椿。人に害をおよぼす……妖草ではなかった。見てごらん」

月代《さかやき》が剃《そ》られておらず、髻《もとどり》だけ上へ突っ立った重奈雄の頭《こうべ》は、妖草にむいている。

桜桃《ゆすらうめ》に似た唇に、薄い笑みを浮かべた重奈雄が、振り返る。怜悧《れいり》な瞳を細め、

「大丈夫だ。椿」

不思議に強い説得力が重奈雄の声にはあった。椿の胸中から妖草への不安が、すーっと消えてゆく。

数知れぬコオロギと鈴虫の声の中、キビ畑を、前に踏み出してみる。

「——」

不思議なキビがあった。

他のキビより一回り大きく太い。穂が、いくつもある。

大体、二十。

凡俗のキビの穂は、稲よりも沢山の種がつくとはいえ、当然、一つだ。

しかし今、椿の眼前にあるキビからは、二十くらいの穂が、全方位に垂れ下がっている。穂は三層についていた。つまり茎の下側から、まず六つの穂が四方に下がり、その上にかぶさるように七つの穂が四方に下がり、最上層に六つか七つの緑の滝に似た穂がついていた。椿は、

「何やの……これ」

半二が、

「百姓三十幾年やっててはじめてや。こないなキビ……」

重奈雄が、言った。

「嘉禾《かか》。——常世のキビだ」

延喜式《えんぎしき》二十一巻に、云う。

嘉禾　或《あ》いは異なる畝に同じ穎《かい》、或いは孳《し》り連なる数穂……

古代朝廷の官製文書に、嘉禾は――祥瑞《しょうずい》として紹介されている。

「さわっても大丈夫なん?」

「さわっても大丈夫だし、食べてもよい」

椿と半二でさわさわと嘉禾の穂にふれてみる。穂が複数あるという一点を除き、嘉禾は、人の世のキビと何ら変らなかった。

「これ、どない働き、するんです?」

半二の問いに、

「よい働きしかしない。嘉禾があることによって他の常世の草が入りにくくなる。つまり、益はあれども、害はない、実に珍しい妖草です」

重奈雄は答えている。

半二の手が、嘉禾の穂からはなれる。日焼けした彫りの深い顔が村の方へむいた。そちらに、彼の田があるらしい。

「他の常世の草が、入りにくくなる……どのくらいの広さ、効き目があるんやろ?」

「少なくともこの村くらいは。何せ、古の朝廷の、文書《もんじょ》に記されている瑞草《ずいそう》ゆえ」

半二は、白いもののまじった眉をひそめ、

「では何で――わしの田に妙な草が出てきたんやろ？」

椿は重奈雄の瞳から冷光が放たれた気がした。

「――まずは、貴方《あなた》の田を見てみないことには。半二さんの田に出ているのは、妖草かもしれないし、ただ、この村の衆が名を知らん雑草なのかもしれない。

さて――嘉禾について。

瑞草ゆえ、そのままにしておくのをおすすめする」

淡々と説明する重奈雄の頭上を、シジュウカラや雀《すずめ》が、飛んでゆく。キビを食べにきたのだ。

「キビの取り入れと同時に、嘉禾も取り入れ、穂は……いつかのために、倉に取っておかれよ」

「そやったら殿様に献上します。篠山の殿様……厳しいお方やから、そないなめでたいもん採れたのに、黙ってたとわかったら……」

「――その辺のご判断、おまかせします」

重奈雄の瞳で、すっと眼火が燃えた。

「では、そろそろ……田に参りましょう」

キビ畑を出た所で、

「なあ重奈雄はん。これで、うちに、あの能力《ちから》がある証《あかし》になったやろ」

「………」

重奈雄は微笑を浮かべたまま答えない。

「何やの、その態度」

ぷーっとふくれ面になった椿の左前方に、金色《こんじき》の、稲浪《いななみ》が見えてきた。

取り入れを目前にひかえた黄金色《こがねいろ》の田んぼが風に吹かれている。

右前方には、白い花が一面に咲き乱れた、畑がある。

(蕎麦《そば》の花や。満開やな)

半二を先頭、重奈雄と椿が並ぶ形で、秋晴れの、里道を歩いている。

まっすぐの田舎道の先が、稲田と蕎麦畑。

そのさらに先に村が見えた。

里山の下方、なだらかな斜面に、民屋がかたまっており、一番低くなった所に、田畑があった。

里山の色は——全て違う。

つまり一番椿に近い村の裏山は、明るい緑。

その次に近い山は、深緑。

さらに奥山は、濃紺。

遠くの方の山は——空と同じ、青だった。


三人の頭上では数知れぬ赤トンボが飛んでいる。金色の稲田をのぞむ紅蓮《ぐれん》の彼岸花《ひがんばな》の叢《くさむら》と、可愛らしい地蔵の傍まできた重奈雄は、

「せっかく天がそなたにあたえた能力《ちから》なのだから、大切にせねばな。天眼通がある、あるとさかんに吹聴《ふいちょう》していると、天はその力を椿から奪うかもしれん」

椿はふくれ面のまま、

「つまり重奈雄はんは、うちに謙虚になれ……こう言いたいんやな?」

「まあ——そういうことだ」

ごく狭い水路に差しかかり、重奈雄と半二は、とんと、跳びこえた。

水路のこちら側に取りのこされた椿は、

「何だかなあ………」

「どうした?」

重奈雄は立ち止っている。椿がうつむいた水路は、浅い。

メダカどもが泳いでいる。水底の土から、田螺《たにし》の貝殻が、のぞき、水面《みなも》でアメンボが走っている。

「重奈雄はんと話しとるとなぁ、常に重奈雄はんは正しくて、うちはいつも間違えとるみたいな気持ちになってくる」

椿の眼下。アメンボはゆるい水の流れを半尺ほど流される。

すると、スス—ッと水上を走って、元いた場所にもどる。

この運動を永遠《とわ》に、くり返しているのであった。

知らず知らず水に行動を支配されているアメンボと、重奈雄の掌の上でころがされている気がする自分が重なって、何か文句を言おうとした刹那——椿の第六感がゾワリとふるえた。

遥《はる》か前方の田を指した椿は低い声で言った。

「ねえ、半二さんの田んぼって、あれやないの？」

「へえ。あの田です」

「……成程《なるほど》」

重奈雄は呟《つぶや》いている。

妖草師の視線の先、半二の稲田が、あった。

穂は黄色、葉は黄緑。

案山子《かかし》が、二つ。

だが何処《どこ》となく村の他の田に比して、元気がない。

半分くらいの稲が、他の稲にもたれるように萎《しお》れはじめている。

また、ちらほらと、下の方の葉が、紅葉している稲もある。

まるで――人を刺した刀の如《ごと》き不気味な血色に色づいているのであった。椿は黄葉ではなく、紅葉している稲など……はじめて見た気がした。

田の脇にしゃがんだ重奈雄は、稲の根元の雑草を注意深く観察している。

田の水は、抜かれていた。かつて水があった頃、大威張りであった浮き草が、塵芥《じんかい》のように泥土に付着している。

そうした土にオモダカや小水葱《こなぎ》がみずみずしく茂っている。

双方、雑草だ。

が……ある一種の草が生えている傍だけ、強靭《きょうじん》な生命力のオモダカや、卵形のぷりぷりした小水葱の葉が、夥《おびただ》しく、枯れている。

またその草の近くの稲も、元気がない。重奈雄が、

「半二殿。この草ですな」

「へえ」

それは——茶の葉に、実に細かい銀のブチが入った、「オモダカ」だった。

オモダカ——水田、溜池《ためいけ》によく出現する抽《ちゅう》水《すい》植物で、ひょろりと長い茎の上に、面白い形の葉がついている。

狐《きつね》を絵に描く。

多くの人が二つの三角形の耳の下に細長い顔を描くのではないか。

オモダカの葉は、丁度その、記号化された狐の顔に酷似している。この季節のオモダカは、細い茎に比べ、いささか大きすぎる、緑の球体の実を、沢山つけている。

ちなみに秋になると地中に芋をつくるオモダカ。

この芋が、喰えるように、改良されたのが、野菜の慈姑《くわい》で、椿の大好物だった。

さて……今、半二の田には、緑色の普通のオモダカと、椿がはじめて見る、茶色に、銀

ブチ入りのオモダカ、二つが生えている。そして茶銀のオモダカの周りでは、緑のオモダカが黄色く枯れている。

「この草ぁ抜こうとすると手がかぶれるのや。そいで普明寺の坊さんに相談しましたらなあ、庭田はん、紹介されたわけや」

半二が話し終えると、重奈雄は首肯した。

「椿、何でもいい。何か長いものをもってきてくれぬか」

田の脇に篠竹《しのだけ》の竿《さお》が、何本か置いてある。それを重奈雄の許にもって行った。

重奈雄は——真剣な面差しで、ゆっくりと、篠竹の竿を、突き出した。茶に銀ブチのオモダカに——。

ふれる。

シュワァァ——————ッ！

激しい白煙が上ったため椿は大きくわななないている。

何たる——草。

件《くだん》の茶銀オモダカにふれただけで、竿は、焼けただれたようになり、白煙まで、上っている……。

椿も、半二も、開いた口がふさがらない。

一人、氷の如く冷静な面差しの重奈雄は、

「どうやら、手がかぶれるくらいでは、すまなくなっているようだ。間違いない。……常世の草」

と、

「お父はん！」

萱葺屋根《かやぶき》に、神社の千木《ちぎ》に似た、飾りのついた民屋から——一人の娘が駆けてきた。

椿と同い年くらい。手に包帯を、している。

半二の娘らしい。

「さっきなあ、あんまり妙なオモダカが広がってきたさかい、鎌《かま》で切ろうとしたのや。ほしたら……汁が出てなぁ手ぇ火傷《やけど》した」

「お楽《らく》、危ない真似するな！　先生くるまで何もするな言うたやん！」

日焼けした娘は半二の前でうなだれた。村の衆が、あつまってきた。普明寺の僧もきて、重奈雄に挨拶《あいさつ》している。

半二に重奈雄を教えた人物だ。

「皆さん！」

重奈雄は、北村の人々に叫んだ。

「これは恐《こわ》オモダカという名の妖草だっ」

土と共に生きる農民たちは真剣な表情で重奈雄の話を聞いている。

「自分の田にも、出ているという人はいませんか？」

名乗り出る者は、いない。とりあえず半二の田にだけ、恐オモダカが広がっているらしい。

「本当はもっと神速で広がる妖草。半二さんの畑に……嘉禾が出ていた。あの嘉禾のおかげで――恐オモダカの拡大が阻まれているのかもしれん」

(嘉禾には……他の妖草ふせぐ力があるんやった。不幸中の、幸いゆうこと？)

「どのような害を？　恐オモダカは、」

普明寺の老僧の質問に、重奈雄は扇で田を指し、

「見ていただければわかるが……他の草を枯らす。稲田に生えれば、稲が悉《ことごと》く、枯死する」

半二、お楽の面《おもて》は、蒼白《そうはく》になっている。

「はじめは抜くと……手がかぶれるだけ。しかし、少しでも育つと、悪強《わるづよ》い……。むしろうとすれば掌がただれ、」

さっき恐オモダカにふれた竿の先は黒く焦げている。

「鎌で切ろうとすると、強い酸をふくむ汁が飛ぶ」

半二の娘、お楽の手には、包帯が巻かれている。彼女は、鎌で恐オモダカと戦おうとしたのだ。

「では、どう草刈りすればええんです？」

問うたお楽は浅黒い。が、細い一重の、すっきりした目には、同じ年頃の椿がはっと驚くほどの——艶《えん》なる気品があった。鼻筋の通った、椿より頭一つ高い、しっかりとしたしゃべり方の娘だ。

重奈雄は説明した。

「妖草経……天竺《てんじく》起源の、妖草の刈り方が記された書だが……妖草経には——火で焼けとある」

「田ごと焼けと？」

お楽の言に、重奈雄の首が、縦に振られる。

父親から百姓仕事のいろはを叩きこまれているらしいお楽は蛾眉《がび》をひそめ思案する顔つきになった。

「まだ取り入れには、早い。そやけど……何日か干せば、何とか、殿様に、おおさめ出来るものには……なるかもしれん」

「お楽さん。今、取り入れるのは難しいと思う。何故なら——恐オモダカがどこに生えているか見当もつかん」

重奈雄は静かに、言った。

「足がふれれば、火傷で、ただれる。あまりの痛みで倒れるかもしれん。倒れた先に恐オモダカがあれば——全身を火傷する。命を、落とす怖れがある……」

お楽は——茫然《ぼうぜん》とした面持ちになっている。

「あんまりや……」

半二の膝《ひざ》が、がくりと土の上に、崩れる。

褐色に焼けたお楽は細い目を、最大に広げ、ふるえる小声で、

「そやったら、あんたは……取り入れせずに、稲ごと焼け、こう、言わはるんですか？」

「…………」

「あの……。年貢は……」

涙が、お楽の目尻に浮かんできた。

「年貢ゆうんは……稲が全滅しても、とられます。それは、殿様か、庄屋様への、借りになる。今年払えん分は、来年払わねばあかん！」

その借りがふくらみ、首がまわらなくなった百姓は——潰《つぶ》れた。

当然、一家は、崩壊する。

そのような場合、お楽のような目鼻立ちのはっきりした娘が……どこに売られるか、都育ちの椿は知っていた。

その華麗な建物の並ぶ牢《ろう》にとらわれた女たちがどういう掟《おきて》の下に生きねばならないかも椿は知っていた。熱いものが、こみ上げてきて、

「何とかならんの！　他に手はないのっ？　重奈雄はん」

重奈雄の肩を、強く揺すっている。

「今………それを考えている」

重奈雄の瞳で、険しい眼火が、燃える。

その時、お楽が、ギラリと、鎌をきらめかせ、田の方へ近づいた。きっぱりした口調で、

「火傷してもええ。うちが……刈る」

椿が叫ぶと、

「いけない！」

「お侍様は国を守る。商人《あきゅうど》は店を守る。

国や店が、潰れそうになったら、お侍も商人も、死ぬ気になるはずやっ。百姓は………田畑《でんばた》を守る存在《もの》や。

今、大切な田がむしばまれとる！

ここで戦わないで、何のための百姓かっ」

お楽は涙を流しながら、吠《ほ》えた。

「お楽ちゃんだけに、させせんっ」「うちらも手伝うで」「そや！」

女子《おなご》衆が、大声で叫ぶと、

「お楽にもうちのかみさんにも危ない橋、わたらせせんっ」「わしらがやるで」「わしが代りに火傷したるっ。その代り、お楽……嫁になってくれ」「いや。わしの嫁になってくれ！」

「お前何言うとんねん。お前、昨夜他の村に夜這《よば》いしに行ったやん？　ここは夜這いもせんで、ずっとお楽一筋でもんもんとしとる茂吉《もきち》にゆずるべき状況や」「……ほうか？」「そや」「そや！」「そやぁぁぁっ」

男衆が――腕まくりしている。

と、庭田重奈雄が――

「皆さん！　それには、およばない。……お待たせしたっ。只今《ただいま》、一計思いつきました」

懐から、黒い毬藻《まりも》状の草を取り出しつつ、言った。

重奈雄が取り出した妖草。それは、風顛磁藻《ふうてんじそう》と呼ばれる、常世の藻であった。

重奈雄がためしに、一個の風顛磁藻を、恐オモダカの叢に、放《ほう》る。

村人たちは——瞠目《どうもく》した。

何故なら重奈雄の投げた常世の毬藻は重力に逆らってふわふわと宙に浮き恐オモダカの上方を漂った。

次の瞬間には、稲や、他の雑草は、微動だにしなかったのに対し、恐オモダカだけが十数本——根っこごと宙に浮き上がり、風顛磁藻にくっついてしまったではないか……。

「————」

風顛磁藻——禅寺の風顛（あらゆる常識にとらわれない奇僧）の如く、一切の物理原則から解放されて宙を漂う、常世の、毬藻である。また宙に漂った瞬間、他の妖草を引きつける磁力を発揮する。

重奈雄としては、一個目の風顛磁藻に、もっと活躍してほしかったが……元より自由な妖草ゆえ、あらぬ方へ、ふわふわと……漂ってゆく。

「もっと風顛磁藻はあるのだが……。目の細かい、網などないかな？」

「うちの家にある！」

一人の老婆が、駆けていった。


老婆のもってきた網が半二の田に張られている。

椿と、お楽が指揮し、村中総出で網の端をもっていた。

重奈雄は全体を見守るため、さっきの道に立ち、傍らに、普明寺の老僧と、寺に逗留《とうりゅう》しているという、一人の男がいた。

網によって、遠くに行けなくなった、十数個の風顛磁藻が、稲穂の中、漂っている。下に生えた酸性妖草・恐オモダカだけが——バスバスバスッ、吸い上げられてゆく。対して、人の世の草は、微動だにせぬ。つまり、稲は抜けない。風顛磁藻は常世の草だけを引きよせるからだ。

「庭田様」

隣の僧が、話しかけてきた。

「以前、妖草は、人の心を苗床にするとおっしゃいました」

「ええ」

普明寺の住職と重奈雄は、一面識あった。

墨染の、粗衣を着た、田舎の老僧で、髪は、五分くらいに伸びている。

「なら、此度《こたび》の妖草――いかなる人の心がきっかけで、当村に出てきたのでしょう？」

住職としては、村の誰に妖草の苗床となる気性があるか、やはり気になる所だろう。

「――大事な話ですな」

重奈雄は答えた。何が原因なのか突き止めねば、妖草はまた出てきてしまう。

「その前に……」

そちらの方は誰ですか、という目で重奈雄は、住職の隣に立つ男を見た。

その男、四十ほどか。

丸顔で、体は、痩せている。

佇《たたず》まいがススキに似ていた。頼りない、という意味だ。

実に楽しげな面持ちで、百姓たちの作業を見守っている。

顎鬚《あごひげ》の垂れた口は、半開きになり、眉は下がり気味。

重奈雄のことなどまるで意にも介していない。

妖草師が緑一色なら、こちらは、灰色一色の衣を着ている。

「ああ……枡源《ますげん》のご隠居です」

「枡源――？　あの錦小路《にしきこうじ》高倉《たかくら》の？」

「はい。青物問屋の枡源さんです」

こんな話をしていても、枡源のご隠居は、重奈雄、住職を、一顧だにしない。

「しかしご隠居とは……随分お若い」

「ええ。――若冲《じゃくちゅう》さんは、変り者ですから」

「……若冲さん」

重奈雄は何気なくその青物問屋の隠居の名を、復唱した。

伊藤《いとう》若冲――この翌年から描きはじめる、動植綵絵《どうしょくさいえ》によって、日本を代表する「奇想の画家」として歴史に名をきざむ、若冲であるが……宝暦七年の段階で重奈雄が名を知らぬのも、無理はない。

この頃はまだ絵の好きな商家の隠居にすぎない。

京の台所、錦小路の、裕福な青物問屋に生れた、若冲。

――相当な変り者であった。

若冲をよく知る相国寺《しょうこくじ》の高僧、大典《だいてん》は、

学を好まず、字を能《ま》たせず、凡《およ》そ百の技芸、一も以《もっ》てする所無く……

と、評している。

要するに、勉強が苦手で、字も下手で、運動も、音楽も、踊りも、工作も、全部駄目、と評している。

若冲は酒も飲まなかった。

女人《にょにん》にも、興味がなく、生涯独身であった。

極めつきに青物問屋の経営に……全く、興味がなかった。商売の才能も、無かったろう。

そんな、若冲が……ただその家に生れたという理由で……三千人の八百屋に影響を与えると言われる、京都最大の、青物問屋を、継承してしまった。

当然——パニックに陥った。

店ではない。

店は、賢い番頭や手代が、まわしてしまう。

本人が、パニックに、陥った。

若冲は店を家人にまかせ——二年間——失踪《しっそう》してしまうのだ。

何処に潜んでいたかというと、丹波の山林である。

そんな若冲に唯《ただ》一つ特技があった。

——絵。

また、たまらなく好きなものがあった。

——動植物。

草木は勿論《もちろん》、小鳥や昆虫、両生類や魚までも、たまらなく好きだった若冲。

京の鳥屋で、生きた雀が売られ、人々が、焼き鳥にするために、買ってゆく光景を目にした時……全ての雀を買いしめ庭で放ったという逸話がのこされているほどなのである。

その若冲は今、

「昔、丹波の山林でゆき倒れているのを、拙僧が介抱した縁で……普明寺に逗留されているのです。何でも、秋の田の下の方に生えた草や、その草中にいる虫などを絵にしたいと……」

「田の中の虫や草を……」

ふと口元のほころびかけた重奈雄だが心はすぐに本来の任務にもどり、

「先程の話ですが、恐オモダカは——嘆きの心を、苗床とする妖草」

そこではじめて、若冲が会釈してきたので、重奈雄も一礼している。和尚が、

「いかなる嘆きでしょう？」

重奈雄は二人にむかって、

「——人の営みに対する嘆き」

「人の……営みですと！」

愕然《がくぜん》とする和尚と、若冲を鋭い目で一瞥《いちべつ》してから、言った。

「ええ。例えば、この村。この村を開くのに一体幾匹の獣が死んだろう。幾匹の虫が、殺《あや》められたろう。わかりやすいのが、町。例えば都や江戸が如き町を創るのに……一体何頭の鹿《しか》や猪《いのしし》、何匹の狐や鼬《いたち》、獺《おそ》やムササビが、死にましたか？

——数え切れぬほどでしょう」

「…………」

「賢い村はよい。田の中には、タナゴ、用水にはメダカが泳ぎ、銀ヤンマや赤トンボが沢山、出る。田に水を送る山林も大切にのこされ禽獣《きんじゅう》の声が絶えることはない」

いつの間にか若冲が、真剣に、重奈雄の話に、聞き入っている。

「だが愚かな村は……違う。村周りの木を、薪《まき》や、材木の用途で、悉く刈り出し、裸山に

かこまれておる」

　僧の口が開く。

「其《そ》は己で己の首をしめる行い。

飢饉《ききん》の時に生きのこるのは——いかなる村か。

　周りの山河が………豊かな村です。

　栗《くり》やドングリが山谷に沢山実り、川魚がうようよと泳いでおれば、いざという時、人を助けてくれる」

　重奈雄は、眼《まなこ》を細め、

「左様。逆に周りが裸山の村々の多くが、飢餓の時——絶滅した。そのような歴史があるにもかかわらず……人は、どうしても、山河の有り難みを忘れてしまう。——同じ過ちを幾度でもくり返す。

　妖草・恐オモダカは——その人の営みへの、慟哭《どうこく》、嘆きから生じる」

　重奈雄が言った瞬間、夫婦《めおと》の雉《きじ》が、舞い上がった。椿と百姓たちが作業する半二の田の向うに萱場《かやば》がある。

　ススキの原だ。屋根作りのために、のこされている。

　萱場から飛翔《ひしょう》した、番《つがい》の雉は——物哀しげに鳴きながら、重奈雄から見て左の方へ、飛んでゆく。

単なる気まぐれか、何らかの異変があったか、突然に親鳥が飛び去った後の、ススキの中から、

「ヒィー……」「ヒィー……」「ヒィー……」

三羽くらいの、雛《ひな》の、途方にくれたような声がした。

一度だけ、鳩くらいの大きさの、茶色い雛がススキの上まで跳んだが、後はもう、「ヒィー……」「ヒィー……」

元いた場所で、頼りなくくり返すだけだった。

重奈雄は、

(豊かな山河がのこされ、禽獣が、人のすぐ傍らにいる。この村で…………誰が、人の営みに、強い嘆きを覚える)

「人の営みの基本《もと》は、食。米を作る田を壊せば……人の暮し自体を壊せる。恐オモダカは、人の営みへの嘆きが呼んだ妖草ゆえ――人の営みそのものに、牙《きば》むくわけです」

重奈雄の話の途中から、京の大店《おおだな》の隠居、若冲の様子が、明らかにおかしい。ぶるぶると小刻みにふるえている。

重奈雄は、双眸《そうぼう》から、冷光を放ち、

「——どうされました？」

恐怖とも混乱とも呼べる感情の怒濤が、瘦せた体で駆けめぐっている。

激しく、動揺しているようだ。垂れ下がった眉の下で、視線が泳いでいる。

若冲は、

「わ……わ……わしの……せいや」

「どういうことです？」

一歩、若冲に歩みよる。

と、若冲は——俄《にわ》かに、田の方に、駆け下りた。

半二、お楽の傍まで行き、

「わしの……せいや。かんにん。……かんにん」

言うが早いか、おびえ切った様子で、里山の方に走りだした——。

「若冲さんっ！」

重奈雄が叫ぶ。

その時、

「キャッ」

椿の声がしたので、見る。白煙が、出ていた。網から。網に、恐オモダカの沢山ついた風顛磁藻が当り、白煙が発生。女たちが悲鳴を上げている。

「案ずるな！　熱による煙でなく、酸による煙。網は燃えたりしないっ」

何とか皆を落ち着かせた重奈雄の許に息を切らせて和尚がきた。

「庭田様」

「どうしました？」

「若沖さん。化物山の方に駆けていったようです」

「……化物山？」

いぶかしむ重奈雄に、半二が、教える。

「あの山や。昔から、晴れの日にどえらい雪や大雨がふったりするさかい、化物山言《ゆ》うて、村の衆は一切入りまへん」

「晴れなのに雪や大雨……？」

重奈雄は鋼的《こうてき》に硬い面差しになっている。

椿も、きた。

ただならぬ気配を覚えたか、椿の面差しも――硬い。

「椿」

「はい」

「出番だ——天眼通の。俺の思っている妖草が化物山にあったら、若沖さんの命が危うい！」

椿は、ごくりという生唾《なまつば》の音と共に、うなずいている。

網ではさんで別の場所へ移動し、網ごと焼くという対処法を和尚に伝達するや、重奈雄、椿は、若沖がわけ入った化物山に急行した。

二

コナラの枝から——垂れ下がった烏瓜《からすうり》の幕を、伊藤若沖の腕が——ぶちのける。

柿色。

黄色。

緑に黄の筋。

様々に色づいた、烏瓜の実が、若沖の面貌に、当る。

腰より下はオナモミの叢だ。

緑色の、トゲトゲの実が、無数についている。

通っただけで袴《はかま》に——沢山の、オナモミの実が、ひっついた。

化物山に、わけ入っている。

幼い頃から嫌なことがあると、山に入る癖があった。

山に………人はいない。

いるのは、鳥、虫、獣、そして、草木だけだ。

どんなみじめな顔をしていても、無様な思いをした日でも、山のものたちは若冲を笑おうとはしない。

だから彼は——山が好きであった。


最長の山籠《やまごも》りは、二年。

都の三千人の八百屋に影響力のある、大店の主《あるじ》をしていた時、何かが、ぷつんと切れた。

毎日、沢山の人に会い、実務の力のない自分に忠誠を誓い主の仕事を代行してくれる家人たちのためにも、とりあえず——立派な人物を演じつづけねばならないという日常に、どうしても耐え切れなくなり……気がつくと……丹波の密林に、潜伏していた。

山芋を掘り、アオミズや椎茸《しいたけ》を貪《むさぼ》り、あけびをもぎ、猪や熊に、追われながら、栗やドングリをひろい、飢えをしのいだ。

だが二年目の冬――異常な気象で、ドングリが不作であった年、どうしても先行して蠢《うごめ》く、リス、ヤマネ、猪といった輩《やから》に、あらゆる木の実を奪われ、極限の飢えに陥って、山道で昏倒《こんとう》した――。

普明寺の住職が助けたのはその若冲である。

左様な縁《えにし》により、また京にもどった若冲は、隠居の暁は、丹波北村で、作画にふけろうと決めていた。

のどかな丹州《たんしゅう》の山村であれば、京で苦手だった人との関《かか》わりも上手《うま》くいくように思えた。

しかし、蓋《ふた》を開けてみると――

（わしのせいで………妖草ゆうもんが出た。……大騒動が、起きた）

どう彼らに謝っていいのか、どういう顔で彼らに接したらいいのか、わからない。

人間関係が壊れてしまう気がした。

こんな時、己を受け入れてくれる場所を――彼は、山しか知らない。

気がつくと真に静かな、沼の畔《ほとり》に出ていた。

やや葉が色褪《いろあ》せてきたコナラや、ブナ、黒々としたアラ樫《かし》の巨木にかこまれて、冷《ひん》やりした沼と、薄暗い草原がある。

沼には夥しい、水草。

草原には、青苧《あおそ》という、野草が生えていた。

背が高い。四尺（一尺は約三十センチ）ほど。ギザギザの大きな葉で、葉の上部に緑白色のソボロに似た花がついている。

(何と………静かな)

音というものが――全くしない。

いや。

耳をすませば、蟬《せみ》の声、虫の音、控えめな鳥のさえずり、風に吹かれた葉のさらさらとふれ合う音がしてくるのだが、余程意識しないかぎり――全くの静寂と錯覚してしまうような、場所だった。

明るさ、色、光の差し方、草木の佇まいが、あまり閑寂《しずか》で、生じた音が、悉く吸いこまれてしまう雰囲気の、場所なのだった。

一幅の絵が脳裏に浮かんだ。

池の、絵だ。

つち蛙《がえる》が並び、蟇蛙《ひきがえる》が鎮座する。トノサマ蛙が水に落ち、やもりが、いる。精霊蝗虫《しょうりょうばった》やキリギリスが、草陰に潜み、カワトンボや、紋白蝶《もんしろちょう》が、水面すれすれをたゆたう。

——そんな、絵だ。

次の瞬間……若冲の胸底に昨日の朝見た光景が、よみがえった。

金色の穂がずっしりと垂れ下った粟《あわ》の畑に雀どもが舞い降りていた。小さな嘴《くちばし》で、実に幸せげに、砂金に似た粟粒を、ついばんでいた。

ふと若冲はその昨日の粟畑で見た光景も絵になると思った。

画面の左下に、粟の穂、右上に、戦の隊列の如く整然と並んで降下する、雀どもを描けば、面白い絵になるだろう。群雀《ぐんじゃく》の中に、一羽だけ、雀の社会にとけこめない……風変りなのを入れてやろう。——純白の羽毛に生れた、雀を、入れてやろう。

真に短い刹那であったが伊藤若冲の胸中に二幅の絵が浮かんでいる。

絵師・伊藤若冲、畢生《ひっせい》の大作と呼ぶべき、動植綵絵三十幅中……際立った奇想が漲《みなぎ》る二幅、「池辺群蟲図《ちへんぐんちゅうず》」と「秋塘群雀図《しゅうとうぐんじゃくず》」の全構図が——頭の中でき上がった瞬間だった。

絶望から歓喜が湧き起ってくる気がした。

が——ほころびかけた若沖の口に、猛速で、恐ろしく硬いものが、衝突している。

雹《ひょう》。

唇が切れ、血が出る。

間髪いれず、きた。

いくつもの氷の塊が、殺意の冷風を巻き起し、襲ってきた——。

（さっきまで秋晴れやったのに、雹？）

天からというより、前方から——次々と異常の勢いの雹が飛んできて、顎、額、腹に、激痛が走る。

若沖は——逃げだした。

悪天というより、何者かが、この草地に彼がきたのを歓迎しておらず、悪意をもって、攻撃している気がする。

樫の樹下に、逃げようとした時——

——————ン！

その樫の、大木が、裂けている。

稲妻だ。

電光が、横走りしたと思いきや、若沖が庇護《ひご》をもとめようとした、天突く樫の巨木が、裂けてしまったではないか。黒焦げに焼かれた大樹がゆっくりと倒れる。

若沖は命の危険を感じた。同時に、

「若沖殿！　ご無事かっ」

さっきの男と娘が一人、疾風の勢いで、やってきた――。


青苧、青苧、青苧、何本もの青苧が、重奈雄、椿、二人の若い足でぶち折られる――。

緑の袖で、大氷雨となって襲来した、雹をふせぎつつ、重奈雄は怒鳴る。

「天変竜胆《てんぺんりんどう》！　外見は、竜胆に、ひとしい。だが、山中で落雷、大雪など天変にあって、非業の死を遂げた者の怨念《おんねん》が呼んだ……もっとも恐るべき妖草の一つ！」

若沖と合流。若き隠居を、守るように立った重奈雄は、鬼の形相で椿に、

「厳しいことを言ったのは、原石をさらに磨くため。

椿の、天眼通は――本物だ！

教えてくれ。天変竜胆の所在を！」

「今さら？　ずるいわっ、それ」

言葉とは裏腹に——椿は、真剣だ。

目を、閉じる。幾千本もの青苧が、茎をよりそわせ、葉をこすり合わせながら、椿を取りかこんでいる。青苧どもは……人目から天変竜胆を守ろうとしているようだ。勿論、青苧は妖草ではない。単なる雑草、山草の眷属《けんぞく》だ。しかしこの草地は、雑草の一本一本にいたるまで——妖草への不穏なシンパシー、人間への強い対抗心を、色濃く、もち合わせているようだった。背が高い青苧の根元に隠された天変竜胆は、安全地帯から人を襲っていた。

自分の判断に三人の命がかかっている気がする、椿。二度目の深息を吸った時、第六感が、ゾワリとふるえている。何とも言えぬ、殺気を感じた。

開眼し、

「まっすぐ前、どんつき！　コナラの下。あそこや——」

十間前方を、指す。

「——承知した」

重奈雄の懐から、風顛磁藻三つと、何の変哲もない里芋が三個、出された。

（……お供えどすか？　何で今、芋……なん）

天変竜胆の所在は、当然、丈四尺の青苧大群落によって——定かではない。

重奈雄はただ椿の言だけを頼りに天変竜胆と対決しようとしているらしい。

器用な指が動き、里芋と風顛磁藻がくっつけられる。

風顛磁藻に、ぴっしり、固着した里芋。

つまりそれが妖草であるのは、椿にもわかった。


本朝の弘法大師《こうぼうだいし》伝説には、しばしば、石芋の話が見られる。

放浪する弘法大師に、一夜の宿を請われた人が、意地悪をする。その意地悪な人の畑には……石の如く硬い里芋しか、育たなくなった、というのが話の大筋だ。

しかしこの話、額面通り大師に法力があったとするのは、いかがなものか。

そう。

弘法大師が訪れたその地にたまたま——妖草・石芋が生えた……という解釈もできるのである。

重奈雄は石芋のくっついた風顛磁藻を投げる構えに入った。石芋は、石くらい硬い、常世の芋だ。

前方、青苧の群がりの奥で、ビリビリと青白い閃光《せんこう》が見られる。天変竜胆から……また——稲妻がくり出されようとしていた。

三つ——投擲《とうてき》される。

石芋と風顚磁藻が、くっついたものが。

刹那、強い風が吹き、青苧どもがわさわさ動く中から——物凄《ものすご》い数の雹が襲いきた。

椿、重奈雄、若冲の面《おもて》に、硬い雹が当る。

重奈雄が投げた内、二つが……雹に撃墜された。

しかし最後の一つは、奥へ、奥へと、飛んでゆく——。

椿はしかと見た。

強風に打ち倒された、青苧群落の奥、凜《りん》と佇む、一輪の竜胆を。

(あれが天変竜胆？　普通の竜胆より……綺麗な、青紫や)

天変竜胆——恐オモダカより強靭な根をもつらしい。投げられた風顚磁藻が、近づいても、ぶるぶるふるえるだけ。

一向に……抜ける気配を見せない。

(まずい)

椿の面が、こわばる。

重奈雄が、投げた風顛磁藻、石芋は、天変竜胆の半尺ほど右にむけて飛んでゆく。青い放電は、いよいよ強まり、今にも雷電の矢が、放たれるかと思われた――。風顛磁藻の磁力で抜くか、石芋をか細い茎に当ててへし折るか、どちらかを狙おうという重奈雄の計画が頓挫《とんざ》すると見えた時、すっと磁力に引かれた茎がまがり、重奈雄が投げたものにふれている。

天変竜胆の茎に、重奈雄の石芋が当る。――青花が、散った。

同刹那、放たれた稲妻は、人間三人という目標を、全く見うしなった。発射の瞬間、天変竜胆が、石芋に押し倒されたため、まるで昇り竜みたいに……下から上へ、大地から空にむかって、稲妻が走った。

（…………）

雹がやんでいる。風も、止った。

そして、二度と――稲光は放たれなかった。

石芋の衝突から間髪いれず全ての天変が、静止した。

「若冲さん。どうして、村から逃げ出したりしたんです？」

庭田重奈雄が、伊藤若冲に問うている。

若冲は重奈雄と目を合わせず下をむき低い声でぼそぼそと、

「わし……子供の頃から、草木や鳥や、虫や魚がほんまに……好きで……」

「我らも、好きですよ」

「念願叶《かの》うて青物問屋ぁ隠居したさかい……好きなもん絵にしよう思うて、丹波に……」

「…………」

「はじめ、田んぼの草ぁ絵にしよう思うたんやけど、役に立たん存在《もの》ゆう理由で、次々と、刈られて、放られてゆく草を、見ている内に…………何でか、田んぼの草と自分が、重なって思えてきたのや」

消えそうに小さい声で話していた若冲は、少し語気を強めた。

「わしも、他の店の主にぼろくそ言われたり、鈍《どん》な奴と、近所の子供から笑われたり、あないな阿呆《あほ》が主の枡源潰してしまえゆう意地悪《いけず》な人たちに、えげつない真似されたり、京で散々…………嫌な思いしてきた。

わしが今、生きとるのは、いつもわしを守ってくれた弟や妹、番頭さん、手代さん、枡源の下働きの姉やんたちのおかげや。

わしに絵の才があると、はじめに言うてくれて、どないな絵ぇ見て学べばええか、一から教えてくれはった相国寺の大典和尚のおかげや。あの人たちがおらへんかったら……わし今、生きてない、思う」

「…………」

「何で、人と少しでも違ったら――あかんのや。人と違う者は、役に立たん者なんか？　人と少しでも違えば、意地悪をされねばあかんのか。そないな怒りが……ずっとわしの中に在《あ》った」

「ただ稲が育つのを、妨げるという理由で、容赦なく刈られる田の草も何か、世の中の役に立っている。何か、この世に生える意味が、在る。そう思った？」

重奈雄の言に若冲は強くうなずいている。

「貴方の無念が、草どもの無念と重なり、恐オモダカを……呼んでしまった」

「村の衆は親切にしてくれたのに。あないな草、わしのせいで生えてしまって……合わす顔が……合わす顔がないっ」

草原に座って嗚咽《おえつ》する若冲と、同じ目の高さになった重奈雄は、やさしい声で、

「若冲さん。青物問屋をやられていた貴方は、百姓たちのつくる秋茄子《あきなす》や大豆、里芋、栗

や柿、稲、キビ、粟などを見て……この五穀や野菜の豊穣《ほうじょう》が、いつまでもつづけばいいと、思われませんでしたか?」

「それは毎日、願っとる。彼らの営みで——京の台所、錦は支えられておるのや」

重奈雄の顔に温かい微笑が浮かんだ。

「その貴方の願いで、常世のめでたいキビ、嘉禾もまた、人の世に呼び出された。嘉禾が生えていたせいで…………恐オモダカの拡大は、阻まれたのですよ」

あんぐりと口を開け、目を丸くした若冲に、椿は、手を差し出した。

「誰も、怒ってない。お楽ちゃんも手の火傷なんてすぐ治る言《ゆ》うてたし。みんな、山に入った若冲はんを、心配しとる。ほら——村に、もどろ」

＊

「重奈雄はんにも意地悪《いけず》やない一面があるんやなあ。あんな心やさしい、別れの挨拶が、できるんやなあ」

「……俺の何処が、意地悪なのかな?」

京の方に、鯖《さば》街道を、歩いている。

周りは、丹波の山。ブナや、栗の林だ。

先程、重奈雄は、若冲に、

『貴方の描く、鳥や虫の絵も勿論見てみたいが……野菜尽くしの絵も、見てみたい気がする。いつか描いてみて下さい』

と言って、村を後にしている。

この庭田重奈雄の、去り際の一言が、後の伊藤若冲の傑作、「菜蟲譜《さいちゅうふ》」、あるいは「果蔬涅槃図《かそねはんず》」につながったかは――謎である。

さて、椿は、

「若冲はんもほんま嬉しそうな顔したはったなぁ」

――その時だ。

猿が出てきたのは。

街道の左が高く、右が低い。左は急な崖《がけ》で、右は谷底につながる鬱蒼《うっそう》とした木立だった。

今、数十匹の猿の群れが、人間なら絶対ためらう急な崖をそろそろと慎重な手つき足つきで下り、道につくなり、猛然と四足で駆けて――茶色い濁流と化して、谷方向の森へ飛び降りるという、大移動をおっぱじめた。

二十匹くらいが、鯖街道の横断を、完了。

谷側の森から猿が木から木へうつる時の枝のしなり音がひっきりなしに湧き起る。

しかし後続の二十匹が、街道にいる人間——重奈雄と椿を警戒、崖の上に、取りのこされてしまった。

つまり猿の群れが、二人のせいで、分断されている。

大分下の方まで下りていた一匹の猿は、断崖を縦につたう葛《くず》の蔓《つる》を、手で交互にもつ形で、崖上へもどりはじめた。

そいつは少し逆行した所で止り、赤い顔だけ下にむけ、椿を睨《にら》む格好になった。

そのすぐ横、崖に生えたナナカマドの藪《やぶ》には、雛人形ほどの大きさの、子猿を後ろ首におぶった母猿が、隠れていた。

母猿は藪陰から椿をうかがっている。

彼女の背負う、吹けば飛ぶほど細い、子猿すらも……不安げに、椿を見ているようだ。

「どうも俺ではなく、椿を怖れて街道をわたれないようだな」

「うちって、そんなに怖いん？」

面白くなった椿は、虎に似た面差しになり、ガァーッと崖上にむけて威嚇《いかく》した。

すると……何を思ったか——顔だけで椿を睨む格好になっていた猿が、キーッと牙剝《む》いて一気に崖を駆け下り、椿に襲いかかってきたではないか。

椿がひるんだすきに猿の移動は、再開された――。

先頭を、子猿を首にのせた母猿が四つ足で、走ってゆく――。

子猿はじっと椿を見つめたまま遠くなっていった。

つづいて、他の猿どもが、茶の濁流となって、疾走してゆく。だが椿に襲いかかってきた猿は、まだ執拗《しつよう》に攻撃してくる。

「ちょっと！　何してるん、重奈雄はん助けてっ」

「さて、どうしよう。椿がまいた――種だしな」

椿は真っ赤になって、

「そうゆう所《とこ》が、意地悪《いけず》や、言うとるのっ！」

夜の海

一

「ねえ……どないしはったん？……何、考えてはるん？」

町《まち》は、問いかけた。

だが相手は永劫《えいごう》につづくかと思われる、ふんわりした微笑を浮かべたまま、彼女に答えるのをためらっているようだった。

右手の薬指を頬に当て、かすかにうつむいている。心地よい思索の湖にひたっているようだが、それがどういう思いかはわからない。

何故《なぜ》なら相手は——こちらに答えられぬからだ。

「町。かなん人やなあ。……仏様が考え事したはる邪魔したら、あかんやろう」

池大雅は、妻、町をさとした。

宝暦七年、九月二日（今の暦で、十月半ば）。

広隆寺《こうりゅうじ》、弥勒菩薩《みろくぼさつ》の堂。

池大雅は、弥勒菩薩から見て、左斜め前に、町は、菩薩から見て、右斜め前に、いる。

太秦《うずまさ》、広隆寺は都の西にある。

洛中《らくちゅう》から、三条通を、嵐山嵯峨野《あらしやまさがの》方面へ歩む。

南に壬生菜《みぶな》で有名な、壬生村を見渡してから半里ほどすすんだ所に、太秦の里はある。

推古《すいこ》天皇十一年（六〇三）、渡来人、秦河勝《はたのかわかつ》が、聖徳太子《しょうとくたいし》から仏像をゆずられて、この寺をつくったという。有名な弥勒菩薩像も、新羅《しらぎ》からの請来仏《しょうらいぶつ》だという。

つまり太秦は、上古——すぐれた土木技術や養蚕の知識などで朝廷をささえた、秦一族の根拠地であった。


絵師、兼、扇屋である池大雅。絵や商いに、行き詰ると、太秦まできて、弥勒菩薩の前に佇《たたず》む癖がある。以前、ふくさな微笑《ほほえ》みを浮かべた半跏思惟像《はんかしゆいぞう》を見、同じように目を閉じた時だ。ふっと山林が開け、蒼天《そうてん》が現れたように、自分でも浮き浮きとする絵の構図が、一挙に思い浮かんだことがあった。

以来、大雅は壁にぶち当ると、必ず太秦まで歩くようになっていた。女流画家、池玉《ぎょく》たわけである。

瀾《らん》こと妻の町も、数日前からスランプに陥っているようで、今日は大雅と一緒にやってき
(秦河勝の頃は、海の向うから――沢山の人がきとったんやろなあ)

弥勒菩薩像の前で目を閉ざした大雅は、思った。

すると――絵師の心には……水でといた青い顔料がさーっと広がって、群青《ぐんじょう》の海原や、白いカモメ、そこにたゆたう、一隻の船が浮かんだ。船はどんどん大雅に近づいてくる。

(誰が、のっとるんやろう)

大雅の唇はほころんでいる。鎖国下の日本に生れ、長崎の出島《でじま》を通じてもたらされる、中国文人画に傾倒する大雅は、海の外へのあこがれが強い。当時の日本は、オランダと清《しん》に開かれた長崎の出島、朝鮮と交易している対馬《つしま》など、真《まこと》に少ない例外的な点しか、外国に開かれていなかった。京は、海が無く、長崎や対馬から遠い。だが、延暦寺《えんりゃくじ》を開いた最澄《さいちょう》や東寺《とうじ》をあずかった空海《くうかい》など、洛中洛外の寺院の草創、発達には、中国大陸に渡航した王朝時代の英才や大陸の文化に精通した秀才が、深くかかわっている。特に江戸時代には、明《みん》の禅僧を住職とした萬福寺《まんぷくじ》が洛南にできた。

このように京は――中国や朝鮮の最新の文化動向を吸収することに意欲的であり、それを理解できる知識人が大勢いた。

左様《さよう》な町で育ったことが、秦氏から海を、海から船を連想した大雅の人格に、影響している。

さて、仏の前に立つ大雅が、もし画業一本で世をわたっているなら、この時、胸中に浮かんだ船には、鶴の羽根の衣を着た仙人や、唐土《もろこし》の名高い文士などがのっていて、一枚の名画が誕生したかもしれぬ。

だが大雅は扇屋も経営している。胸中に広がった、青き海原をどんどん近づいてくる船には……

（七福神）

七福神が、のっていた。

（秋も、のこりわずかかや。次にくるのは、冬。ほなすぐに……年の瀬になりまっせ。年の瀬ゆうことは………縁起物の七福神描いた扇が、仰山《ぎょうさん》売れるかもしれん。玉瀾と分担すれば、まだ間に合う……）

宝船を描いた扇を、年末にかけて作成すれば、いい儲《もう》けになるのではないか——という、扇屋としての商魂がむくむくと湧き起っている。画号、玉瀾を称する妻の方をちらりとうかがう。

（わしが、船と海を、玉瀾が七福神を描く？　何かわし……つまらん作業ばかりやな。

あ、わしが……恵比寿《えびす》、大黒《だいこく》、他二つくらい描き……玉瀾が弁天《べんてん》様と……。何や、そのやり方！　むちゃくちゃや。段取りが悪すぎるわ。あ、きた、きた、きた。わしが描いた扇と、玉瀾が描いた扇。……二種類の扇をつくればええんやっ。ほしたら、作業する時、わしらの間に張りが生じる。段取りもええし、極めつきに、お客さんも買う時に楽しいんと違《ちゃ》うか？）

　ほくほくと微笑した大雅は、今日ここにきた意味があったという気になっていた。

　妻に、言う。

「なあ、町」

「うん？」

「わし、もう浮かんだわ。お前、まだかいな？」

「うちは、まだどす」

　大雅はしばらく町を黙って見ていた。だが、五体付《ごたいづけ》という簡素な髪形の町は、ドングリ眼《まなこ》をきつく閉じ、まるで根が生えたように動こうとしない。大雅、三十五歳、町、三十歳。あまり細かいことにこだわらぬ夫婦《めおと》だからか……？　妻は、年齢より若く見える。段々もどかしくなってきた大雅は、

「なあ、わしいつもな、弥勒菩薩が左斜め前にくるような形で立つと、妙案が浮かぶんや。

お前も、ここにきたらどうや?」

「ねえ、あんた、ちょい黙っていてくれへん」

「……何?」

町は、少し怒ったように、

「そんなん、うちの勝手やん。うちは、弥勒菩薩さんがな、右斜め前にくる形で立つんが、ええんどす。ここに立つとな、弥勒菩薩さんが、隣で考え事してはる人みたいに見えてくるのや。自分が先に浮かんださかい、他人《ひと》邪魔するのは、あきまへんえ」

「…………そうかいな、玉瀾。

そら、かんにんやで。ほしたら、わし赤堂《あかどう》の方へ行っとるさかい、おまはんは、心ゆくまで、ここにおったらええ」

ちょっぴりふてくされた大雅が、堂外に出る。

いわし雲が浮いた青空から、透き通った鉱石の破片《かけら》に似た、頼りない日差しがこぼれている。草陰に潜んだ虫の音《ね》は、初秋よりも大分か細く、弱くなっている。

大雅は秋の深まりを感じた。

この頃の広隆寺は、現在の数倍広い。相当な間隔をもって諸堂が建ち、堂宇《どうう》と堂宇の間には、鬱蒼《うっそう》とした藪《やぶ》や、畑、そして墓地があった。

大雅は左様な大伽藍《だいがらん》を、藤原《ふじわら》時代からある赤堂へ、歩こうとした。と――

ポン……

乾いた、破裂音が、ひびいた。左程《さほど》大きな音ではない。そして、すぐに、

「姉《ねえね》！　姉っ」

弥勒菩薩の堂の裏から、声がした。男の子の声だ。

不審に思った大雅が、急いでそちらに、行く。

一人の少年が藪の前に立っていた。茫然《ぼうぜん》とした面持ちで、姉を呼んでいる。

「坊《ぼん》。……どないしたん？」

まず、堂の裏は、アラ樫《かし》や楠《くすのき》の大樹がうねり立ち、青竹やシュロが乱れたように茂る、深い籔になっていた。藪の前に、くたびれた秋草が茂っていて、その草葉の上に、桃色、黄色、藤色、いくつもの色がかごめ模様に結ばれた、球形の物体が落ちていた。

手毬《てまり》だ。

粗衣を着た、七、八歳の童子は、毬の傍で姉を呼んでいる。少年のすぐ傍で、アラ樫に巻きついた蔓草《つるくさ》が、白く妖しい花を一輪だけ、咲かせていた。大雅は、太秦村の百姓の子と思われる童《わらべ》に、ゆっくり近づき、もう一度、

「坊、どないしたん？」

声をかけながら大雅は、その少年が自分と町が堂に入る時に入れ違いに出て行った子であるのを、思い出した。たしかその時には姉と思《おぼ》しき少女も、一緒にいたはず。

亀次郎《かめじろう》と名乗る童子の口から出たのは――真に不思議な話であった。

亀次郎と姉のお銀《ぎん》は、大雅が思った通り、太秦村の百姓の子であった。父は、五年前に江戸に行ったきり、消息を絶っている。母は、その両親、つまり亀次郎の祖父母と共に蔬《そ》菜《さい》をつくり、都で売って生計を立てていた。

十歳のお銀と、弟、亀次郎は、毎日、弥勒菩薩に父が無事に帰ってくるよう祈り、その後、お堂の裏で遊ぶ……という習慣があった。

途中でやってきた町が、

「なあ、何で他の子と遊ばへんの？　村に他の子、いーひんの？」

という、無遠慮な質問をぶつけたものだから、大雅は「余計なこと訊《き》くな。町」という目で妻を睨《にら》んでいる。案《あん》の定《じょう》、亀次郎はオタマジャクシに似た目を伏せ、唇を強く嚙《か》みしめてうつむいてしまった……。

「亀次郎。これ、わしの嫁はんや。この人、時々けったいなこと言うけど、気にせんといてな」

何や、その言い方——という視線を町がそそいでくる横で、大雅は、

「そいで、今日も、姉とお参りにきた。へてから、堂の裏で遊んでた。ほんで……どないしたんや？」

「ほしたらな、姉が消えたんやっ！」

亀次郎が、切羽詰まったように、叫ぶ。

町のドングリ眼が、藪の方を、ゆっくり見まわしている。

「消えたって、どないして消えたん？」

「…………白い煙が出たんや！　白い煙に巻かれたら……いなくなっとった」

（白い煙……）

そう言えば大雅がここにきた時、幾筋かの白い煙が秋草の茎葉をゆっくりとなめながら、這《は》っていた。それがお銀を消した煙の名残《なごり》だったのかもしれない。

大雅も、アラ樫や楠が生い茂る藪を、じっくり見まわした。もしかしたらお銀が隠れているかもしれないと、思ったからだ。だが——少女の姿はない。亀次郎が嘘をついているようにも思えない。

大雅の掌が、亀次郎の肩に置かれる。

「亀次郎。ええか。姉が消える前に、煙の他に、何ぞ、けったいなもん……見ぃひんかっ

たか？　何でもかまへん」

亀次郎は、さっきの光景や物音、匂いまでも、ゆっくりと反芻《はんすう》するような表情になっている。

やがて少年の口が開いた。

「…………花や」

「花？」

「白い煙が出る少し前、この白い花が、咲いたんや」

亀次郎が固唾《かたず》を呑みながら、すぐ近くで一輪だけ咲いた、蔓草の白花を指す。

「この花が咲いて、煙が出たんやな？」

「そや」

それはどうも――瓜《うり》科植物の花らしかった。アラ樫に巻きついた草体から、空中をこちら側に蔓がのびている。その蔓に、体の調子を崩した美人、といった表情の白花が一輪だけ咲いていた。
一般的に瓜類は、夏から初秋にかけて、花咲くことが多い。売茶翁の庵《いおり》で、烏瓜《からすうり》の花見をおこなったのも、七月であった。今は、晩秋。瓜の花は、絶無ではないが、めずらしかった。

それは——売茶翁の庵で見た、烏瓜の花と、夕顔の花を足して二でわったような、花であった。

烏瓜の白花は、狭い星形である。夕顔の白花は、烏瓜よりも、広い花びらをもつ。烏瓜は、花から、数知れぬ白糸のような繊維を放ち、それら繊維は——白く大きな網状になって、小さな花の周りを席巻する。一方、夕顔に左様な白糸は見られない。

今、大雅たちの前にある花は——夕顔的に広い、五枚の花びらをもっていた。そして花びらからは、烏瓜的な白糸が四方《よも》にのびていたけれど、それらから……烏瓜の白網に漂う、奔放さ、野放図な生命力は見られなかった。

この花からくり出される白糸は、もっと控え目で、清楚《せいそ》な小網しか形作っていない。

大雅は白花が咲いたと同時に白煙が生じたという亀次郎の話がまんざら不思議ではないような気がしている。何故なら……眼前の花が、花びらから何本か垂らしている白い糸には、煙の名残のような、そこはかとない風情《ふぜい》があったのだ。

「ねえ、あんた。ちょい見てくれへん」

町が、言う。

「どないしはったん？」

大雅が、近づく。

町が指摘しているのは、この、名も知れぬ瓜の先端部であった。宙にのびた蔓の先っぽに、大雅、町、亀次郎の視線が、集中する。

「…………」

——摩訶《まか》不思議な現象が、起きていた。

普通、瓜が宙にのばした、蔓の先端は、緑色の鬚《ひげ》か、青い糸ミミズのようになっている。か細い。だけど、根元の方から送り込まれる養分をつかって、これからも先へ、先へ、伸びて行こうという健気《けなげ》な意志が感じられる。


この蔓の先っぽは……違った。


空間の途中で、くっきり途切れているのではない。

虹《にじ》だ。

まるで虹の端のように、段々、段々、緑色が薄くなっていき……いつの間にか大気に溶けこんでいるような、そんな途切れ方、終り方なのだ。どこが蔓の終点なのか、曖昧《あいまい》なわけである。ぼかされているわけだ。

したがって、見る人が見れば――この草に、大いに不審をいだくところだし、もう一歩すすめて、この草が人間世界のものなのか、悪寒《おかん》にも似た疑念が、ざわざわと湧き起ってくるわけである。

もし二人が、妖草などというものと無縁なら、この妖しい蔓の先端部を――見落としたかもしれぬ。

だが二人は、違った。

特に大雅は妖草師と江戸まで旅をし、幾多の種類の妖草が引き起す脅威に、直面している。

「町、ええか？　わしがもどるまで、誰にもこの草にふれさせたりしたらあかん！」

「わかった。あんた……」

「そや。――あの人を、呼びに行く」

言うが早いか池大雅は、まるで鼬《いたち》のように駆けだした――。

二

その学生、年齢は三十歳くらい。

大柄で、面長《おもなが》。

肩がいかっていて、頬骨が高い。

目は細長く、鋭利であった。

顎《あご》にはうっすらと鬚が生えている。だが、無精《ぶしょう》髭に非《あら》ず。無造作っぽく見せるという、しっかりとした意図が土台にある、鬚だった。

身だしなみは、派手だが垢《あか》ぬけている。

青い衣で紅《くれない》の唐獅子《からじし》が遊んでいて、腰には黒塗りの大刀。刀の横には、朱塗りの煙管《きせる》入れが差さっていて、艶《つや》光りするそれに、インド更紗《サラサ》で縫われた、ど派手な煙草入れがくっついている。

右も左も知らない田舎者が、この男の恰好《かっこう》で、東都を歩いたとする。

江戸っ子たちは――嘲笑《あざわら》うだろう。

だが今、江戸湯島《ゆしま》、昌平黌《しょうへいこう》の校内を、ゆったりと闊歩《かっぽ》する彼の場合は、堂々たる体格と相まって一幅の絵になっていた。注意深く、彼の持ち物を眺めると、大抵が古着や古物、上物っぽく見える安物であったりするのだが、配色の感覚が絶妙なのと、態度が悠然としているため、いっぱしの通人が歩いてきたなという錯覚を……江戸の町に引き起してしまうのだ。

見るからに傲慢《ごうまん》そうで、不敵な、この歳《とし》がいった学生。

名を——平賀源内《ひらがげんない》という。

讃岐《さぬき》の田舎を去年、出、昌平黌の寮に寄宿しつつ、頻繁に学校を抜け出ては、本草学者・田村藍水《たむららんすい》の許《もと》に出入りしていた。

昌平黌とは、儒学の一種、朱子学の学校である。

徳川幕府は朱子学を官学とし、林家《はやし》をその頂点に置いた。林家が主宰する学校が昌平黌で、幕府政治をになう少壮の官僚、学者たちが、机をならべ学んでいた。

一方、本草学は——伝承によれば、中国大陸の伝説の王、神農《しんのう》にはじまると云う。

大昔、民は、どの草や実が喰えて、どれが喰えないか、どの魚や貝が美味で、どれに毒気があるか、全く、知らなかった。そのため、喰えそうなものには、本能的に手をのばして口に入れ、多くの者が毒に当り……死んでしまった。

これを深く悲しんだ神農は、自分がやらなければならないと考えた。そして彼は——日に七十回毒に当りながら、あらゆる葉や果実、目につく限りの動物を口に入れ、喰えるか、喰えないか、美味《おい》しいか、不味《まず》いか、薬になるか、毒になるかを、徹底的にしらべた。

この神農にはじまるのが、本草学だという。

要するに本草学とは、植物学、動物学、そして鉱物学をまぜたような学問である。中国起源の学問だ。したがって文献には、漢籍が多い。いっぱしの本草学者になるには——漢文読解力がもとめられるわけである。

高松藩の足軽の家に生れた、平賀源内は、少年の頃から本草学に興味があった。父は志《し》度浦《どのうら》の蔵番をおおせつかっていたという。この、藩の浦蔵には、年貢米の他に——魚の干物とか、海藻なども、保管されていたのではないだろうか。また、浜辺に出れば——玉砂利をしいたように、貝殻が転がっていた。

浦蔵に次々に運びこまれる水産加工物と、海を泳ぐ魚、浜に散乱する貝殻、斯様《かよう》な環境で育った源内が本草の道に傾斜したのは、自然なことであったろう。

さて、三十歳の源内は、本草学者になるために……漢文読解力を高めたく思い、そのためだけに昌平黌に籍を置いていた。高松藩の儒者の紹介で、入学した源内。昌平黌側に立てば……あまり真面目な学生とは言い難かった。

しょっちゅう抜け出し、学業にも今一つ身が入らない。

つい二月《ふたつき》ほど前には、本草学の師、田村藍水と一緒に、湯島で物産会を開催したりしている。

そんな源内は、今――

（ふう、部屋で思い切り…………煙草が吸いたい）

と、考えていた。

足が、早まる。

大槐《おおえんじゅ》の脇に建つ、自分の寮が近づいてくる。昌平黌には幾棟かの寮があるが、源内の棟が一番、古い。来年には取り壊しが決っているその建物は、校内の西端にあり、常に陰鬱な湿り気がとぐろを巻いている。

幽霊御殿……そのように、呼ばれていた。

何故なら、この建物で自死する学生が相次ぎ、若者たちの口から口へ、「あそこには……何か、ある」とか「幽霊が出る」などという噂《うわさ》が、まことしやかに広がっていたのである。

故に他の棟は人でいっぱいで、必ず相部屋になるのだが、幽霊御殿は若干の学生――豪傑、変人、奇人――が暮しているだけだった。

幽霊御殿に、源内が、入る。

黒ずんだ廊下は踏まれる度に、不快げに軋《きし》み、老婆の呻《うめ》きに似た怪音をひびかせた。と、

「——平賀源内じゃな！　足音でわかるわっ。貴公、も少し静かに歩けぬか？　勉学の邪魔なのじゃ。

仁者は其《そ》の言《げん》や訒《じん》……仁の人は、その言葉が控え目だ。

仁者は其の言や訒……仁の人は、その言葉が控え目だ」

と、すぐ右横の部屋から言ってきたものだから、源内は、

「お主が音読する声の方が、わしの足音よりうるさい！　後、お主の言葉の何処《どこ》が控え目なのか。お主のような、有言不実行の徒を、腐れ儒者と言う」

ぴしゃりと叱りつけると、今度は左横の部屋から——

「おお、平賀源内かぁ。お前の声で、千年の眠りから目覚めたわぁ。ちょっくら俺の部屋で飲んで行かんか？」

酒臭さがまとわりついた声が、した。源内が、言う。

「遠慮しておく。今日は、他にやることがある」

すると左の部屋の男は、

「ふふん。お前、いつも豪傑ぶっておるが……酒は苦手なようじゃな」

「酒うんぬんと、豪傑に何の因果、一片の関《かか》わりもあるまい？　豪傑とは——心の持ち様を

言うものよ」

鋭く反論すると、右の部屋の男が……

「君子は人の美を成す。人の悪を成さず。小人《しょうじん》は是《こ》れに反す」

源内は深くうなずき、左の部屋にむかって言った。

「君子は、他人の良い所を引き出し、悪い所はしぼませるが……小人は逆だという。常に他人を悪の道、堕落の道に引きずり込もうとするお主は、まさに小人じゃな」

大きく笑った源内は、わざと廊下を思い切り踏み鳴らし、奥へすすんだ。

しばらく、両側に――無人の部屋がつづく。

このように幽霊御殿には、空き部屋が多いため、ここに巣くっている学生は一部屋を完全に占領、我が城のようにしてしまっている。

中には二、三部屋を占有している、不埒《ふらち》な奴もいる。

たとえば、さっきの右の部屋の男は――己の部屋の隣も、我がものとしていた。彼の蔵書量は異様であり、もう一つの部屋は、床がたわむほど本がつみ重ねられているのだ。

源内も同じであった。二部屋……占領《しめ》ている。

陰鬱さと、黴臭《かびくさ》さが、煮詰まった、暗い廊下が、終る。源内は自分の部屋どもの前まできた。一方は、寝室。

もう片方の部屋の、茶褐色にくすんだ襖《ふすま》を——開ける。

木の根。紀州で採ってきた、サカキカズラの頑丈な蔓。長崎で買った妖しげな箱には、びっしりと貝殻が入っている。

伊豆《いず》でひろった、奇怪な石。

様々な植物の種が入った壺《つぼ》——勿論《もちろん》、種類ごとに分別されていた。

朝鮮人参《にんじん》の壺。

冬虫夏草《とうちゅうかそう》が入った、ギヤマンの瓶。

紫水晶や、亜鉛鉱石。

そういった様々なものが黄ばんだ六畳間に隙間《すきま》なく陳列されていた——。

隣が、寝室、兼、書斎なら、ここは源内にとって、蔵であり仕事場だった。

源内は、丸太みたいに太いサカキカズラに腰かけると、煙草盆を引きよせている。煙管を火入れにのばし、刻み煙草に着火する。

火がついた。

長い煙管を唇にくわえる。――深々と、吸った。紫煙が肺腑《はいふ》にしみとおってきて、胸奥でくすぶっていた、もやもやした不満足感が、少しずつ薄らいでゆく。

二度吸うと、もう、煙はなくなってしまった。まだ、不満足感がある。

源内はまた新しい煙草に火をつけ、煙管を、口にくわえた。

その所作を三度くり返すと、部屋の中は、全体的に薄密《はくみつ》度の紫煙が、たゆたいはじめた。同時に、頭も冴《さ》えてきた。七月の物産会の反省をふまえ、来年は何処を直せば上手《うま》く行くかとか、いろいろの妙計が脳内を駆けめぐりはじめる――。源内の唇は、ほころんでいる。だが同時に、俺は何をやっているのだろうという、疲労とも諦《あきら》めとも似ている感情が、はじめは雫《しずく》のように、やがて、決壊した堤からあふれた洪水のように、胸全体を揺さぶりはじめた。

友人、杉田玄白《すぎたげんぱく》は、平賀源内について、

『磊落不羈《らいらくふき》……気を尚《たっと》び剛傲《ごうごう》』――気が大きくて、細かいことにこだわらず、何事にも束縛されない。強烈な自尊心をもつ、と評価している。また源内はよく、和漢古今の三大智者をえらぶなら、中国の張 良《ちょうりょう》と范蠡《はんれい》、そして……日本の平賀源内である、などと豪語していたことから、過剰とも言える自信のもち主だったのがわかる。

矛盾した源内像をつたえているのが、五月雨《さみだれ》草紙で、

『沈黙にして、平生言語至《いたっ》て寡《すくな》し』

と、あり、源内自身も自分のことを――

『此男《このおとこ》何一つ覚えたる芸もなく……磯にもつかず、浪にもつかず、流れ渡りの瓢簞《ひょうたん》で……こけおどしの駄味噌《だみそ》を千人に一人は実《まこと》かと聞込んで……』

やけに自虐的な自分論も展開している。

これらのことから、源内には、傲慢で気が大きい豪傑の状態と、憂鬱に支配され、無口で自信がなく、自虐的になっている状態、二つの矛盾する状態があり、その落差はきわめて大きかったことがわかる。

部屋に入るまでの源内は、一個の豪傑であった。しかし、部屋に入って煙草を吸い、来年の物産会について考えている内に、ふと……灰色の憂鬱がむくむくと湧き起り体の端々にいたるまで、どっぷり暗い感情の谷に、落ちてしまった。

煙草の煙の中で、源内は思う。

（遅い。遅すぎるぞ、平賀源内！　餓鬼の頃は、二十《はたち》までにひとかどの人物になる、日本一の本草学者になると、信じておった。それが…………蓋《ふた》を開けてみたらどうじゃ。

俺はもう三十。家のことなどもあり、なかなか高松をはなれられず……もたもたしておる内に、人間五十年の半分より先にきてしまったではないかっ。ああ……）

気のせいだろうか？　部屋をたゆたう紫煙が、濃くなってきた気がする。

（日本という国に、二つ、目に見えぬ膜があり、源内《わし》という才能が花開くのを邪魔立てしている気がする。一つめの膜は、幕府が海の外に張った膜よ。これがあるおかげで、阿蘭陀《オランダ》以外の欧羅巴《オーロッパ》の国、英吉利《エゲレス》、仏蘭西《フランス》などの書物が、日本に入ってこぬ。それらの国で、今どのように本草学がすすんでおるのか……わしは、知りたい。

だが、海の向うの本草学と、わしは、つながれぬ。

いま一つの膜が、幕府が日本の内に張りめぐらした膜よ。百姓、町人の家に生れた者は勿論のこと……わしのような、足軽の家に生れた者でも、なかなか這《は》い上がる機会をつかめん。政治《まつりごと》の世界は勿論、学者の世界でも、上に立つのがむずかしいのじゃ……。林家に生れた者は、大学頭《だいがくのかみ》になるのが約束されているというのにな。

いくつかの、えらばれた家に生れた者が全てを享受し………その他大勢は、血反吐《ちへど》を吐くような努力と、僥倖《ぎょうこう》とも言うべき幸運が重ならない限り、這い上がれぬ。ここはそんな国だ。わしは二重の意味で、日本に張られた目に見えぬ膜をぶち破りたい。海の外の国々も……やはりその辺りの事情は一緒なのか、違うのか、この目で見てみたい。煙草の煙にのれるなら——これにのって、行ってみたい）

そう源内が強く思った時だ。

信じられぬ現象が、勃発《ぼっぱつ》している。

室内の煙が、いよいよ白く、濃くなって、積乱雲のようにふくれてきた。ほとんど一瞬で——畳の上に雲海ができている。重厚な白煙がゆったりと這い、様々な雑物は悉《ことごと》くおおわれた。

(火事か?)

血の気がさーっと引いた刹那《せつな》、ポン……。

乾いた音が、した。

白煙が、次第に薄くなってゆく。

「——」

源内は驚愕《きょうがく》した。

噂通り、幽霊が出たのであろうか? 一人の少女と、一本の蔓草が、唐突に源内の部屋に現れたのである——。

農家の子供らしく、小豆色《あずきいろ》と白の縦縞《たてじま》の衣を着ている。たばねた髪には赤い櫛《くし》がのっていた。年齢は十歳くらい。浅黒い。

左様な少女が突っ伏すような姿で、ついさっきまで誰もいなかった畳の上に、転がっている。

おかげで少女に押し倒された壺が、いくつも転がり、中に入っていた種類《たね》がこぼれ出てしまった。

少女の横では瓜科植物と思われる一本の蔓草が、ゆらゆらと揺れている。天から降ってきたような少女も不審だが、この蔓草も面妖だ。何故なら土壁から生えてきたように見えるからである。

「…………」

源内は、絶句している。奇術者の挑戦か。人智をこえた何かの挑発か。さしもの本草学者、平賀源内も、何の文脈もなく、忽然《こつぜん》と幽霊御殿に現れた少女に対し、何と言葉をかけてよいか全くわからず、声をうしなって突っ立っていた。

少女が顔を上げ、

「……お父はん?」

が、少女はすぐに源内が父親ではないと気づいたようである。乱れた柳髪《りゅうはつ》を掻《か》き上げ、ここはどこなのだろうと、うかがう様子で、真剣に辺りを見まわしはじめた。

健康的に日焼けした肌に、不思議な深みのある、二重瞼《ふたえまぶた》。形がよい唇をもつ、彫刻的な美しさがある、少女であった。

源内は、激しい怒りにふるえている。要するに、これは——自分と敵対する学生が仕掛けた、罠《わな》に違いないと考えたわけだ。奇術に通じた者を銭でやとい、自分を驚かせようという魂胆か？　部屋の外に出れば、罠を仕掛けた連中が潜んでいる気がする。

源内の手が、一気に、襖を開ける。——凄《すご》い勢いで外に出た。

「……」

誰も、いなかった。

源内は一度、襖を閉めた。外で、

(罠ではない。なら、夢じゃ。夢！　わしとしたことが、物産会で疲れがたまっていたのかもしれぬ……)

深呼吸した源内の手が、実にゆっくりと、襖に、ふれる。恐る恐る開けてみる。

果たして——褐色の美少女は、いた。

源内があつめた木石を不思議そうな目で眺めている。

「そなたは…………誰じゃ？」

もう一度、部屋に入った源内の声には、鋭い警戒心が、にじんでいた。深く澄んだ、二重の瞳が、源内の方に動き、

「うちは、お銀。あんたはんは誰どすか？　それと……ここ何処どすか？」

「わしは、平賀源内。ここは江戸昌平黌の、幽霊御殿という建物よ」

昌平黌と聞いた瞬間、少女の瞳で、焔《ほむら》が小さく光った。


お銀が語ったのは——世にも不思議な話であった。

お銀は江戸から遠くはなれた、京の西、太秦村の子だという。お銀の父は、作州《さくしゅう》の浪人で、岡田藤右衛門《おかだとうえもん》といった。学問で身を立てるため、都に出た藤右衛門は、太秦広隆寺近くの百姓家で厄介になり、寺子屋で教えて口を糊《のり》する傍ら、洛中の私塾で学んでいた。厄介先の百姓娘とよい仲になった藤右衛門は、彼女との間に子をなす。それが、お銀と弟の亀次郎だった。

今から五年前、お銀、五歳の時である。

「お父はんはなあ、京で学ぶことは学んだ、江戸に行けば必ず諸侯はわしを引き立てて下さる、我が学問は開花する、こないなこと……いつも、言うてはった」

「…………」

「名をなしたら、必ずうちらを呼ぶゆう約束で、江戸に——昌平黌に入るために、東に行かはったのや」

が——次第に便りが途切れがちになった。そして、遂には全く手紙がこなくなってしまった。
「昌平黌には問い合わせたのか？」
源内が問うと、硬い面持ちでうつむき、
「うん。江戸に行く人がおってな、その人にたのんで訊いてもらった。そやけど……そな
いな人おらんって言われたのや。二度訊いたけど、そう言われた」
お銀は、悲しそうな目で答えている。
さて、京にのこされたお銀一家は、江戸に行った藤右衛門をさがす術《すべ》をうしなってしま
った。祖母が弥勒菩薩様にお願いすれば、藤右衛門は帰ってくるかもしれないと言ったこ
とを、真に受けた姉と弟は、毎日のようにお参りするようになったという。今日も、つい
さっき弥勒菩薩にお参りし……気がついたら江戸にいた。
（…………弥勒菩薩が、この子を、父親が消えた江戸の町に送った？　馬鹿なっ。ありえ
ぬ！）
江戸屈指の科学者と言うべき源内の理性が、当然、みちびき出された推論を、ぴしゃり
と打ち消す。源内の注意が、お銀と一緒に出てきた蔓草に動く。
「お銀。この蔓草は……何じゃ？　お前と一緒に出てきたのじゃ」

お銀は、目鼻がくっきりした褐色の相貌《そうぼう》を、壁から生え出ているように思える蔓草にむけた。黙視するお銀に、若き本草学者は、言った。

「蔓と葉を見るに、烏瓜のようにも思えるし、夕顔にも思える。烏瓜の特徴と夕顔の特徴、双方をもっておるのじゃ。わしは昌平黌に籍を置いておるが……本草学も学んでおってな。これは——瓜の仲間なのじゃが、我ら本草学者が名を知らぬ瓜。……新種の瓜である気がするな」

青々しい葉がいくつも、長い蔓に、何食わぬ顔でついている。欧羅巴で人の心をあらわす図柄に酷似した形で、白い毛が沢山生えていた。

お銀が、

「この草……弥勒菩薩さんのお堂の裏にも、生えとった」

「——何じゃと」

「この草が、白い花咲かせて、ほしたら白い煙が仰山出て……どなんしたんやろ思うたら、うちはここにおったんどす」

「すると…………この草、お銀が京から江戸に……一瞬で動いてしまったことと、関りがあるのかもしれんな」

源内の鋭い目が——ギラリと、光る。

学者の面差《おもざ》しになった源内は注意深く蔓草をあらためだした。

「花が咲いたと言ったが、今は見当たらぬな。……蕾《つぼみ》が二つあるきりじゃ」

などと言いながら源内は、物質的には小さな、されど、論理的には途方もなく重大な発見に打ちのめされている。

池大雅の妻、町が見つけた草の先の不自然さに……源内もまた気づいたわけである。

（――何じゃこれは。虹や陽炎《かげろう》の端が、段々薄くなって、大気に溶けこむのはわかる。じゃが、実体をもつ草が、次第に薄くなり、ごく自然に大気に溶けこむなど……あっていいのだろうか？　この草は――我ら人間の知る、遠近の作法を悠然と飛び越えているのではなかろうか……。

この薄くなった先が、何里もはなれた全然別の場所につながっているとしたら？

つまり、その先には富士山や日光があり……いやいや、そんな近場ではないわ！

英吉利や俄羅斯《オロシア》と、つながっておるのではないかっ！

そして英吉利の田園や、俄羅斯の都、莫斯哥米亜《ムスコウビヤ》近くの森などに、この蔓の先が出ており、その何の変哲もない蔓草について、向う側、つまり英吉利の紅毛碧眼《こうもうへきがん》の娘や、莫斯哥米亜近くに暮す百姓などは、何の不思議も感じてはいないのではないか？

――十分に考えられるぞ、そういったことは）

全身の血流が、ざわざわと、騒ぎだしている。強い予感が、上から下へ、下から上へ、体の芯《しん》を駆け抜けていた。

この妖しの草を見世物につかい、三百諸侯の屋敷をまわれば――自分は一夜にして高名になれる。この妖しの草の原理を解明すれば、自分は日本はおろか、人全体の歴史に永遠《とわ》に名をのこす本草学者になれる。

――左様な予感である。

源内は、ものも言わずに部屋を飛び出た。一つ、たしかめたかった。

書斎、兼、寝室に入る。

異変はない。

妖瓜《ようか》は、お銀が現れた部屋と、源内が寝室にしている部屋の、間の土壁から出てきた。つまり源内は――書斎、兼、寝室に奇術を得意とする悪戯者《いたずらもの》が潜んでいて、壁に穴を開け、そこから差し込む形で蔓草を出したのではないか……と疑ったのだ。お銀はともかく妖しの草については左様な離れ業で出せる気がした。

だが――書斎、兼、寝室は無人であり、何ら異変はなかった。都で芽吹いたらしい、妖しの草は、空間を越え、土壁を起点とする形で、江戸側に顔を出しているようだ。

急いで、お銀がいる部屋にもどる。

もどりながら、源内の脳漿《のうしょう》は目まぐるしくはたらいている。

元々、賢い男だけに、着想の蔓が、頭の中で素早くつながってゆく。学生でありながら、物産会を企画、宣伝していることからわかるように、源内は、山師的、興行師的性質を、色濃くもっていた。彼は、次のような思考回路をへた。

まず、俄《にわ》かに打ち立った源内の目標は——あの妖しの草をつかって、諸大名の屋敷で、空間をこえる術を実演。不動の評判を得るというものだった。

その目標のためには、まず、あの妖しの草の原理というものを解き明かさねばならぬ。

源内の鋭い直感は、この原理と、お銀が、濃密にかかわり合っているのではないか……、と告げていた。

（お銀の父は、昌平黌で学ぶと言って江戸へ発《た》った。お銀は江戸へ、昌平黌へ、父親をさがしに行きたいと強く願っていたはず。その願いと、あの草が……何か人智をこえる作用をなし、此度《こたび》のことにつながったのではないか？）

だとしたら、原理を究明するためには、お銀と、確たる信頼関係をきずくのが早道であると思われた。

そしてお銀に信頼されるには——お銀の父をさがしてやるのが、一番いいと思われた。

これらの思案が、源内の頭の中では、爆発した花火が夜空に大輪の花を咲かせるくらい

の刹那で、おこなわれている。お銀の所にもどった源内は、
「お銀。お前の父親は、まだ江戸にいるかもしれない。この源内に、心当りの人物がいる
から、その人に訊いてあげよう」
お銀の瞳が、一気に輝く。
「ほんま？　うちも仏様の力で、せっかく江戸にこれたさかい……お父はん捜さな、あか
んて思うとった。源内はん、手伝って下さるん？　おおきに。ほんまに、おおきに！」
少女の声は、父親と会えるかもしれないという希望と感動で、ふるえていた。源内は今
にも駆けだして行きそうなお銀を落ち着かせ、
「お銀。気持ちは、わかる。じゃが……ここは昌平黌の寮なのじゃ。お前のような娘がわ
しの部屋にいると知れれば、妙な噂が広まってしまうかもしれん。故にこの源内を信じ、
しばし待っていてほしい。責任をもって父御《ててご》について訊《たず》ねてくるゆえ。わしがもどるまで、
この部屋から出てはならん。また、蔓草を抜いたり、これにさわったりしてもならん。で
きるか？」
祈りが通じて江戸にこられたと思っているお銀は、自分の足で江戸八百八町を歩き、行
方知れずの父をさがしたく思っていた。説明できないことが起ると、人はどうしても理性
をすて、勘にたよりがちになる。今のお銀が、それだ。彼女の勘は、自分の足で江戸をめ

ぐれば必ず見つかると、激しく告げていた。だから源内から部屋にいろと言われた時は、一切の生命《いのち》が衰えた冬野みたいに暗い表情に沈んでしまったが、ものの道理がわからぬ齢《よわい》でもなかったため、源内がさとす内に、少しずつ表情の硬さが取れてきた。江戸にこられた感謝の念が、再び湧き起ったようである。

だから、お銀は、

「待っていられるな？　この部屋で」

という源内の問いに、大きくうなずいている。部屋を出る時、源内は、もう一度念を押す意味で言った。

「お銀。この幽霊御殿……ある意味、怨霊よりも恐るべき人物が、暮しておる。そういう意味でもお銀は外に出てはならん」

「怨霊より怖い人……どないな人どす？」

「たとえば、三度の飯の代りに酒ばかり喰らっている男。酒乱の気があり、女子《おなご》や子供にも粗暴な振る舞いにおよぶ恐れがある。……猛牛のような人物じゃ。

はたまた、書物ばかり読んでおる男。机の上では聖人君子じゃが、一度《ひとたび》、学問の場をはなれると、何をするかわからぬ危うさをもっておる。行動がともなわぬ偽君子とは、彼のためにある言葉であろう。

あるいは、わしよりも講義に顔を出さず、悪友とつるみ、平素何をしていて、いつ寮に帰ってくるのか、全く判然とせぬ人物。

ここは、斯様な魑魅魍魎《ちみもうりょう》が如き人物の巣窟《そうくつ》ゆえ、軽々しい気持ちで外に出ると、取り返しがつかぬ目にあうかもしれぬ」

脅しの薬が相当効いたのか。お銀の目は、真ん丸になっていた。

「故に、今からわしが出てゆく襖を、決して開けてはならん。誰かに呼ばれても返事をしてはならん。静かにここで待つのじゃ」

源内は重厚に言い聞かせると、部屋を後にしている。

三

源内は、疲れ切った廊下を、足早に歩きながら――

(待てよ。お銀の父を、見つけたとする。彼が娘と一緒に都に帰りたがったら、わしは、どうすればよい？　ふむふむ。その場合は、こうこうこう説き伏せようか)

お銀がこう言ってきたら、どうしよう、などという様々な疑問や懸念が、源内の内側で巻き起る。だが疑問懸念は彼を悩ませなかった。こうなったら、こうしよう、こう謂《い》われたら、こう言いふくめよう、という着想が滝になって流れ落ち、絶え間なく源内の脳漿を刺激するのであった。それは、源内の野心を刺激した。

(わしは運がよい！　あの蔓草を手掛かりに、必ずのし上がってやる。学者としての道が、これほど明るく、広々と開けた気がするのは、生れてはじめてじゃ)

幽霊御殿を出た源内は、昌平黌の中を、講堂まで歩いた。講堂に入ると、さる部屋で孟《もう》子《し》が講義されていた。源内の足は、止っている。

襖を、一分《いちぶ》(約三ミリ)ほど、開く。そっと中をたしかめた源内は、

(いた、いた、いた)

確認した源内は、講堂から出た。肺腑が、また、煙草を欲する。もじもじしながら、源内は意中の人を待った。

＊

(遅いなあ。源内はん)

正座して待っていたお銀は、足の痺《しび》れを感じ、手でもみだした。無造作に置いてある紫水晶を手に取った時だった。

「おい、源内おるか！」

脅かすような声の矢が、襖一枚へだてた向うから、強く射られている。お銀は源内が何処かの山でひろってきた紫水晶を手にもったまま、固まってしまった。

固唾《かたず》を、呑む。

外の男はチッと舌打ちしたようである。

「おるのか、おらんのか、返事をせい！」

（いーひんかったら、返事なんかできへん。これが、源内はんの言うとった、けったいな人やろか）

「…………」

「うぬにかした六十文。そろそろ、わしも、手許不如意になったゆえ、取りにきた」

男は源内が寝室につかっている部屋と、今、お銀がいる部屋、二つの部屋の前を行ったりきたりしはじめた——。ギイギイという軋むような足音が、男の動きを、お銀の聴覚に教えてくれた。

「まさか、六十文払うのが嫌で、狸寝入《たぬきねい》りしているのか？」

心臓が、早鐘のように鳴っている。かんばせが青くなったお銀は、自分の息づかいが——外に聞こえてしまわぬかと、疑った。

「それとも本当におらんのだろうか」

己に問いかけるように呟《つぶや》いた男は、

「わしも、武士。うぬの居留守を白日の下にさらし、恥をかかせるような真似はしたくない。――期限をもうける。来月じゃ！　来月一日までに六十文、一銭の不足もなく、お返しいただきたく思う。さらばじゃ」

激しい足音が、ドカドカと、遠ざかっていった。

ほっと溜息をついたお銀は、紫水晶を畳に下ろした。源内が出かけてから、既に一刻《いっとき》（約二時間）以上経過しているが帰ってくる兆《きざし》はない。次第に、不安と焦りが、お銀の中で首をもたげている。源内が悪い人ではないかという不安だ。金にも困っているようだし、人買いなどに自分を売ってしまわないかと思ったのだ。

だがすぐに、打ち消した。

まだ少ししか話していないが、お銀には、源内がそれほどの悪人だとは思えなかったのである。時折……ずるそうに目が光るのを、お銀は見ていたから、完璧な善人とも言い難い。しかし底の方に、人間的な温かみのようなものをもった人だと、お銀は感じていた。

ふと――お銀の胸中で、亀次郎は今頃、心配しているのではないかという思いが、浮かぶ。さらに、太秦村は大騒ぎになっているのではないかという考えが、お銀の頭をみたしている。

だがすぐにお千代《ちよ》ひきいる少女たちの一群がまるで苦々しい冷風のように思い起され暗い気持ちになった。

(うちが神隠しになったと知ったら、お千代は何と言うか)

お千代とは、太秦村の少女たちをたばねる娘で、お銀より一つ年上である。お銀とお千代は家が近く、ずっと仲良しだった。だが去年の夏、お千代の一言がきっかけで、二人の間に大喧嘩《おおげんか》が起り、以来、関係を絶っている。お千代との対立は、お銀から他の友達をもうしなわせ……今は、人目につきにくい、弥勒菩薩の堂裏で、弟と二人で遊ぶのが日課となっていた。

(あんな子と仲直りするくらいなら、太秦村出た方が、まだええわ。亀次郎………かんにんやで。姉《ねえね》のおかげで、村に友達おらんようになって……かんにんやで。そやけどうち、どうしても自分をまげられん)

目をこすってみる。現実だ。江戸にきたのは、夢想ではなく、どうやら現実らしい。だとすれば、自分は、江戸に瞬間的に動いたという新しい現実に即応すべきであり、太秦村でのお千代との関りなど、今はもう脇に押しのけておいてよい、些末《さまつ》な問題だ。なのにまだ、それを重く引きずっている。

左様な自分に、お銀は、ある種の滑稽《こっけい》を覚え、寂しげに微笑している。

＊

日が、大分西にかたむいてきた。

平賀源内は、柿色の寂寥《せきりょう》感をいやましにはらみつつある陽光に照らされながら、鈴木《すずき》権兵衛《ごんべえ》という男を待っていた。

鈴木権兵衛は、八年間、昌平黌に在籍している変り者の学生である。やはり昌平黌の寮で暮している、源内とは棟が違う。ずんぐりとした体形で、角ばった顔は異様に大きい。眉は黒毛虫みたいに太く、目は小さい。常に、「まだ、ここで学ぶべきことを学んでおらん」と語っている鈴木には、二つの趣味がある。

一つは、銭湯通いで――江戸の町にある、あらゆる銭湯で湯につかったと、自慢していた。人の口と瓦版《かわらばん》くらいしか、情報を得る術がない時代にあって、こと銭湯に関して……鈴木が情報をあつめる力は驚異的な凄みがある。

どこそこの銭湯は今度、桃湯をやるとか、四谷《よつや》の銭湯は端午《たんご》の節句をはさんで前と後ろで三日ずつ、菖蒲湯《しょうぶゆ》をやってくれるとか、あそこの銭湯で何月何日、甘酒がふるまわれるとか、とにかく江戸八百八町の銭湯で起ることで、彼の知らぬことはないと言ってよい。

いま一つの鈴木権兵衛の趣味が……人間観察だ。

鈴木権兵衛は、昌平黌に在籍している全学生の氏素性は勿論、気質、現況、将来の目標を完全に網羅していると、豪語して止《や》まない。

源内は、お銀の父、藤右衛門が、五年前に昌平黌を目指し京を発ったという話から、鈴木権兵衛の脳内人名録に、その名があるのではないかと考えていた。

学生が、波となって、出てきて、源内が脇によけた時だ。

「平賀じゃないか」

鈴木権兵衛の方から、声をかけてきた。源内はすかさず権兵衛を引っ張り、槙《まき》の巨木の下に連れ込んでいる。

権兵衛は訝《いぶか》しげに、太眉をひそめ、

「用というのは何じゃ？　よもや、無心ではあるまい。雨森《あまもり》の奴が、お前にかした六十文がなかなかもどってこぬと、息まいていたぞ」

「ああ、雨森か。六十文如きで、大仰《おおぎょう》に騒ぎすぎなのじゃっ。それより、鈴木、岡田藤右衛門という男を知っておるか」

権兵衛は、四角い顎を撫《な》で、

「岡田藤右衛門……たしか、五年前に四ヶ月ほど昌平黌に籍を置いていた男じゃな」

「おぉ！　知っていたか」

源内の双眸《そうぼう》が、輝く。

「のう。岡田藤右衛門が今、何処にいるか知っておるか？　是非、彼に会いたいのじゃ」

権兵衛はじっと源内を見つめていたが、やがて言った。

「藤右衛門に会うことは出来ん」

「会えない？　どういうことじゃ」

「彼はもう…………いないのだ」

*

秋の日の入りは、早い。

部屋に源内がもどってきた時には、世界の四隅にいたるまで、黄昏《たそがれ》の静かな青につつまれていた。故に、黄ばんだ襖を開け、中に入ってきた源内の面《おもて》は、青灰色の靄がまぶされたようになっていて、唇や鼻の輪郭線は、悉く、曖昧なやわらかさの中に埋没していた。

「源内はん」

ずっと心細い思いをしていたお銀は——思わず、立ち上がっている。源内は無言のまま、サカキカズラの上に座ると、煙草盆に手をのばした。探り当てられた火が、乾燥した刻み煙草をあぶる。紫煙が、立ち上った。座りなおしたお銀は、深々と一服する源内が、暗い憂鬱をまとっているように感じ、不安になった。

遠くで、若者たちが地唄を歌う声がする。何処かの寮で、宴がはじまったのかもしれない。こうした若者たちの馬鹿騒ぎに、昌平黌側はとてもうるさかったが、止めようとして止められるものではなかった。

お銀は、青い黄昏の底で、静かな声で、

「お父はんは…………見つかりそうなん?」

源内はじっと黙している。微動だにしない。やがて、面長の首がゆっくりと横に振られ、

「いや」

お銀は生唾《なまつば》を呑んで、源内を注視しつづけた。源内はもう一服すると、煙管をゆっくりと煙草盆に置いた。

「お銀、あのな……お前の父御は…………亡くなったのじゃ」

強い感情が、お銀の中で、白い閃光《せんこう》となってはじけている。それは悲しみというより、怒りに近い。不思議な煙に巻かれて江戸にこられたという奇跡的事実は、お銀に、必ず行方知れずの父に会えるという確信をあたえていた。その確信が、刹那で水泡に帰したため……世の中の不条理に対する憤怒が、一挙に、迸《ほとばし》り出た。

「何で――」

と呟いたきり、お銀は絶句している。膝《ひざ》が勝手に源内の方に動く。にじりよったお銀は、もう一度、口を開いた。だが、声が出ない。代りに眦《まなじり》から――光るものがあふれ出た。

源内は、語りはじめた。


話し終えた源内は大分暗くなっているのに気づき行灯《あんどん》に火を入れた。青と黒が溶け合ったような闇が、濃く立ちこめていた、室内の一隅に、ぼんやりと赤い光が差す。

すると――藍色《あいいろ》に沈んでいた障子の外は、黒一色の平面に落ち着き、畳に置かれた様々な雑物は、赤光《しゃっこう》に照らされ、また別の生命《いのち》を獲得したように思えた。お銀は硬くうつむき、ふるえるように泣いている。

源内が、権兵衛から聞いたのは次のような話であった。

お銀の父、藤右衛門は、たしかに五年前、昌平黌にいた。

だが間もなく彼は、朱子学ではない、別の学問にのめり込む。蘭学である。当時、幕府や諸大名の中には、蘭学に肯定的な者もいれば、否定的な者もいた。そして、否定的な者の急先鋒《きゅうせんぽう》が、大学頭・林家であった。林家は、当世風に言うと、東京大学総長に代々任命される家であり……その攻撃対象は、何も蘭学だけではない。

同じ儒学でも、朱子学以外の一派は、林家の非難の的であった。

たとえば——熊沢蕃山《くまざわばんざん》という学者がいた。

陽明学を学んだ蕃山は、参勤交代が諸大名の経済的負担になっていて、その負担が、諸国の民への過酷な取り立てにつながっている、と分析した。

なので蕃山は——参勤交代をやめてしまえば良いと提案した。そして空き地になった諸藩の江戸屋敷を、全て水田に変えてしまい、江戸の食糧自給率を高めた方が良いと考えた。

さらに蕃山は、秀吉の兵農分離が、全ての制度疲労の大本にあると見、庶民にも高度な教育をあたえ、優秀な人材を抜擢《ばってき》していけば……社会は甦《よみがえ》ってゆくと考えた。

参勤交代の廃止と、江戸の田園都市化。兵農分離の撤廃と、庶民への教育。

こうした提案をおこなった、蕃山を、大学頭・林家は耶蘇《やそ》の変法——キリスト教の一種——とみなし、徹底的に攻撃する。

蕃山が当時の為政者がぶったまげる提案をおこなったのは事実だが、陽明学とキリスト教に、もとより何ら関係はない。だが、幕藩体制を揺るがす危険な学説だ、幕府を揺るがすという所ではキリスト教に似ている、キリスト教の一種なのだ……というふうに、林家は論理を飛躍させ、蕃山に「耶蘇の変法」なる奇怪なレッテルを貼ってしまうわけである。

自分たちと意見が違う者、自分たちに甘い蜜《みつ》を垂らしてくれる体制を揺るがす者に、耶蘇

──徳川幕府はキリスト教を弾圧していた──というレッテルを貼ることで、徹底的に力を削《そ》いでしまうわけである。

さて、この林家は当然、蘭学の流行にも危機感をもっていた。自分たちの学校、昌平黌の学生が蘭学にかぶれることにも、不快感をもっている。蘭学にのめり込んだ藤右衛門は、他の多くの学生もその道に誘ったことで、大学頭・林家の逆鱗《げきりん》にふれた。昌平黌を追放処分になったという。昌平黌を追われた藤右衛門は、さる学者の許で書生をしていた。左様な事情を京に手紙で知らせなかったのは、深く恥ずるところがあったからだろうと、源内は語った。さて、長崎で本格的に蘭学を学ぼうとした藤右衛門は、何とか路銀をため、江戸を発った。途中、駿河《するが》の国で、流行《はや》り病に当てられ、元々ろくなものを食べていなかったことが悪いふうにはたらき、卒《しゅっ》した。四年前のことである。

さて、病床から藤右衛門は二通の手紙を書いた。一通は京へ──。一通は江戸へ。江戸への手紙は、湯島時代の友人に書いた。だが、幕府での出世を目指すその男は、昌平黌に睨まれるのを怖れ、駿河に出むくことはなかった。もう一通は、勿論、太秦村のお銀一家に、今までの筆不精、己の腑甲斐《ふがい》なさを詫《わ》びた書状を、僅《わず》かな金子《きんす》と共に送ったものだった。だがこの手紙は、どういうわけか太秦村にとどいていない。

お銀、源内は知る由もないが、手紙をたのまれた旅人が、欲心に目がくらみ、文を破り捨て、金子を我がものとしてしまったわけである。また鈴木権兵衛は、藤右衛門から便りをもらった友人によって、駿河で死病にかかったのを知っていた。

夜の部屋で、お銀が、さめざめと泣いている。遠くで——呑気《のんき》な学生たちが、ほとんど吠《ほ》えるように、地唄を歌っている。さっきまで源内を満たしていた高揚感は、今はもうない。

父親が死んでいたという冷厳な事実を突きつけられた、お銀が流す涙と、藤右衛門と自分が、よく似ている、という思いが、源内の心を黒くふさいでいた。また、煙草に火をつけた時である。

「お千代ちゃんの……言うた通りやった」

日焼けしたお銀は、唇を開いた。

「お千代?」

「太秦村の……友達どす。違《ちゃ》う。えげつない喧嘩したさかいに、もう友達違う。元友達」

「…………」

お銀は、鹿《しか》に似てしなやかな足を、腕でかかえるように座り直し、行灯の灯を見つめながら言った。

「去年の夏の、えらい暑い日やった。蟬《せみ》が、仰山鳴いとった。お千代ちゃんが……うちに言うたんや。

『お銀ちゃん。えらいきついこと言うけど……かんにんやで。なんぼ、弥勒菩薩さんにお参りしても、お銀ちゃんのお父はん、帰ってきーひんと違う？　藤右衛門はんは江戸で死んだ、村のみんなが言うとることや』

それを聞いた瞬間、頭に血が上ってな、お千代ちゃんを引っぱたいた。田んぼに突き落とした」

お千代も反撃してきた。泣きながら、お銀を田んぼに引きずり込んだのである。二人は泥田を七転八倒しながら、つかみ合い、引っぱたき合った。お銀とお千代の喧嘩は、泥田ではじまり、小川までもつれ込むという、凄《すさ》まじいものであった。焼けるような日差しを乱反射する川の中で、泣きながら転がし合っていた二人は、たまたまウナギをとりにきた男に止められるまで、戦いやめなかった。

「そん後、お千代ちゃんとは……いっぺんも、口をきいてへん。うちと、亀次郎と、遊んでくれる子は、おらんようになった……」

源内の胸中に、一度も行った覚えのない太秦村が、まざまざと浮かんでいる。村での孤立が、お銀と弟を、弥勒菩薩の堂へ益々《ますます》追いやり、そうした日常の中で、妖しの蔓草が芽吹いたという事実が、鮮烈にわかった。

大きな恥の念が、高波となって源内に押しよせる。お銀を見世物につかおうとした己への、恥ずかしさだ。自分は——栄達を、渇望している。だが、お銀は同じものをもとめているだろうか?

彼女がさがしているのは、もっと、ささやかな幸せなのだ……源内は、そう思った。

源内は言った。

「お銀。明日、都へもどろう。太秦村まで、この平賀源内が責任もって、送りとどける」

お銀は黒い宝石に似た瞳を細め、じっと源内を見つめていた。やがて、形のよい顎が、小さくうなずく。

刹那、源内は、背中に、水をあびせられたように感じている。

(路銀が——無い。この子を、都まで送る路銀が……)

頭皮深くに、爪が、食い込む。源内は自分をいじめるように強く、頭を掻いた。深く、掘るように、自分の頭を掻きむしった。

(平賀源内、何をしておる? 和漢古今で智者を三人えらぶとしたら、張良、范蠡、源内でなかったかっ。ふふふふふ、はははは! なのに……なのに……そのわしが、困っている子を一人、都まで送る銭金もないとは!)

手が、無意識に、煙管にのびている。酒が苦手な源内は、こういう時、自分をなぐさめてくれるものを煙草くらいしか知らぬ。

刻み煙草に、火がつく。吸った。少しだけ頭が冴えてきて、紫水晶などのめずらしきものを、藍水の門下生に売れば、いくばくかの銭になると思った。

（足りない分は、藍水先生にたのめば……。……情けないな。ああ、情けない！　この煙にのれるものなら、わしをしばる目に見えぬ網の外に、飛び去りたいものじゃ――）

――そう源内が、強く思った時である。

紫煙より、よほど濃密な白煙が、源内の部屋の中に漂いはじめた――。まるで白い炎のように、ゆらゆらと渦巻いている。

（何じゃ、これは？　お銀が現れた時に立ちこめていた煙と、同じじゃ！）

「源内はん！」

お銀の指が、蔓草を差す。白煙は、蕾からこぼれ出ていた。煙が、いよいよ、濃くなる。

そして、大量の煙が放出され――白い花が、咲いた。

四

その少し前。太秦、広隆寺。

「これは——一夜瓢《いちやひさご》。妖草です」

庭田重奈雄は、言った。


妖草師・庭田重奈雄の衣替えは、世間と違う。

重奈雄は枯草が目立ちだす、中秋の名月の頃……緑色の小袖をたたみ、枯葉色——乃《すなわ》ち茶色の衣に袖を通す。

厳冬は、その茶色の衣に、綿を入れてのり切る。そしてまた、梅が咲き、春の若草が芽吹き出す頃、緑色の小袖に着替えるわけである。

中秋の名月は——陰暦八月十五日。

今は、九月二日。

庭田重奈雄は……枯葉色の衣を着ていた。

「――天稚彦《あめわかひこ》草紙なる書物がある。これによると、貴公子の姿をした竜王と結婚した姫が、いた。姫には二人の姉がおったが、妹の栄華を妬《ねた》んだこの二人の姉、夫の留守中に屋敷を訪ねてまいった」

重奈雄は怜悧《れいり》な目を細め、大雅夫妻、亀次郎、お銀の母、さらにお銀が神隠しに遭ったと聞いてあつまった、太秦村の衆に語ってゆく。

男たちの手には、幾本もの松明《たいまつ》がにぎられている。数知れぬ火の粉が、赤い竜となって、夕闇色濃くなってきた天に上って行った。

「さて、竜王、天稚彦が、妻に、絶対にこれを開けてはならない、もし開けたら、わたしは帰れなくなる、と告げていた唐櫃《からびつ》があったのだが、二人の姉は……これを開けてしまう。

案の定、天稚彦は妻の許に帰れなくなった。

そこで妻は、西の京に行き、そこに住む女から……一夜瓢なる草をゆずり受け、天に上った夫を追ったという」

室町時代に描かれた絵巻物、天稚彦草紙に、実際にしるされた話である。

「天に上った夫を追った……」

ドングリ眼を最大限に開き、茫然《ぼうぜん》と呟いた町に、重奈雄は、

「ええ。このことから一夜瓢は…………一夜にして、天までのびることができる瓜、とい

うことがわかる。――妖草以外の何物でもない」

重奈雄の秀麗な眉が、ひそめられる。

「ただ誤解してほしくないのは、一夜瓢は、千丈もの長い蔓をもっているような草ではない。では、何故、一夜にして天までとどくのか？

――簡単です。

一夜瓢は、人の世の、幾百もの山河を飛び越えた向う側に、蔓をのばすことができる妖草なのです。つまり、この世の、遠近、尺貫の理屈の枠外に、蔓をのばす妖草。したがって、絵巻物に出てくる姫は……一瞬にして、天上まで行けたのでしょうな」


あの後、池大雅は壬生村まで走った。そこで、たまたまきた駕籠《かご》にのり、重奈雄の長屋まで直行。妖草師に、急を告げたわけである。

だが重奈雄は――直接、広隆寺にむかわなかった。

蛤御門《はまぐりごもん》横、庭田重熙邸にむかっている。

妖草経全十一巻の内、七巻までそらんじた十六歳の折、重奈雄は庭田家から勘当された。したがって、重奈雄の脳中に、八巻以降の知識はない。

重奈雄は、一夜瓢が八巻に出てくるというのを、重熙の口から聞いた覚えがあり、一夜瓢の対処法を知るために、どうしても、庭田邸で、妖草経八巻を読む必要があった。

唐突にたずねてきた重奈雄に、重熈は、

『そなたは、勘当された身。ただで妖草経を見せるわけにゆかぬ。妖木伝をかしてくれるなら……見せてあげてもよいが』

間髪いれず兄の策謀を見抜いた重奈雄は、きっぱりと告げた。

『あんたは、かりると称し、奪うことができる男。故にかす訳にはいかん。俺が一緒にいる時に、見るというのなら、いいだろう』

『ぬう……。まぁ、それでよかろう。勝手に見るがよい』

いまいましげに呟いた重熈だったが、弟が心配だったのだろうか、それとも、彼にもそこはかとない善根があるのだろうか。一夜瓢について知識を得た重奈雄が、草堂を出ると、待っていた重熈から、一本の妖草がわたされた。

『重奈雄。この妖草……お前にかしてやろう。一夜瓢で消えた、娘をさがしに行くということは、どのような危険にみちた処に行くか、皆目わからぬということ。

狼《おおかみ》であふれた幽谷に放り出されるかもしれぬ。

無頼漢がたむろする暗黒の宿場町に、行くかもしれぬ。

身を守る一助になるじゃろう』

重熙が重奈雄にもたせた妖草は、ウドに似ている。似ているというか……そっくりだった。

大人の身の丈をこえるくらいまで育つウドは、秋に、不可思議な形の実の集合体を、なす。中心から、無数の軸が、八方へのびる。一つ一つの軸の先端に、球体がついている。実だ。

今、重奈雄がもつウドに似た妖草にも、毬形の実の集合体がついていた。だが、この草には一点——ウドと異なる所がある。

広く大きな葉や、茎、そして実から、時折——緑光が放たれる。放電とも言うべき現象を、引き起していた。

また、この妖しげな草をもっていたことで、重奈雄は、町から「今なあ、こないな事件にくわしい人、呼んどる所や。そやから、その人が到着するまで待っといて」と言われ、半信半疑で待機していた村人たちを——納得させてしまっている。

要するに、この男ならお銀を取りもどしてくれるだろうと、全く非合理的な力で、合点させてしまった。

ウドに酷似する妖草をもち、一夜瓢の前に立つ重奈雄に、町が、

「庭田はん。その妖草で、一夜瓢やっつけるん？」

「いや。そんなことをしたら、お銀という娘……帰ってこられなくなりますよ」

ひんやりとした冷気すら漂う、庭田重奈雄の言い方だった。

「――え？」

茫然とする町たちに、重奈雄が、言う。

「一夜瓢は………ここではない何処かへ行きたいと、渇望する心から生れる妖草。開花と同時に出《い》でる白煙で、人をその場所へ誘《いざな》う。絵巻物の姫は、夫がいる天上に行きたいと渇望し、そこへ行った」

「なら姉は、江戸に行ったんやと思う」

確信が、亀次郎の言葉にはこもっていた。

「そうであるかもしれないし、そうでないかもしれない……」

重奈雄の切れ長の双眸には、青く冷静な眼光が、灯《とも》っている。

「とにかく、お銀が行った場所へ行きたいと、強く渇望することが大事だ。幸い蕾もある。さすれば、我らも一夜瓢をつかい――お銀を追えるだろう」

右手にウドに似た妖草をもつ重奈雄は、左手の指で一夜瓢の蕾を差している。

さて——源内とお銀は……海上にいた。

紺碧《こんぺき》の海原が広がった、遥《はる》かな果てに、沈んだ太陽で赤くあぶられた、水平線がある。

天空は昼間と夜の境にあって、既に、いくつかの星たちが瞬《またた》いていた。

二人は、船上にいる。

大きな船だ。

巨大な白い帆が、生ぬるい海風を全身に受けて、ふくらんでいる。

甲板では男たちが酒盛りをしていた。

甲板から、楼閣風の建物に登る二つの長い階段があり、源内、お銀は、内一つの階段の中ほどに立っていた。

(これは日本の船ではない……！　長崎で見た——清国《しんこく》の船じゃっ)

二十五歳の折、長崎に遊学した平賀源内は、直覚した。妖しい蔓草は、昌平黌で消えた父をさがしたいというお銀の気持ちに応え、太秦で生育。彼女を江戸へ送った。そして今度は、日本の内と外につくられた二つの膜をぶち破りたい……という源内の渇望に呼応し、二人を大海《わだつみ》の上を行く清船の上に送ったようだった。

一切の根本で暗躍する、妖しの蔓草は、またも——二人の傍に、いる。階段の支柱に根付いたようになっていて、そこからやや上へのび、手すりの所にくるくると巻きついていた。江戸で二つあった蕾。一つが咲いたため、今……蕾は一つであった。

（ここは、日本の西南に広がる海ではないか？）

さっき全《まった》き夜であったのに、今は日没直後であるらしいこと。星の配置が、江戸とさして変らぬこと。風が生暖かいこと。

以上、三点から、源内は、船の位置を推し量っている。お銀はと言えば、あまりの光景に愕然とし、真っ青な表情で辺りを見まわすばかり。ここは自分がしっかりしなければと思った。

（彼らと清語で話し、長崎につれて行ってくれぬかと談判するしかないようじゃ）

甲板で酒盛りする男たちは、やはり、清の人たちのようである。

（ええい、こんなことなら……もっと真面目に昌平黌で学んでおればよかったたっ）

もっと真面目に学んでいれば、会話は無理でも、筆談で彼らと話せた気がする。源内は何とか、貧弱な清語の知識を掻きあつめ、乗組員たちに気づかれる前に、「自分たちは、妖しい者ではない。十分、妖しいじゃろうが、違うのじゃ。あなたたちに、危害をくわえるつもりは毛頭ない。長崎までつれて行ってくれぬか？」という、かなり高水準な文章を構築しようとこころみた。

だが、源内が作文するより、先に、気づかれてしまった——。

何人かの男が声高《こわだか》に叫び、こちらにやってくる。

甲板上を、階段の方に近づいてくる男たちは、武装している。源内は、青竜刀、鉄戟《てつげき》、傷杷《いは》という鉄でできた熊手みたいな多刃武器で武装した男どもが、どうも清の正規軍とは様子が違う気がした。

ましてや、商人でもない。

もじゃもじゃの顎鬚で、眼帯。赤い頭巾《ずきん》に、凄まじい頬傷。半裸に、九頭の竜の入れ墨。

官兵にしては……無頼の度が、強すぎるのだ。

焦った源内が、抜刀する。源内はお銀の手を引き、階段の上へ逃げようとした。ところが階段上、楼閣からも、幾人かの男どもが出てきたではないか——。

二人は挟み討ちにされる形になった。

(こ奴らは、清国と琉球《りゅうきゅう》の間で暗躍する、悪名高き海賊ではないか)

日本語をしゃべれる者が、一人くらいいるのでないかと思った源内が、叫ぶ。

「わしらは妖しい者ではない！　諸君らと戦うつもりも、ない。ただ、長崎に送りとどけてほしい。もし送ってくれたら、日本のめずらしい物産を贈らせていただく！」

「…………」

何を言い出すのかと、海賊たちは一瞬静まり返った。

だが、すぐに、怒号、恐るべき雄叫《おたけ》びを上げ、殺到してきた。

この、今の浙江省《せっこうしょう》辺りを拠点とする海賊衆に、日本語を解する人物は、いなかったのである。

横を見ると、恐怖が、お銀の満面をおおっている。

源内は、

（戦うしかないのかっ）

武芸の自信は全くない、平賀源内。渾身《こんしん》の力をこめた白刃を、下から殺到してくる海賊の先頭へ振った――。

火花が、散る！

源内が勢いよく振った刀は、まるで熊手みたいな形をした、鉄凶器に、強硬に食い止められた……。

傷杷。

その昔、倭寇《わこう》討伐に手を焼いた明軍は――日本刀をたやすく受けられる武器を、開発した。それが、傷杷である。

傷杷は複数の鉄の穂が、熊手の如《ごと》く平行に並んだ武器で、穂の根元と、中ほどに、三日月形の刃がついている。つまり傷杷を構えた人の前に立つと、三日月形の鉄の刃から、複数の穂がこちらに突出しているように見える。

倭寇が、明兵に、刀で斬りかかったとする。すると明兵は、日本刀を、三日月形刃で受ける。この時、日本刀は鉄の穂と鉄の穂の間に、がっちりはさまれた形になる。明兵はそのまま敵の方に自分の得物を押す。すると――倭寇の体に、複数の鉄の穂が突き刺さるわけである。


今、源内の大刀は、清の海賊の傷杷に、しっかり食い止められた。相手は、まるで筋肉があつまって一山をなしたような……分厚い、壮漢だ。

相手が、押してきた――。

本草学者、平賀源内は、屈強の海賊に、あっという間に押し負けている。

鉄の穂、そして自分の刀が、ぐいぐい近づいてくる。

「源内はん！」

悲痛な叫び声が、お銀の口からこぼれ、海賊船にひびきわたった。

諦めと自虐が溶け合った、赤い蛇に似たものが、己の内側で暴れ出す。

「ここで死ぬかよっ、平賀源内！」

——その時である。


ポン……


乾燥した音が、した。

左程大きな音ではない。

そして、修羅場と化した階段と平行に並ぶもう一つの階段に、もうもうたる白煙が、巻き起っている。

白煙が薄くなると——色白で切れ長の瞳をした、若者が一人、現れている。若者の手には、ウドに似た植物がにぎられていた。

平賀源内、お銀、海賊たち、船上にいる全人間の眼差《まなざ》しが、無人の階段に涼しげに現れた若者にむけられる。

源内は、若者の傍にも蔓草が揺らいでいるのをみとめた。

圧倒的な驚きが、海賊船中《じゅう》に、ザーッと広がる中、若者は悠然とした様子で、

「どうやら、何とか間に合ったようだな。俺は庭田重奈雄。

——妖草師。

妖草、一夜瓢により、太秦村からさらわれたお銀をつれもどすべく、同じ妖草をつかって参上した次第！　ちょっと事情が呑み込めぬが、手荒な真似はしたくない。当方は、お銀さえつれもどせば十分なのだっ」

あの後、重奈雄は、亀次郎とお銀の母を、一夜瓢の蕾の前に立たせた。お銀がいる場所に行きたいと強く念じさせると——白煙と共に、妖草は花開いた。重奈雄は煙が出ると、二人を突き飛ばし、自分一人がそれに巻かれる形で、海賊船に現れたのである。

この日最後の赤い光が、黒々とした水平線に呑み込まれた。

広く深い夜が、いつの間にか、大海原を統《す》べはじめた。

濃い潮の香《か》が、重奈雄の鼻を打つ。まだ甲板にいた幾人かの海賊が、大声でわめきながら、重奈雄の方へやってくる——。

階段に立つ重奈雄は、殺到してくる海賊にむかって、ウドに似た妖草をかたむけている。件《くだん》の妖草からは時折、引き裂くような音と共に、緑色の、小さな放電が起っていた。そして、

「妖草・草雷《くさかずち》」

小さく呟くと、重奈雄は、むしった。

左手を、ウド、もしくは、八手《やつで》に見られる、小果実の集合体にのばすと、先っぽに一粒青い実をつけた軸を、一本だけ、むしり取った。

と、

――――！


何たる、こと。

緑の稲妻が、隼《はやぶさ》より疾《と》く、放たれた――。

そして、緑エレキの矢は、重奈雄がいる階段の下まできた海賊六人を、直撃した。全身にひどい火傷《やけど》を負った六人は、甲板上をのたうちまわっている。

妖草・草雷――雷が妖草化したような常世《とこよ》の植物。小粒の実をつけた軸を指でむしる度に、その軸がむかっていた方角に、緑色の稲光の矢を飛ばす、恐怖の草である。京都庭田邸で大切に育てられていた。

（何なんじゃ、あの男は！……草雷。妖草？　一夜瓢？）

源内は、驚嘆している。

また、源内と海賊たちの戦いは一時――中断されていた。忽然《こつぜん》と現れた重奈雄の働きが凄まじすぎて、海賊衆も、源内も、お銀も、船にいた全員の意識が、妖草師の一挙手一投足にからめとられてしまったからだ――。

特に、平賀源内がしめした関心は、頭や目が、燃えだすほど凄まじいものだった。ほとんど敵を睨むような目つきで、重奈雄、草雷を、見据えている。

この宝暦七年、九月二日の、洋上での体験が、後年……源内をエレキテル製作にのめり込ませたかどうか、それはわからぬ。

また、後に戯作者《げさくしゃ》としても地位を確立する源内は、これより六年後、「風流志道軒伝《ふうりゅうしどうけんでん》」を刊行する。

その物語は……羽扇《うせん》なる飛行自在の道具をつかう男が――莫剛爾《モウル》、占城《チャンパン》、薊門塔剌《ソモンダラ》、浡泥《ボルネウ》、百児斎亜《ハルシア》、莫斯哥米亜、琶牛《ベグウ》、亜剌敢《アラカン》、亜爾黙尼亜《アルメニア》、天竺、阿蘭陀――ムガル帝国、ベトナム、スマトラ、ボルネオ、ペルシャ、モスクワ、ミャンマーのペグー、ミャンマーのアラカン、アルメニア、インド、オランダ――、その他の国々を、自由自在にめぐるというものだが……この物語の創作に一夜瓢が深くかかわっているように思えるのは、気のせいだろうか。

源内は、「風流志道軒伝」と同年に、「根南志具佐《ねなしぐさ》」なる小説を刊行するが、この小説の見返しには——煙の中に咲く花が、描かれているのである。

はじめの六人につづき、さらに、三人の新手が、階段の下方から重奈雄に、迫ろうとする。重奈雄は草雷を彼らにむけ、また別の細小な軸を、むしった。とたんに——緑雷光《りょくらいこう》が発射され、三人は呻き声を漏らして、倒れている。

下方から重奈雄に肉迫しようとする海賊はいなくなった。

重奈雄の鶴に似た、しなやかな体が、上方へ動く。

楼閣には、凄まじい殺気をみなぎらせた海賊が、五人いた。内、三人が、火縄銃を構え、二人が、弓矢を構える。

階段を凄い勢いで駆け登る、重奈雄の左手が——また三つ、草雷の果実の軸を、もぎ取った。

————。

発射されている。緑の、雷電が。

楼閣にいた五人は、命こそうしなわなかったが、激しい怪我を負い、打ち倒された。

この海賊たちは、数知れぬ同じ清国の人々や、琉球の商人たちを殺《あや》め、清朝から手配されている悪党どもであった。だが、その猛者《もさ》どもが、超常の力をふるう草雷には全く歯が立たない。

楼閣を駆け抜けた重奈雄が、もう一つの階段、乃ち、お銀たちがいる階段の上にやってくると、源内と対峙していた海賊たちに、戦慄《せんりつ》が走っている。

一人の海賊の口から、

「斉天大聖《せいてんたいせい》……」

という呻きがもれると、

「斉天大聖」「斉天大聖っ」「斉天大聖！」

というふうに、幾人もの荒くれ者の口から口へ、伝染病みたいに斉天大聖という言葉が広がり、遂には、海賊全体が巨大な恐慌につつまれた。

斉天大聖とは——西遊記《さいゆうき》の孫悟空《そんごくう》を神格化した、道教の神である。圧倒的な武力と法力をもち、邪鬼や妖怪を駆逐すると言われる。いわゆる童乩《タンキー》によく憑依《ひょうい》するのも、この神だと云う。

草から雷光を放つ重奈雄を見た海賊たちは——斉天大聖が船上に降臨したと、錯覚してしまったわけである。

これが清朝の官軍なら、ここまでの動揺を生じなかった。だが、術者たちが非常に重い敬慕の念につつまれて君臨する暗黒街で、少年時代、青年時代をすごしてきた、荒くれ者どもからなる、賊軍であったため、非常に大きな混沌《こんとん》に発展してしまった。

何人かの海賊は、海に落ちそうになっている。

重奈雄はこの虚を巧みに衝《つ》いた。

素早く階段を駆け降りる重奈雄。

重奈雄と、お銀、源内の間には、はじめ楼閣にいて、源内たちを討つべく階段を下りた賊が、幾人かいた。だが、彼らは悉く腰を抜かしていた。重奈雄は、戦意を喪失した者どもにかまわず、急いでお銀を目指す。重奈雄が、

「お銀か？」

「はい！」

船上に、彼女しか少女はいなかった。さらに、彼女が着ていたのは、日本の百姓娘のそれだった。故に重奈雄は、たやすくお銀を発見したわけである。

重奈雄が、お銀、源内の隣に立つ。

階段の下方に後ずさった海賊どもが、鉄戟、青竜刀を構えてきた。

重奈雄が、威嚇の海風と共に草雷をむけると――海賊どもは、はっと息を呑んでいる。

またじりじりと、何歩か後退した。

「お銀！　村に帰りたいと、亀次郎やみんなの所にもどりたいと、心から念じるのだっ。さすれば、妖草、一夜瓢は再び花開く。俺たちは、帰れる」

重奈雄の瞳が、傍らにある一夜瓢にむく。手すりにからみついた一夜瓢には蕾が一つだけあった。

重奈雄に言われたお銀は——太秦村を心に描こうとしている。

だが焦れば焦るほど、自分が生れた村は曖昧模糊《もこ》としてしまい、明瞭な絵として眼裏《まなうら》に浮かんでこない。

畦道《あぜみち》に現れた野兎《のうさぎ》。

玲瓏《れいろう》たる美声でさえずりながら、梅の枝から枝へ跳びうつる鶯《うぐいす》。

土に埋れた野太い大根の、葉に近い所が緑色に染まっている様子《さま》。

そんな、異様に細かい情景が浮かんでくるきりで、太秦村の全体像が……どうしても心に描けない。

「お銀！　俺も太秦村を思い浮かべてみる！　だが、一番はっきりと心に描けるのは、あそこで生れ育ったそなたのはず」

「お銀、この源内も行ったこともない太秦村を夢想してみよう。わしが、ついておる！　落ち着いて、落ち着いて……思い出すのじゃ！」

庭田重奈雄、平賀源内が、口々に、お銀を励ます。

強い夜海風《うみかぜ》が迫りきて、黒い大波が立った。甲板の海賊たち、階段のお銀たちに、どっと潮が降りかかり、袖を濡《ぬ》らした。お銀は目をつむった。泣きそうな気分だ。懸命に思い出そうとするあまり、緊張で乾いた唇に、強く歯がめり込んでいる。

と――洋上にいるお銀の耳に、どういうわけか、重厚な蟬時雨《しぐれ》が聞こえた。


とたんに、お銀の胸は、ある真夏の一日《いちじつ》の光景でいっぱいになっている。


大の仲良しだったお千代が、眼前にいる。焼けるような日差しにあぶられながら、泥田に落ちた二人は、思い切り叩き合っている。

泥と涙でくしゃくしゃになったお千代の顔の向うに、いくつもの萱葺《かやぶき》の民屋が、見えた。

太秦村が、はっきりと見えた。

（お千代ちゃん、かんにんやで。うちが……悪かった。

あんた、意地悪《いけず》であないなこと、言うたんやない。うちのため思うて、言うてくれたたんやな。

もし村にもどれるなら…………うち、あんたに謝らねばあかん。引っぱたいたりして、ほんまにかんにんにんな)

——その時だ。

ポン……

乾いた音が……した。

同時に大量の白煙が巻き起っている。

白い煙が、お銀、重奈雄、源内をつつむ。

「咲いた！」

重奈雄が叫んだ時には、三人は、夜の海から、太秦村、村人たちの松明が照らすお堂の裏に、うつされていた——。

「亀次郎！　お母はん！」

お銀が弟、そして、母親と抱き合うと、村人たちから歓声が上がった。お銀が藤右衛門のことを、母と弟に説明する。二人はそれを、目をつむって聞いていた。

と、

「お銀ちゃん……」

深い反省とほのかなためらいをまとった少女が、お銀に歩みよる。それがお千代だと、源内はわかった。重奈雄も、お銀と何らかのいわくがある娘だとわかった。

「お千代ちゃん」

黒漆《くろうるし》を塗ったような夜空で、松明から噴き出た赤い火の粉が、いくつも、いくつも、はぜている。お千代の方にむいたお銀の相貌は、赤々と照らされ、瞳が光っていた。重奈雄たち、源内、村人たち、全ての大人が、二人がちゃんと和解できるか、真剣な目で見守っている。

二人は同時に、

「――ちゃん……かんにんなっ」

お銀の腕が、お千代の胴に、お千代の腕が、お銀の背に、きつくまわされる。

また、夜の太秦村は、歓声にふるえた。

小さくうなずいた重奈雄が、一夜瓢の後始末に取りかかる。松明で枯木や雑草を燃やし、草木灰をつくった。灰を掌にまぶし、蔓を根元から抜く。――それだけであった。

「こうすると、一夜瓢は当分生えてこない」

大雅夫妻に重奈雄が言うと、町の後ろで腕を組んで見守っていた男が、

「当分というのは、どれくらい生えてこぬのか？……失礼、ちゃんと名乗りをすませていなかった。わしは、平賀源内。本草学者じゃ」

「俺は、庭田重奈雄。妖……」

「――妖草師、じゃろ？　久しぶりに、いろいろ教えてもらいたいと思う人物に、出会えた気がしておる」

源内は、火のついていない煙管を無意識に口にくわえると、皮肉っぽく眉をひそめた。

重奈雄はこの男と仲良くなれそうな予感を覚えつつ、

「当分というのは、六、七十年。少なくとも、俺が京にいる間は、一夜瓢は太秦に出ないでしょうな」

一夜瓢の蔓は――灰をつくった焚火《たきび》に、ゆっくりと放られた。

＊

「え、喧嘩しはった？　源内はんと？」

池大雅は唖然《あぜん》としている。

今日も源内の面白話を聞こうと、堺町四条上ルにある重奈雄の長屋にやってきた所、源内の姿はなく、寂しげな様子の重奈雄が一人、鉢植えに水をやっていた。蕭白も仕事をたのまれ、一昨日から河内《かわち》の方に出ているという。

広隆寺の怪異が解決されてから、三日後のことであった。

ちょぼ、ちょぼ、ちょぼと……少し元気がないソテツの根元に、水がそそがれる。

(一昨日まであれだけ、仲よさそうにしとったのに……。何があったんやろ)

疑問符で胸がいっぱいになったが、大雅はなかなか口に出せずにいる。重奈雄が、鉢植えの前から、盆栽の前に動く。今二人は、長屋の表にいて、道の突き当たりには、枯れた紫陽花《あじさい》の木と、地蔵の祠《ほこら》があった。祠の前では、男の子たちがメンコをして遊んでいる。

柄杓《ひしゃく》でくまれた水が、盆栽のモミジの根元、ふかふかの苔《こけ》にそそがれる。

「昨夜、うちのモミジの幾枚かが、赤く色づきましてな」

「そうどすなあ」

盆栽のモミジの一角が、赤く染まっていた。他、大部分は、まだ青葉である。重奈雄は花海棠《はなかいどう》の盆栽の前に、水桶《みずおけ》と柄杓を置くと、しゃがんだまま呟いた。

「木の葉が一夜にして色づくように、人の心も一日で変ってしまうもの。源内さんはね、本草学者の立場から、妖草についての知識を万人が共有できるようにしたいと、言われた。これに俺は反対だった。

妖草を悪用する人間…………そういう者が、たしかにいることを知っているからだ。また源内さんは、こうも言った。妖草を全土に知らしめるべく、蓬扇《ほうせん》、草雷をもって、二人で興行のようなことをしようと。これに俺が否を突きつけたことで……埋めがたい溝ができてしまったわけです」

「…………成程《なるほど》」

メンコをしている子供らを、寂しげに眺めた重奈雄は、

「太秦で、子供らの仲直りを祝福した大人二人が……さして日も置かずに喧嘩するとは」

「いや庭田はん。今、喧嘩の訳を聞いて……そらしゃあないことやと思いました。しかし、おもろい人どした」

「ええ。だから残念なのだ」

大雅は、今彼がどこの空の下を歩いているだろうと、ゆっくりと東の方をむいた。

平賀源内は――東海道は、大津の宿を出た所であった。昨日、『糞《くそ》！　路銀さえあれば、こんな長屋すぐにでも出て行ってやるわ！』『あんたは面白話をつくる才能があるから、

行く先々で話をすれば路銀くらいにはなるだろう』『おお、そうじゃった、そうじゃった！　ならすぐにでも出て行ってやる！』と、売り言葉に買い言葉で重奈雄の長屋を飛び出した源内は、昨夜、大津の宿で荒唐無稽《こうとうむけい》な面白話をした。すると、大喝采《だいかっさい》をあび、今、源内の懐にはジャラジャラと銭が入っている。

（伊勢くらいまでは、行けそうじゃな。伊勢で銭がなくなったら、またそこで、面白話をしてやろう……。わしは、本草学者の他に……戯作者の才もあるのではないか）

重奈雄のおかげで……また一つ自己発見してしまった、源内だった。

ふと、寂しさが、源内の体の奥を貫いている。一昨日、酒を酌み交わしながら、重奈雄は鋭い目で言った。

『源内。あんたは、たしかに豊かな才にめぐまれた男だ。だが、いろいろな方向に才能が散じているあまり、一つ一つが薄くなっている気がする。もっと一つのことに全力をそそげば、あんたは――とんでもない偉業を成し遂げられるだろう』

そんなことを、言ってきた。今、源内の周りに左様な、核心を揺さぶる言葉を発する友は、いない。重奈雄をうしなうことが途方もない損失である気がした。

思わず京の方に振りむく。

まだ、大津を出た所だ。

十分、引き返せる。
仲直りできるかもしれない。
だが、源内は強く頭《かぶり》を振った。ぐいっと体をまわし、江戸の方を睨んだ。
(わしは、後ろを見ぬ。前しか見ん！
妖草を一人で捜し、その謎を究明する。
エレキを我がものとし、面白き見世物に仕立て上げる。
本草学、蘭学、学ばねばならぬことが、沢山ある。
——やらねばならぬことが、わしの前にごろごろ転がっておるのじゃっ！)
天を仰いで豪快に笑うや、東へ、江戸の方へ、激しい勢いで歩きだした——。

文覚《もんがく》の袈裟《けさ》

一

山門をくぐると、清流があった。

清滝川《きよたきがわ》だ。

川の両側は、錦秋の楓林《ふうりん》。紅《くれない》や朱色に恥じらうイロハモミジの横で、山モミジが黄色く浮き足立っている。全山が紅葉、あるいは黄葉し、まるで紅や橙《だいだい》、黄色の屏風《びょうぶ》を、清らな川沿いに、並べたように思えた。

「ほんまに……ええ眺めや」

池大雅は、呟《つぶや》いた。

「なあ蕭白。寺の中のモミジより、この、寺から出た時に見る清滝川のモミジの方が、見ごたえあるゆうわしの話、間違えてなかったやろ?」

橋の手前で立ち止った蕭白は、腕を組んで、

「……………どうかな？」

宝暦七年九月二十六日（今の暦で、十一月上旬）。池大雅と、曾我蕭白は、都の西北、高雄山《たかおやま》にきていた。

高雄山には、神護寺《じんごじ》という古刹《こさつ》がある。室町の頃から、紅葉の名所として名高い。大雅の妻、町も、紅葉狩《もみじが》りについてきたがったが、今日は、男友達とゆるりと語り合いたかったため、

『なあ町、別の日に嵐山《あらしやま》に行こ。それでええな？』

と、思いとどまらせ、男二人で、やってきたのだった。

晩秋の神護寺で、たっぷり紅葉を鑑賞してきた蕭白は、対岸、サンゴみたいに紅葉《もみ》ずる、楓《かえで》の並びを、指した。

「大雅……あれらのモミジ、どうも赤すぎぬか？」

二人とも、都に住まう、売れない絵師だ。色彩には、うるさい。大雅は両目を細め、対岸のモミジを睨《にら》み、しばらくしてから、言った。

「いや、モミジってあんなもんや思うわ」

「ふうん……。お主の目には、そう見えるか」

ボサボサ髪に、無精髭《ぶしょうひげ》、垢《あか》じみた衣をまとった蕭白は、大雅の頭のてっぺんから、足の先まで、鋭く一瞥《いちべつ》してから、呟いた。

「何や、その言い方。なあ蕭白、お前、わしより年下やろ？」

大雅は三十五歳、蕭白は二十八歳だった。

「ずっと思うてたんやけど何でいつもそんな偉そうなんや？」

小馬鹿にしたように笑った蕭白は、橋の欄干に手をかけ、

「人間の偉さというものは、生きてきた年数で決るのでなく、今まで何を経験し何を考えたかで決るのではないか？」

「また――偉そうなことをっ。そんなんお前、ある程度は年齢で決るに決っとるやないか！　江戸の御老中かて……そんな若い人間がいきなりなったゆう話、わしは聞いたことがない。若くて空虚《ほんがら》な人間がな、ただ若いゆうだけの理由で、世の中まわしてな、それで上手《うま》くいくほど人間の世の中ゆうのは、甘っちょろいもんやおまへん」

「若くて、実のある人間もいよう」

「何をお前――」

興奮した大雅は、大げさに動いたため、橋の向う側からきた人たちに、ぶつかりそうに

なっている。

大雅がぶつかりそうになったのは、四人連れだ。商家の旦那《だんな》らしき二人の男と、お供が二人。供の者がもった紫色の風呂敷——おそらく弁当が入っているのであろう——が、大雅のせいで、落っこちそうになったので、大雅は、鋭く睨まれている。揶揄《やゆ》と親しみが、微妙に溶け合った……皮肉っぽい笑みが、蕭白の口元に浮かぶ。対岸、紅に燃え立つイロハモミジを指した蕭白は、

「それよりモミジじゃ」

「おう！　モミジの赤さについてやな」

「神護寺は、文覚《もんがく》に再興された。文覚のせいで、袈裟《けさ》という女が死んでおる」

「そやな」

「俺はの、大雅。あのモミジのあまりの赤さに……つい……文覚のせいで流れた袈裟の血を思い出してしまったのじゃ」

「な、何やとっ」

大雅は、まず蕭白を、次に真紅の紅葉を見、そして、最後に神護寺を顧みた。

その時、丁度、高雄の山巓《さんてん》から、冷たい山風がどっと降りてきて、池大雅は思わず身震いした。

人間の、心の内を見透かすような……鋭利な目つきの薬師如来《やくしにょらい》を本尊とする、神護寺の歴史は、古い。

奈良時代。和気清麻呂《わけのきよまろ》を、開基とする。

最澄《さいちょう》、空海《くうかい》もいたという由緒正しい寺だが、いつの間にか荒廃した。

この神護寺を再興したのが、源平《げんぺい》争乱の頃の怪僧、文覚なわけだ。

どうやって再興したかというと……まず文覚は、後白河法皇《ごしらかわほうおう》の許《もと》に無理矢理押し入り、どら声で勧進帳を読み上げ、強引に再興させようとした。当然、法皇の怒りにふれた文覚は、伊豆《いず》に流される。この地で、源頼朝《みなもとのよりとも》と知り合った文覚は、頼朝に平家に討たれた父の髑髏《どくろ》なるものを見せ、平家討伐を決意させる。その頼朝の援助で神護寺は、めでたく再興されたのだった。

とにかく、型破りな怪僧だが、若き日の文覚は——とてつもなく悪く、滅茶苦茶な男だった。

「摂津《せっつ》の渡辺党《わたなべ》という、剽悍《ひょうかん》な武士団に生れた文覚こと、遠藤盛遠《えんどうもりとお》は、渡辺の橋供養で、従妹《いとこ》の袈裟に一目惚《ひとめぼ》れした」

蕭白が、言った。

「この時、盛遠、十七歳、袈裟は十六歳で人妻じゃった」

「知っとる。それくらいは」

大雅が答える。

「どうしても袈裟が忘れられない盛遠は、袈裟の母親、つまり自分の叔母の所に押し入ったのじゃ。刀を突きつけ、袈裟と結ばせてくれなければ仇《あだ》と思う、と脅した。母に呼び出された袈裟は、泣く泣く、盛遠と契りを結ぶ。ここまででも許しがたい話じゃが……盛遠の狂恋は、これでは終らなかった……」

盛遠は、袈裟との関係の続行を迫った。そこで一計を案じた袈裟は、夫を討ってくれたら、貴方《あなた》と一緒になろうと、盛遠に言った。大喜びした盛遠に袈裟は、夫に髪をあらわせるので、夜我が家に忍び込み、濡《ぬ》れた髪をさがして斬って下さいと告げた。

それを実行した盛遠。

ところが討たれたのは、袈裟の夫でなく——袈裟本人だった。

「最愛の女を自分の手で殺《あや》めてしまった盛遠は……袈裟の夫、渡《わたる》の所に行き、自分を斬って下さいと言うた。ところが渡は、妻の仇、盛遠に——

『ここまで覚悟を決めた貴方を斬っても致し方ないこと。よくよく考えてみると、亡き妻は観音の化身だったのだ。かくなる上は、二人して髻《もとどり》を切り、袈裟の菩提《ぼだい》をとむらいましょう』

と、言うた。こうして、盛遠と渡は、髻切って坊《ぼん》さんになった。髻を切った盛遠が、文覚や。こない話やろ、蕭白」

「そうじゃ大雅。

渡辺の橋供養と、今、俺たちがいる清滝川の橋。

盛遠が袈裟を斬った時の血と、あの紅のモミジ……」

「やめてくれそれ以上は。ええか、蕭白。清滝川ぁさかのぼると、栂尾《とがのお》に出ます」

「出るな」

「栂尾に、高山寺《こうざんじ》さんゆうお寺さんがあります。

栄西がもち帰った茶の種を、明恵上人《みょうえ》が植えた寺や。本朝で、はじめて、茶が育てられた寺や」

「今は宇治茶が最上の茶とされておるが……昔は栂尾茶を本茶、それ以外を非茶と言ったとか」

「そうそう。その高山寺さんや。ええか蕭白。今、お前が血なまぐさいものにしてくれた、この辺りの空気を……一生懸命、清涼なものにしとる所やからな」

面白そうに笑う蕭白に、大雅は、

「そしてこの高雄山も、昔は、洛中《らくちゅう》の人になあ、都の西北に立つ浄土や、補陀落山《ふだらくさん》なんやと、考えられていたのや」

「じゃが大雅」

「何や?」

「高雄山の西に、愛宕山《あたごやま》があるな? 愛宕は古くから——天狗《てんぐ》の棲家《すみか》と考えられてきた。天狗の棲家……乃《すなわ》ち魔界ではないか? となると、愛宕に近い高雄も魔界の周縁になってしまう」

「……ううむ」

さらに冷たい山風が、大雅と蕭白に吹きつけてきた。

「天狗が跳梁《ちょうりょう》する魔界。袈裟と盛遠の伝説。どうも、それらの話が、どっと俺の胸に荒波を立ててな……何やら、あそこに立つ血のように赤いモミジが、異界から芽吹いた妖木《もの》の如《ごと》く思えてきたのじゃ」

異界から芽吹いた妖木という蕭白の言葉で、大雅の胸中に、ある一人の男の顔が浮かんでいる。同じ男の——妖しく白い顔様《マスク》が、蕭白の心にも浮かんだようだ。二人は思わず、目を、見合わせあった。

と、蕭白が異界からきたようだと形容した、真っ赤な楓を見つめていた大雅が、

「なあ蕭白……あそこに人が倒れてへんか」

「俺に脅かされたからと言って、今度は俺を脅かす……ん？　本当に人が倒れておるような」

橋をわたって左に、茶店がある。

右は、高札と背の高い下乗石《げじょういし》、そして、蕭白が異界から芽吹いた……と形容した、血のように赤い、モミジの老木があった。

そのモミジから、川へむかって数歩下った所に、大雅が言う物体があった。

ネズミ色の物体だ。何枚もの赤いモミジ葉が、上につもっている。はじめは岩かと思った。だがよく見ると、ネズミ色の衣を着た人が倒れていて、その上に赤い落葉がつもったように思えた。

対岸の茶店は、勿論《もちろん》、沢山の客で騒々しい。だが、視界をさえぎるように馬酔木《あしび》などの低木が茂っているため、誰にも気づかれずに人が行き倒れその上にモミジがつもるというのは、十分考えられた。

大雅と蕭白は、いそいで、橋の上を駆けた——。

（人間や。やっぱり）

苔《こけ》むした下乗石の横から、急斜面に降りた大雅は、思った。

岩棚のような場所に仰向けに倒れているのは、四角い顔の、五分刈りの男だ。

出家風。

四十ほどか。

そのような男が目をつむって倒れ、大雅から見て左、男から見て下流側に、赤い蔦《つた》のからみついた枯れ木があった。川にむかって、体をくねらせた落葉樹に蔦が巻きつき、その蔦が紅葉しているのだった。

「おい大雅、気をつけろよっ」

後ろからくる蕭白の注意が飛ぶ。

「木か何かにつかまった方が、よいぞ」

「わかっ――」

言いかけた大雅の体がすべり――急流に落ちそうになった。

大雅は何とか馬酔木の枝をつかみ事なきを得ている。

「だから、言わんことはない！」

蕭白が叫ぶと同時に、

「何どす」

「どないしたん?」

茶店でくつろいでいた紅葉狩りの人々が、殺到してきた。

「人が倒れとるのやっ」

答えた大雅は、肩から腹にかけて……まるで赤い袈裟のように、紅の葉がつもった、その人の傍までできた。

「おい、あんた、どないした! 何処《どこ》ぞ悪いんかっ」

大雅が問うと、俄《にわ》かに——異変が生じた。


男の体につもっていたいくつもの赤いモミジの葉が、突如、浮き上がり——ハタハタと、斜面を蛙《かわず》の如く跳ねて、川に落ちてゆくではないか。

それは風に吹かれた時の落葉の様子とは根本的に違った。

一枚一枚の葉が、意志をもって跳躍し、川に飛び込んだ——。少なくとも大雅には、そう思えた。

そして、川に落ちたモミジ葉どもは、急流にもまれ、下流の方に流れてゆく。元々、清滝川の水は、上流の方から、幾枚もの紅葉したモミジの葉を運んできていた。それらの葉とまじり合いながら、大雅の声に反応して川に飛び込んだように思えた葉っぱたちは、下流の方へ、流されていった……。

(何なんや。今のは)

モミジの葉がはなれた男の衣には、あちこちに、赤い染みがあった。

(血)

肩から腹にかけて、墨染の衣に、赤い血の染みが浮き出ているのだ。

「なあ、あんた、しっかりするのや！」

蕭白も、隣にきた。すると五分刈りの男は、薄《うっす》らと開眼し、枯れ枝にからまった、赤く色づいた蔦の葉に目線をうつすや、

「枯枝に　麗龍《れいりょう》見たり　蔦紅葉」

と呟いて、また気を、うしなった。

(……見事な句や。……そんなことやっとる場合かっ)

大雅と蕭白は、気絶した法体《ほってい》の男を茶店まで運んだ。

衣をぬがせると、案《あん》の定《じょう》、体中に傷があった。肩から腹にかけて、まるで赤い袈裟の如く、血が浮き上がっている。強く擦《す》ったような傷だ。

簾越《すだれ》しに清滝川が見下ろせる茶店で、怪我人は畳に寝かせている。

ぬるま湯にひたした手拭《てぬぐ》いで、血をぬぐい、茶店の女がもってきた膏薬《こうやく》を塗ると、男の目が薄く開いた。そこに丁度、白髪頭《しらがあたま》の店主が葛湯《くずゆ》をもってきたので、飲ませる。すると男はしゃべれるようになった。

「大変《てえへん》な目に遭っていた所を、ありがてえことです」

「あんた、江戸の人か?」

蕭白が問うのと同時に、店主が、

「ごめんやっしゃ。今日はもう店じまいや。ほんまに、すんまへんなあ」

と、野次馬たちを、塊ごと帰らせた。川音の絶えない茶店の中は、大雅と蕭白、怪我から立ち直った男、白髪頭の店主、三十過ぎの店主の娘、この五人になった。店主は、浅黒く頑丈な老翁だが、娘は色が白く、やわらかい体つきだった。ただ、面長《おもなが》なのと、丸く小さな菓子に似た鼻がそっくりで、親子だと知れた。また、娘の方は、何か心配事でもあるのか、眼《まなこ》に――暗い雲のようなものがある気がした。父親の方は、そうした表情を一切見せなかった。

怪我から立ち直った男は、ゆっくり、半身を起し、

「あたしは、生れは摂州毛馬村《せっしゅうけまむら》。一番長く住んでいたのは、お江戸、日本橋石町《にほんばしこくちょう》」

がっしりした顔つきに、実に大きな福耳。鋭く上に上がった眉が印象的な男は、

「三年ばかり、丹後《たんご》の宮津《みやづ》にいまして、これから都に住もうと思って、出てきたんでさあ。蕪村《ぶそん》と、言います」

与謝《よさ》蕪村――後に松尾芭蕉《まつおばしょう》に匹敵する俳諧《はいかい》の巨人として、はたまた、今まさに目の前にいる……池大雅に勝るとも劣らない南画の天才として、短詩と絵画、二つの分野において歴史にその名をのこす、この男、まだ、この宝暦七年の段階においては――無名の俳諧師、はたまた、無名の旅の僧にすぎない。

「蕪村はん、わしは池大雅言います。知恩院袋町で待賈堂ゆう……」

「知恩院？　うちの本山じゃ」

蕪村は、浄土宗の僧らしい。

「いや、都に住もうにも、まだ家を決めてねえから……取りあえず知恩院に行って寝場所を確保しようと、思っていたんでさあ」

ボロ衣を着た蕪村は、五分刈りの頭をぼりぼりと掻《か》き、苦く笑った。

「話の腰を折っちまったな。つづけて下せえ」

蕪村が温かい葛湯をすする横で、大雅が、

「待賈堂ゆう扇屋やってます」

「ただ、この大雅、いずれは絵師になろうという野望があるようじゃ。かく言うわしも、絵師の端くれじゃ」

蕭白から絵師という言葉が出た刹那《せつな》、蕪村の両眼が、鋭く光った。

「……ほう。あたしも少し、絵を描くよ」

この頃の蕪村は、方士求不死薬図《ほうしふしやくをもとむるず》などという絵を、丹後の寺にたのまれて描いたりしているが、流行画家というには程遠かった。だが絵のタイトルでもわかるように、老荘《ろうそう》思想に傾倒していた蕪村は、自然を愛し、自然体で生きるのを心掛けていたため、生活の困窮はあまり、気にしていなかった。

「して蕪村殿。あんた、あんな川に落ちそうな所で、何をしていたのじゃ？」

　蕭白が質問すると、

「うん」

　蕪村は、照れくさそうに、

「あたしゃぁねえ、まだ下手なんだけどねえ、俳諧をたしなんでいてね。モミジを詠《よ》もうと思って、この高雄にきた。で、あんまり蔦紅葉が綺麗なんで、近くで寝転んで、じっと見ればいい句が浮かぶんじゃねえかと思って……」

　それで、危ない岩棚まで降りて、横になり赤い蔦を見ていた。その内に、真紅に色づいたイロハモミジの老木から、幾枚もの紅の落葉がヒラヒラ落ちてきて、体に、かかった。

「すると、何故《なぜ》だか体がぽかぽかしてきて、あたしは……寝ちまったんだ。だが、すぐに起きた。というのも、首の方がやたらとムズムズするじゃねえか。で、ふっと目を開けてみて、首にのった葉をとってみたら……その葉っぱ、血で濡れてるじゃねえか。あたしは、びっくりしたよ。

　このモミジ――血を吸いやがるのかと。だがきっと、あれは夢だったに違《ちげ》えねえ」

　と、老亭主が、

「そや。きっと夢に違いおまへん。血ぃ吸うモミジなんて、あるわけない。坊《ぼん》さん、年より脅かしたら、あかへん」

「すまん、すまん。多分、あたしは、うとうとしている内に、変なふうに転がって、それで体中怪我したんだ」

蕪村は、不可解な傷が沢山ついた自分の体を見ながら、呟いた。

「いや…………。夢やない、思う。ほんまに、モミジの葉が、血ぃ吸ったのや」

池大雅が、言った。蕭白、蕪村、茶店の父娘《おやこ》の視線が、一気に大雅に、そそがれる。

大雅の胸中で、先程、逃げるように川に入って行った、モミジの葉っぱどもの動きが、活写されている。

「おい大雅、何を言い出す」

あの時、沢山の野次馬が見ていたが、野次馬は勿論、蕭白までも、川に入って行った紅の葉っぱたちの動きを不自然とは思っていなかった。

(風に吹かれたと思うとるのや。そやけど、わしは、はっきり言える。あの時…………風は吹いていなかった)

「わしがなあ、蕪村はんに呼びかけた時なあ、あの葉っぱたち、不意に飛びはねて逃げるような動き、見せたんや。そやから、蕪村はんを眠らせながら血ぃ吸ってて……わしに注意されたさかい急いで川に逃げた……こう考えるのが……一番しっくりくる気がするのや」

「あんた………何言うてますの？」

茶店の亭主が、大雅をのぞきこむようにして、言った。不審の黒煙が、瞳から噴き出そうな、言い方であった。だが大雅は、気にせず、

「そやから、妖草か、妖木なんや。木やから……妖木や。

人の世の草木やない。

なあ蕭白、あの人なら上手く説明できるんやけど、わし上手く人につたえられん。常世ゆうなあ、人の世の外からきた、存在《もの》なんや。

血ぃ吸う妖木が——橋の傍に生えたんや。それがこの人襲うたんや！」

「もう一回、言ってええですか？　あんた……何言うてますの？」

「おい大雅、いい加減にしろ」

「だって、蕭白、本当のことやわ。ええですか？

このままやったら、紅葉狩りにきた人——仰山《ぎょうさん》血ぃ吸われます。そうなる前に……あの木、鋸《のこ》で伐《き》らねばあかん！」

「ええ加減にしぃ、あんた、高雄山になあ、血ぃ吸うモミジが生えとるなんて噂《うわさ》、流されてみい！　わしらの商売、上がったりや。出て行きぃ。蕪村はんの介抱は、うちでやる。

大雅と蕭白言うたな？　お前たち二人は出て行き」

　大雅と蕭白は、ほとんど押し出されるように、外へ追っ払われた。

　茶店の外に出された大雅だが、なおも諦《あきら》めきれず、件《くだん》の血色の木を遠くから見たりしていた。だが、箒《ほうき》をもった茶店の主が、鬼の形相で出てきて、蕭白に腕を強く引かれたため、大雅は仕方なく高雄山を後にした。


　都へ帰る山道で――

「大雅。それほど心配なら……あの男をつれてくればいいではないか？　俺の隣人、妖草師・庭田重奈雄を」

　蕭白の提案に、大雅は、五回くらい激しくうなずいた。

二

　庭田重奈雄は、堺町四条上ルの棟割り長屋に、住んでいた。壁一つはさんだ隣は、曾我蕭白の住まいだ。

草木の医者として、都で、細々と生きる重奈雄だが、

（都には、寺社が仰山あるさかい、草木のお医者様やってて、仕事がなくなるゆうことは、ないんやろ）

重奈雄の家の狭い台所に立つ滝坊椿は、思った。

（そやけど、重奈雄はんの本業はあくまでも妖草師なんや。もっと妖草師として羽ばたいてほしい、妖草師ゆうものに専念してほしい、こない考えもっとるの、広い都で、うちだけなん違《ちゃ》うかな）

「痛《いた》！　大根やのうて指切った」

「椿。ゴホゴホッ……。無理するな。病人の看病をしにきて、怪我人になるほど愚かなことはあるまい」

後ろで重奈雄の声がしたので、椿は包丁をもったまま振り返り、

「重奈雄はん、ちょっと今、話しかけんといて。おじやつくるの如きで、無理するなって……何なん？　その扱い」

優形《やさがた》の重奈雄は一年に二度、晩秋と春先に、必ず風邪を引く。今日は風邪を引いた重奈雄のために、料理の苦手な椿が、おじやをつくりにきたのだった。重奈雄との関係を気にする舜海には、今後の妖草刈《くさか》りの打合せと言ってきた。

懸命に大根と格闘する椿を見た病床の重奈雄と、滝坊家下男、与作《よさく》が、顔を見合わせた。

四畳半の長屋の外は、まだ、赤い西日があったが、一応、おじやが煮えたので、夕餉《ゆうげ》になった。

どんな夕飯かというと……

椿のつくった、ばらばらの大きさの、大根、人参《にんじん》が入った、おじや。薄味が好きな重奈雄には、かなり塩辛い味付けだった。

滝坊家のお台所の者がつくり、重箱に入れて与作がもってきた、おかず二品。

一つが、中心に空洞の開いた堀川牛蒡《ほりかわごぼう》の炊いたん（煮物）。もう一つが、真っ赤な金時《きんとき》人参の、炊いたんだった。

そんな、飯だった。

細面《ほそおもて》の重奈雄は、

「この堀川牛蒡の煮しめ、実に美味《うま》い。昨日の夜寒《よさむ》で思わず、風邪を引き、楽しみにしていた紅葉狩りに行けず、心細さがつのっていたが……この、牛蒡の深い味に、すくわれた気がする」

「ほんまに……うちが、今朝、紅葉狩りに行くあの二人に、道で会わなければどないしてたん？」

　椿は、自分で煮たおじやを口に入れながら、小さくふくれてみせた。今朝、たまたま蕭白と大雅に道で会った椿は、重奈雄の風邪について知り、看病にきてくれたのだ。重奈雄は、

「椿、堀川牛蒡というのはな、太閤秀吉《たいこうひでよし》の聚楽第《じゅらくだい》の堀に、徳川《とくがわ》の世になってから、人々がゴミを投げ込んだのだ、そのゴミの中から芽吹き、出てきたのが、堀川牛蒡なのだ」

　一般の牛蒡よりも、太い堀川牛蒡は、中心に必ず空洞があく。繊維がやわらかく、アクが少ない。そして、よい香りがする。そんな堀川牛蒡の煮しめを噛《か》みしめながら、

「滅んだ豊臣の家の堀に投げ込まれた、沢山のゴミ。そのゴミの中から芽吹いた牛蒡が、美味なるものとして重宝されている。……不思議な話よ」

「さっきから牛蒡の話ばっかり。うちがつくった、おじやはどうなん？」

　正面に座した椿は、下唇をきゅっと噛んだ。

「失礼、これは失礼……ゴホッ、ゴホッ」

　椿のつくったおじやを、口に、運ぶ。やはり――塩辛い。また野菜の大小がばらばらなため、とても硬くて生なのでないかと疑う人参があるかと思えば、くたくたに煮崩れているのも、あった。感想を要求する椿の視線を前に、重奈雄は、

「……ううむ。…………美味《おい》しい。美味しいよ、椿。ただ野菜の大きさを均一にした方が、もっと美味しくなる気がする」

それが、精一杯の賛辞であった。そうこうしている内に、

「重奈雄、今、帰ったぞ。わしは、ただのモミジに思うのじゃが、大雅が、高雄に血を吸う妖木が出たと言って聞かん。風邪で臥《ふ》せっておる所、すまぬが、話だけでも聞いてくれぬか」

高雄山から、曾我蕭白、池大雅が帰ってきて、狭い四畳半は、鮨詰《すしづ》めになった。

とっぷりと暗くなって、与作が行灯《あんどん》に火を入れた時、大雅の話は終った。

重奈雄は両眼を光らせ腕を組み深く考え込むような仕草を見せている。大雅は、固唾《かたず》を呑んで重奈雄の言葉を待った。

と——

「ゴホ……ゴホ……」

痰《たん》がからんで、深い洞窟《どうくつ》に潜む夜走獣が上げた悲鳴に似た……苦しげな咳《せき》が、ひびく。

水を飲んで、咳の後の辛《つら》さを鎮めた重奈雄が、言った。

「…………一つ、思い当る妖草《くさ》が、在《あ》る」

「妖木やのうて、妖草ですか？」

大雅の質問に、重奈雄は、

「ええ。妖草の方です」

重奈雄の首が、椿の方にむき、

「椿。明日、何かあるか？」

「明日は何もないけど……まさか、重奈雄はん」

「そのまさかだ。明日、高雄に行く……ゴホッゴホッ」

椿は自分の膝《ひざ》を叩いて、重奈雄の方にのり出した。

「あきまへん、重奈雄はん！　山の気は、ここいらよりよっぽど冷《ひや》こいさかい……風邪引きの人が行ったら、あきまへん」

「だが、俺の思っている妖草だったら……多くの犠牲者が出てしまう」

「そやかて……。重奈雄はんが、高雄で風邪こじらせて、重い病になって、亡くならはったら、元も子もない思う、うちは！　妖草師いーひんようになったら、意味ないわ」

蕭白が、はじまったぞというような顔つきで、大雅の方を見てきた。

「椿。もし俺がいなくなっても、都から、妖草師は、いなくならない。兄上がいる」

「そやけど……。妖草師うんぬんは別として、うちは、都からシゲさんがいーひんようになるのが、嫌な――」

　シゲさんという子供の時の呼び方をつかって、何か言いかけた椿は、はっとしたように目を見開き、口をつぐんだ。それからの椿は真っ赤になり、もう何も言うまいというように、うつむき、亀甲《かめ》の如く硬くなってしまった。

　重奈雄はほのかに笑んで、

「大丈夫だ。椿。俺はそんな……やわな男ではないよ。ゴホッ、ゴホッ。とにかく、明日夜明け、木戸が開くと共に此処《ここ》を発《た》ち、高雄にむかう」

　京の都には五千三百の木戸があり、防犯上の理由から、夜間は閉ざされる。そして、夜明けと共に――一斉に開く。

　大雅の住む真葛原《まくずがはら》の庵《いおり》は、ここから真東に、十数町（一町は約百九メートル）。いくつもの木戸の向う側にある。一応、夜閉じた木戸を、銭をつかって開かせる方法もあるのだが……手許不如意な大雅は、それも面倒くさいと考え、蕭白の家に泊ることにした。

また、椿の住む五台院は、重奈雄の長屋から、ほど近く、北の方向にある。つまり、高雄に行く道すがらにある。まだ木戸は閉じていなかったので、椿と与作は五台院に帰った。

天眼通の力をもつ椿とは、早朝、堺町三条の辻で、待ち合わせした。

＊

天神川《てんじんがわ》をわたり、お土居《どい》をこえると、都から完全に出た気がした。右は、広大な、鳥取藩京屋敷。左は、散り椿の銘木で名高い、椿寺《つばきでら》。小さな椿寺をすぎると、左方、つまり南の方角に広大な田園が開けた。

青々とした蕪畑《かぶばたけ》と、取り入れがすんだ田。全ての、稲の切株から、黄緑色の葉っぱがぴょこぴょこ突き出ている。——甦《よみがえ》ろうとしているのだ。

（ひつじ）

椿は、子供の頃、重奈雄と晩秋の田で遊んだ記憶《おぼえ》がある。その時に、重奈雄から、稲刈りの後、蘇生《そせい》しようとする葉のことをひつじと呼ぶのだと、教えられた。

ひつじ田に澄明な朝日が降りそそぎ、一つ一つの小さな葉っぱたちが、緑がかった黄金のようにきらきらと光っている。

左様《さよう》な田の向うに、百姓家がいくつか在る。萱葺《かやぶき》屋根からは幾筋もの朝餉の炊煙が立ち上り、道端には、苔むした地蔵や、長い実を沢山つけた渋柿の木が生えたりしていた。渋柿の木は、枝ごとに、表情が違った。収穫が完全に終り、一つも実のない裸の枝もあれば、全ての葉が落ちて、朱色の実だけがたわわにぶら下がった枝もあった。それらの実の一つ一つが、白っぽい粉をふいていた。かと思えば、まだ葉がたっぷりのこっていて、葉の中に実が隠れてしまいそうな枝もあった。

田畑の反対側は、鳥取藩邸の簓子塀《ささらこべい》が、まだつづいている。さすが三十二万五千石の大藩で、幾反もの田をこえても、その広大な屋敷の黒ずんだ塀はつづいていた。

そんな郊外の道を、椿は風邪気味の重奈雄、池大雅、曾我蕭白らと、歩いてゆく。

鳩《はと》や雀《すずめ》の声がする中、椿は隣を行く重奈雄を、心配そうにうかがった。

重ね着した重奈雄の背には椿が五台院からもってきた、綿が入っている。綿の塊を、着物と着物の間に入れておけば、少しは温まるだろうと考えたのだ。また椿は、重奈雄のために、温石《おんじゃく》ももってきていたが、それは熱すぎる、綿で十分だ、ということだったので、温石は椿がもっていた。


やがて、田園の道から、山間《やまあい》の道に変った。高雄についたのは、巳《み》の初点（午前九時頃）であった。

「あの木どす」

遠くから、大雅が言った。昨日の茶店の亭主に見つかると面倒なので、大雅、蕭白は大分はなれた大モミジの木陰に隠れ、重奈雄と椿だけで、橋の横の例のイロハモミジを、見に行った。

早くも、紅葉狩りの人々が、神護寺の山門に吸い込まれてゆく。川を見下ろすように立つ例の茶店では、禅僧や稚児、職人風の家族連れが、談笑していた。清流の両側に、真紅や橙、黄色に色づいた幾多の楓が佇《たたず》み、緑の、苔の床に何枚もの赤いモミジの葉が散らばったりしている様は、真《まこと》に風情《ふぜい》があり、椿はつい、妖草刈りにきたことを忘れそうになった。

横を見ると、木漏れ日が、いくつもいくつも、朧《おぼろ》な筋になっている所に、一枚の葉がヒラヒラと落ちてゆくところだった。そのモミジの葉は、回転しながら落ちてゆく。光に当ると、陽に近い所は白く燃え、それ以外の所は、赤い瑪瑙《めのう》かサンゴみたいに輝く。陰の世界に入ると、赤い生彩をうしない、色味がかけてぼんやりと落ち込んだような表情になる。

光から陰へ、陰から光へ、動く度に、一枚の落葉は、輝きと落胆を交互に演じ――苔の上に落ちた。

（一枚の落葉愛《め》でるのも……風情が……。あかん……あかん。重奈雄はんは、病やとゆうのに、妖草刈りにきやはったのや。しっかりしいや……椿）

「ほんまにこの木なん？……何の変哲もないモミジにしか見えんけど」

重奈雄に呟いた樹下の椿は、少しはなれた所にいる二人の絵師の方を、見た。顔だけぴょっこり出した大雅と蕭白は、素早くうなずいている。

「何も感じぬか？　椿」

重奈雄は、下の方から飛び出た一本の枝を手に取り、紅の葉を一枚一枚、注意深くあらためている。

赤い木の下で椿は目を閉じた。集中しようとした。今、傍にいる真紅のイロハモミジについては、何も怪しい感じはしなかった。

ぱっちりと開眼した椿は、

「重奈雄はん。この木には、何もない思う」

「同感だ。こいつは……ただのモミジの木だ」

だが椿は、全く別の方角から、妖気の塊が如きものが漂ってくるのを――感じた。それをつたえると、

「ほう」

切れ長の双眸《そうぼう》が、鋭く光った。

「では、そちらに行ってみよう」

大雅と蕭白に、事情を話す。清滝川をさかのぼると、槇尾《まきのお》、さらに栂尾の方に出る。そ

して上流に行くには、どうしても昨日の茶店の真ん前を通らねばならない。だが、顔をそむけるようにして歩けばわからないのではないのか、という話になり、重奈雄と椿が、店側を、それに隠れ、かつ、顔を茶店からそらすようにして大雅と蕭白が行く……斯様《かよう》な作戦をねって、一行は、移動を開始した。

茶店の前を——足早に通過。

白髪頭の店主からも、三十過ぎのもの静かな娘からも、特に注意されたりしなかった。

左は、清滝川が涼しい音と共に流れている。音楽的な川音は、どっと展開する錦秋のモミジの通力《ちから》で、透明度をましているように思える。

右は、緋色《ひいろ》のイロハモミジ、上の方は赤く、下の方は黄色く色づいた山モミジ。そんなモミジたちの中に、くすんだ緑にうなだれた欅《けやき》の老木。半分くらいの葉っぱを黄色くした、無数の笹。

左様な山道を少し歩いた。と——俄《にわ》かにパラパラと雨が降ってきた。時雨《しぐれ》だ。

京には、秋から冬にかけてよく、時雨と呼ばれる一時的な雨が降る。時雨を予期していた四人は傘を四本もってきていた。重奈雄の家の傘と、蕭白の家の傘。そして椿の家の傘が二本。それらの傘は、大雅が二本、椿が二本もっていた。

椿がもっていた二本の内、一本が重奈雄に、大雅がもっていた二本の内、一本が蕭白にわたされる。

と――

「紅葉見や　用意かしこき　傘弐本《にほん》」

（紅葉狩り……。時雨を読んで、相手の分の傘ももってくるとは、何とも、賢明ですな）

男の声が、右方、つまり山側の木立でした。北山をしめらす時雨が白霧をこさえる林内に、誰かいるようだ。

「……蕪村はんの声や。蕪村はん！　おるのか」

大雅が、叫ぶ。ややあってから、

「おかげで、いい句を詠ませてもらったぜ。大雅さん」

黄色く色づいた合歓《ねむ》の木の枝葉を掻き分けて、にこにこと笑いながら、蕪村が出てきた。

「もう体は大丈夫なのか」

蕭白がぶっきらぼうに問うと、蕪村は、

「ああ、辰五郎《たつごろう》とお染《そめ》さん、あの茶店の父娘のことだが……看病してもらってね、もうどうってことねんだ。昨日はありがとよ。こちらは？」

蕪村が、重奈雄と椿の方を見たので、彼らは簡単に名乗りあった。

「して、蕪村さん。この上に何かあるのかな？」

重奈雄の瞳が、蕪村が出てきた木立の方にむいた。

「うん。途方もなく大きな欅の樹があって、その根元に……山の神の祠《ほこら》みてえなもんがある」

「ほう、祠ですか」

「で、あたしの見間違いかもしれねんだけど、その欅の、少し上の股の所にね……モミジの葉っぱみてえなもんが生えてるんだ」

鋭利な眼光をきらめかせた重奈雄は、目を細め、

「欅からモミジの葉の如きものが生えている？　ゴホッゴホッ。――間違いありませんか？」

「間違いねえと思う。もしかしたら、モミジの葉っぱが風に流されてきて、欅の股にたまったもんなのかもしれねえ……。ただどうにも、あそこから生えている気がするんだよねえ」

蕪村はしきりに首をかしげている。重奈雄は、椿の方にむいた。

「椿。先ほど、妖草の気の如きものが、上流の方から漂ってくると言っていたな？　今

は？」

椿は目を閉ざし、己の五体に問うてみた。

「何ちゅうか………さっき感じた嫌なものを、ここいら一帯から感じる。そやけど重奈雄はん、濃くはない。さっきより、薄いんや」

強くうなずいた重奈雄は、

「成程。ひょっとしたら椿、我らは今……渦の目の如き場所にいるのかもしれない」

「渦の目？」

「そうだ。何らかのきっかけがあり、常世から妖草が生じ、一気に妖気が放たれた。その妖気は時がたつにつれ、周囲に広がってゆき、中心では薄まっていった。これが一つ目の憶測。もう一つ成り立つ推論としては、この場所で生じた妖草は……動く妖草であった。そ奴がたどった経路を、我らは逆にたどってきた。つまり先程、椿が強い妖気を感じたのは、そう遠くない過去に妖草《やっ》がいた場所で、今は、さらに、少し前に、妖草がいた場所に立っているため——薄い妖気しか感じない。こういう推論も成り立つであろう」

「そういうことか」

椿は呟くも、大雅、蕭白、蕪村は、意味がわかっていないような顔で立っていた。そのことが、椿は少し嬉しかった。また、妖草、ないしは妖草にかかわる地に近づくにつれ、庭田重奈雄が本来の調子を取りもどし、生き生きとしてきたのが、嬉しかった。風邪など忘れてしまったかのような重奈雄は、大雅の傘に入った蕪村に、

「蕪村さん。その場所に、案内《あない》していただけませんか？」

時雨の山林を、蕪村と大雅が先頭、次に重奈雄と椿、最後に蕭白の順で、登る。少し登ると、山肌の左手が、棚状に平らになっている場所に出た。奥の方に、蕪村が言う、太古の大欅がどんとそびえている。

欅の根元には、たしかに小さな祠があった。

「あれか」

面差《おもざ》しを引きしめた重奈雄が、大雅と蕪村の間から、先頭にすすみ出る。皆がぞろぞろついて行こうとすると、

「天眼通をもつ椿以外の人は危ない。そこで、待っていて下さい」

重奈雄が、制した。

重奈雄、椿だけで、大欅の方に歩いてゆく。枯葉色の小袖を着た重奈雄は、歩きながら、傘を閉じた。傘を武器としてつかおうと思っているようだ。風邪の重奈雄が、時雨に濡れるのを案じた椿が、さっと傘を上にさし出すも、真剣な面差しの重奈雄は、それに気づい

た様子もない。

「椿、見てみろ」

重奈雄の閉じた傘の先が、欅の樹の股を指す。大人が手をのばしてもとどかないくらいの高さにある欅の股。蕪村が指摘するように、たしかにそこから、幾枚かの赤いモミジの葉が生えていた。それは、風で飛ばされたモミジの葉がのっかったものではなく、欅の幹にしっかりと根付き、成育しているように見えた。

(普通のモミジの葉より、小さい)

椿は思った。しかし欅の樹からモミジの葉が生えるなどということが——あるのだろうか。

時雨の中、重奈雄は、たたんだ傘を、欅の樹から生えた数枚のモミジの葉っぱたちにむかって、ゆっくり、のばしてゆく。

傘の先でつつこうとしているのだ。

重奈雄の傘の頭が、欅に着生した、赤いモミジの葉に当った——。重奈雄はそのまま、傘の先で突くようにして、紅のモミジ葉どもを、こそげ落としにかかった。

と、次の刹那、驚くべきことが起った。

二枚が、ぴょんと跳ねて、重奈雄の顔面に襲いかかり、残り七、八枚が、一斉に地面に落ち、蛙のようにピョンピョン跳ねながら、あらぬ方向へ逃げてゆこうとしているではないか。

重奈雄は自分の顔に襲いかかってきた二枚を、夢中で引きはがしながら、

「椿っ、その逃げようとしている奴を、足で踏んづけろ！」

「踏むんやな？」

椿、重奈雄の手から、唐傘が地に落ちる。

椿は、地面を跳躍しながら遁走《とんそう》してゆく、赤いモミジの葉っぱたちを、急いで下駄で踏んづけた——。しかし、二枚、はしっこいのがおり、ぴょん、ぴょんと、まず椿の膝、次に腰と、素早く跳ねながら、体の上の方に登ってきた。

「きゃっ」

一枚は、椿の喉、もう一枚は、椿の手の甲にくっついた。くっつかれた所は、何やらむずむず痒《かゆ》い気がした。

重奈雄の手がのびてきて、喉についたのを、むしり取ってくれる。大雅、蕭白、蕪村が、こちらに駆けてくる。あまりのことにさっきの制止を忘れてしまったのだ。

左手の甲についたのを、椿の右手がむしり取った。

「——」

葉が取られた跡は、モミジ形に、血がにじんでいた。

「椿！　こうやって引き千切れば、大丈夫だ」

重奈雄の声がした。重奈雄は、己の面に襲いかかってきたのを、引き千切ってから、椿の喉にくっついた奴をむしり取り、真っ二つに引き千切った所だった。椿も重奈雄の真似をして、左手を傷つけた、恐るべきモミジの葉を、二つに千切った。するとその妖しの葉は……動かなくなった。

「全部、やっつけたようだな」

重奈雄が、言った。椿は荒く息をついている。大雅、蕭白、蕪村は、驚きの表情だ。

「庭田はん、これは一体……？」

大雅の問いに、重奈雄は、

「羅刹紅葉《らせつもみじ》。――妖草です」

羅刹とは――仏典に出てくる血を吸い、人肉を喰らう悪鬼である。妖草・羅刹紅葉は、イロハモミジの葉と、全く同じ形状をした、常世の草である。

この妖草は人の世に出でると、何らかの樹木の上に着生する。

「そして、ある程度、大きくなると、羅刹紅葉は動けるようになる。動くと……力を消耗します」

重奈雄は、一同の顔を見まわしながら、

「故に羅刹紅葉は、人や獣に張りついて血を吸おうとする」

さらに羅刹紅葉は、自身が人の世のイロハモミジと同形状であるのを知悉《ちしつ》しているため、動けるようになると、イロハモミジの木まで動いて、獲物を待っているという……。

春は、イロハモミジの若葉に――

夏は、青紅葉に――

秋は、紅葉した葉に――

冬は、枯れたモミジの葉に――

擬態するのだ。

「血を吸う時、ぽかぽかと体が温まるような心地よいまどろみに、相手を、引きずり込む。ゴホッ、ゴホ」

「昨日……そんなふうになっていたぜ」

蕪村は放心したような面差しだ。

俄かに自分の膝裏《よほろ》が痒くなった椿は、そこに羅刹紅葉がくっついている気がして、急いで足をあらためるも、何も、いなかった。ただ足が痒くなっただけだった。

「なあ重奈雄」

蕭白だ。

「今まで、俺がお前といる時に出た妖草は、どれも特別なやり方だったり、他の妖草がなければ倒せないものばかりじゃった」

「そうかもしれない」

「さっき、お前は羅刹紅葉を千切っていたな？　倒し方はあれでいいのか？」

「うむ。この妖草は、ただ千切れば、成敗できる」

「何や……。誰でも簡単に倒せるやないか。庭田はん、それやったら、今までで一番、御しやすい妖草、蚊《か》が妖草になったようなもんと考えてよろしおすなあ」

「待賈堂さん…………そうとも言い切れないのだ」

重奈雄は、重苦しい顔で告げた。

「羅刹紅葉は、ある一定の量の血を吸うと、一気に増殖する。いくつかの群れにわかれて動くため、襲われた人は千切るどころではなくなります。体中に羅刹紅葉が張りつき、一気に血を吸われてしまう」

全員の面《おもて》が、青ざめている。

「血を吸い切った羅刹紅葉は……また、何倍もの数にふえる。それをくり返していけば……。おわかりでしょう？」

二つに裂かれた羅刹紅葉の骸《むくろ》を指し、

「この妖草、京の都はおろか山城《やましろ》国までも——壊滅させる力を秘めておる。俺が一番心配なのは、昨日、蕪村さんを襲った羅刹紅葉の群れ。おそらく、そ奴らは、此処から人の世に出てきた」

「そして今、倒したのは、これから動きだそうとしてた、それより若い世代の羅刹紅葉ゆうことやな？」

「そういうことだ椿」

（そやから、少し小さい葉っぱやったんや）

重奈雄が、

「さて、昨日、蕪村さんを襲い、待賈堂さんの声に驚いて、清滝川に逃げ込んだ羅刹紅葉の群れだが……。

清滝川を下りてゆくと、保津峡《ほづきょう》に出るな」

高雄から下りて行った清滝川と、丹波《たんば》亀山《かめやま》からきた保津川が合わさって、一つの川——桂《かつら》川《がわ》になる峡谷だ。

「桂川を下りてゆくと、まず、小倉山《おぐらやま》がある。その次に何がある？」

椿は、茫然《ぼうぜん》と呟いた。

「嵐山《あらしやま》、嵯峨野《さがの》………モミジの名所や……」

「そう。――高雄よりもっと多くの、人々でにぎわう場所だ」

重奈雄は、双眸を光らせながらうなずいた。

「山深い高雄にくらべ、嵐山、嵯峨野の紅葉が色づくのは遅い。後、数日後。神無月《かんなづき》の初めくらいだろう」

陰暦十月初め、今の暦で十一月中旬くらいから、彼《か》の地の、紅葉の見頃ははじまる。

「紅葉狩りの賑《にぎ》わいと、羅刹紅葉の凶行が重なれば、計り知れない数の犠牲者が出てしまう」

「重奈雄はん、急いで都中の人に、羅刹紅葉の倒し方、教えた方がええん違《ちゃ》うの？」

「――いや。それは早計だろう、椿」

重奈雄は言った。

「ほとんどの人が、善意の人であろうが、洛中には……必ず悪心をかかえた者がおる。そのような者に、羅刹紅葉が利用されたら？　たとえば、自分だけが血を吸われないように鎖帷子《くさりかたびら》など、衣服の内側に着込み、沢山の羅刹紅葉をあつめて、人が大勢いる所に撒《ま》いたら？　今の段階で、羅刹紅葉の存在を京都中に知らせるのは、早すぎる気がする」

まず大雅、次に蕭白が首肯する。

風邪の重奈雄は、めまぐるしく頭を回転させているようだった。

「よし。二手《ふたて》に、わかれる。

第一隊は、俺と蕪村さん。この高雄の地に、妖草・羅刹紅葉を芽吹かせる苗床があり、この恐るべき草どもは、人の世にやってきた。常世から呼ばれたのだ」

「話の腰を折ってすまねえ。妖草、あと常世ってぇのは、一体何なんでぇ？」

厳《いか》めしい相貌《そうぼう》の蕪村が、眉をひそめて、訊《たず》ねている。重奈雄は、

「常世とは、人の世と重なり合うもう一つの世界。妖草とは、常世に生える不思議の力をもつ草。稀《まれ》に妖草の種子《しゅうじ》が、人の世で芽吹くことがあるが、この時に苗床にするのが……人間の心です。わかりましたか？」

「わかったような、わからねえような。するってぇと、あれかい？　この神護寺近辺に、妖草を呼び出す……人間がいる？」

「――そういうことになる。その人をさがすのが、俺と蕪村さん。風邪引きと、怪我人ですな」

「もう怪我人じゃねえ。大丈夫だぜ……」

そして、蕪村は深く考え込むような面差しになった。

「第二隊。椿と、蕭白、待賈堂さん。

またかなり歩いてもらうことになるが、嵐山、嵯峨野に行ってもらう」

「清滝川に逃げた羅刹紅葉を、さがせというのじゃな？」

蕭白が言うと、重奈雄の首が、縦に振られた。椿は自分の天眼通に重奈雄が大きな期待をかけているのがわかった。

「重奈雄はん、もし嵐山、嵯峨野に、羅刹紅葉いーひんかったら、どないすればええの」

椿が真剣に訊ねると、重奈雄は、

「その時は、小倉山まであらためてくれぬか？　あそこも紅葉の名所として名高い。羅刹紅葉がモミジ林にまぎれているのは……十分考えられる。彼奴《きゃつ》らは、己が、モミジにそっくりなのを知っている。――知り抜いている。だから、紅葉の名所として名高い場所に、必ず潜伏しているはずだ」

「わかりました」

椿が答えた時、時雨が止《や》んだ。五人は、二手にわかれた――。

三

重奈雄は、蕪村と辰五郎の店に入った。昨日、追い出されたのは、大雅と蕭白であり、茶店の主、辰五郎が、重奈雄と二人の絵師が知り合いなどと、まさか知るはずもない。故に、蕪村の知己のふりをして入れば、大丈夫だろうと思ったのだ。

蕪村は、さっき椿たちとわかれた後で、重奈雄に、

『庭田さん、あんたさっき、妖草は、人の心を苗床にするって、言ったよな？……羅刹紅葉の野郎は、どんな心を苗床にするんだい？』

『――嘆き。この妖草は、深い悲嘆に陥った人の心を苗床にして、こちら側に出てくる』

『…………悲嘆。ちょっと心当りがある。辰五郎の店に行ってみねえかい？』

蕪村の提案に重奈雄はうなずき、橋の手前の茶店に入ったのだった。

さて、店に入るなり、辰五郎の娘、お染がやってきた。面長のお染は、真っ白い頬を紅潮させ、

「蕪村はん……。時雨が降りましたやろ？　傘ももたんと、すっと、外へ出て行かはった

さかい……。傷にさわらんやろかと、随分心配しましたわ」

赤紫の地に黒の算盤玉《そろばんだま》つなぎ模様の着物を着たお染は、やわらかく言った。だが、横に長い瞳は、暗かった。蕪村は、

「何言ってやがんでえ。大丈夫だよ、雨ぐれえ」

と答え重奈雄と、北の角に座った。蕪村は、重奈雄に、お染の様子を見てごらんというふうに、目で合図した。

畳の店内。

巻き上げられた簾の下から、清滝川と、曇り空のせいで、赤の彩度が落ち着いた、モミジの山が、一望できる。

店内は——暗い。淡い外光しか明りがないため、暗がりが多い店内で、あらゆる色は、鮮やかな自己主張をひかえ総じて……沈み込んだようになっていた。

赤、黄色、青、着物や器の色どもは、おしなべて、黒っぽい灰色がまぶし込まれ、おののの色味をにぶらせている。

様々な客が、いる。

白い揚帽子《あげぼうし》をかぶった、武家の女中風の女と、その恋人らしき若者。

煙管から紫煙をさかんにくゆらせながら、川を流れる赤い楓葉《ふうよう》を目で追っている、商人

風の男。その妻と、子。

注意深くお染を観察すると、彼女は、ごく簡単な注文を間違えたりしていて、辰五郎に叱られたりしていた。心ここに在らずという様子だった。

重奈雄が蕪村を見ると、壮年の俳諧師は小さく、首肯した。

（お染と言ったか。お染の悲嘆が——羅刹紅葉の苗床になったと、蕪村さんは言いたいのか。一体、どのような嘆きが、お染の胸中に……）

「あたしはねえ、庭田さん」

蕪村が、語りはじめた。

「丹後に三年ばかりいたんだが、その前に同じくらい、京に住んでいたことがある。知恩院に住んでおった」

「ほう」

蕪村は摂津の毛馬村で子供時代をすごし、青年期から三十六歳までは、江戸。三十六歳の秋から三年間、都で暮し、その後、三年余り丹後に行き、そして今、また、京に住もうと考えていた。

蕪村は声を低め、

「六年前——宝暦元年の秋、はじめて高雄にきて……この店によったんでさあ。店主は覚えてねえようだが、何度か、足を運んだ。お染さん目当てでね。看板娘って奴だったんだ、お染さんは……」

「成程《なるほど》」

ぐっと身をのり出した蕪村は、重奈雄にだけ聞こえる小声で、言った。

「その頃のお染さんは…………今よりずっと、明るい表情だったよ」

「……」

「ただ、その翌年の秋には、お染さんは店からいなくなってた。何でも、常連の、洛中の豆腐屋の男に見初《みそ》められて、嫁になったという話だった」

「だが、今年きてみると、お染さんは、また店に出ていた？　それも浮かぬ顔で……」

頑丈な地蔵といった感じの蕪村の顔が、縦に振られる。重奈雄は、切れ長の涼しい目を細め、

（……嫁ぎ先で、何かあったのだろうか）

「蕪村さん、何か口実をつくって、お染さんを外につれ出してもらえませんか？」

「おうよ」

と蕪村が答えた時、丁度、お染が二人の所に茶と菓子を運んできた。

「何のお話？　蕪村はん」

「いや、何でもねえ。大した話じゃねんだ。お染さん、こっちのお人は、俺の古い知り合いの、庭田さんだ」
「庭田重奈雄と言います。堺ゴホ……堺町四条で、庭木の医者のようなことをしております」

その頃、椿、大雅、蕭白は、周山街道《しゅうざん》を、嵐山嵯峨野方面に南下していた。両側は、山林だ。

と、椿は、
（鹿《しか》）

幾頭もの鹿の、哀しげな鳴き声が、右方でした。どうも右手の雑木林の奥に、鹿の群がいるらしい。鹿は、犬のように、頻繁に鳴く獣でないため、山で鹿の声がしてもすぐ途切れる。その哀感をおびた鳴き声は、秋という季節に、よく、似合う。しかし此度《こたび》の鹿の声は……やけに長く、途切れたりせずに、ずっとつづいていた。

はじめは、嵐山嵯峨野に行くことばかり考えていた椿だが、次第に、右方向でつづく鹿の声が気になりだした。すると……妖草が叢生《そうせい》している時に漂う妖気が如きものが、右方向に横溢《おういつ》しているような気すらしてきた。

「なあ、大雅はん、蕭白はん」

「はい？」「何じゃ」

二人の絵師に、椿は、

「何かなあ、あないにべったり鹿が鳴くの、うち、聞いたためしがない。なんしか見てみよう思うんやけど（とにかく、見てみようと思うんだけど）」

「ええん違《ちゃ》います？」「うむ。行ってみよう」

三人は、秋の雑木林に、わけいった。

クヌギや、コナラの林であった。大量の落葉が林床につもり、小さな音が、ひっきりなしにつづいている。褐色に枯れた葉や、黄色く色づいた葉が、枝ごと落葉の海に落ちる、か細い音だ。

そんな林の中を、三人は鹿の声がする方に、すすんだ。

独特の縦鰒《たてひび》が入った幹に、緑の蔦をびっしりまとったコナラの樹の傍を、とおりすぎた時だ——。椿の視界に、まず紅のイロハモミジ、次に鹿の群れが飛び込んできた。

（あれは……羅刹紅葉！）

椿は、直覚した。

真紅に色づいたイロハモミジの下に、一匹の子鹿が倒れている。子鹿の体には、赤い袈裟をかけたように、血色のイロハモミジの落葉が、いや……モミジに瓜二《うりふた》つの赤い妖《あやかし》が、びっしりまとわりついていた――。

子鹿の傍に、一頭の雌鹿が佇み、途方にくれたように鳴きつづけている。母鹿であろう。親子の鹿から数間《けん》はなれた所に、鹿の集団がいた。ある者はモミジの樹下に倒れた子鹿を見つめ、ある者は落葉の中に寝そべり、あらぬ方を眺めていた。鹿は、人や犬より、のんびりした性質の獣であるため、この集団で子鹿が危機的状況にあるのを知るのは、母鹿一頭だけだった。

(子鹿が、羅刹紅葉に襲われたんや。そやから、母鹿がずっと鳴いてたんや)

椿の体は、わなわなとふるえている。恐怖でふるえたのではない。黒と赤がまじったような、荒ぶる怒りと、深い悲しみでふるえていた。悲しみとは、一輪の花の、命の尊さを知る椿の胸に、ただ死ぬためだけに生れてきたような子鹿と、母鹿の姿が、掻き立てた感情《もの》だった。怒りと悲しみが一つに溶けて、熱い塊となって、喉から出てきそうだ。

椿は、雷神のように吠《ほ》えて――倒れた子鹿の方に猛進した。大雅、蕭白も、つづく。

羅刹紅葉どもは――どうしたか。

子鹿から吸血していた羅刹紅葉どもは……遁走《とんそう》している。

この妖草、人間や獣を死にいたらしめるくらい強力な妖草でありながら、指で千切られると破けてしまうという己の弱さも熟知しているらしい。相当、用心深い。昨日、大雅に呼びかけられた時も、そうだったが、危険が迫ると見るや――風のように素早く逃げてしまうのだ。

椿らに見つかった羅刹紅葉どもは、あっという間に子鹿からはなれ、ピョンピョン、ピョンピョン、赤蛙の群れの如く、落葉の上を跳躍しつつ逃げてゆく――。

「逃がすかっ」

蕭白が、追う。

椿は急いで、倒れた子鹿をあらためた。灰褐色の冬毛におおわれた体のあちこちに生々しい傷があり、血で、濡れていた。母鹿が血で濡れた我が子を舐《な》めようとする。しかし彼女の子は、ぴくりとも動かなかった。

子鹿は目を開けたまま、息絶えていた。

と、椿は、生々しい傷跡のいくつかで、赤蟻《あかあり》ほどの小さなものが、いくつも蠢動《しゅんどう》しているのを発見した。

はじめ虫かと思ったが――違う。

それは、これから成育しようとする、無数の、小さな、羅刹紅葉の、幼生どもだった。

――憤怒がこみ上げてきた。

だが、ふと、椿は思った。その怒りは不当な怒りではないかと。

何故なら、自分は川で育った鮎《あゆ》や、シジミを喰う。海で泳いでいた鯛《たい》を喰う。春はフキのとうや、土筆《つくし》をつんで喰らい、夏は賀茂茄子《かもなす》や胡瓜《きゅうり》を食べ、秋にはキノコを採って口に入れる。それらを食べずして、今の自分の肉体はないだろう。

鹿も同じだ。若草やシダや、木の葉を食べて生きている。羅刹紅葉が鹿の血を吸うのを、人間や鹿はどうして咎《とが》められよう。

不意に庭田重奈雄の声が、椿の胸中でひびいた。

『血を吸い切った羅刹紅葉は……また、何倍もの数にふえる。それをくり返していけば……』

(普通やない)

『この妖草、京の都はおろか山城国までも――壊滅させる力を秘めておる』

(増え方が………普通やない)

草の種を、小鳥が食べる。小鳥を、もっと大きな鳥が食べる。

若草や木の葉を鹿が食べる。鹿を、山犬が食べる。

そうやって、おのおのの命が、おのおのが必要な分だけを取り、生き物同士が賢くつながり合って、世の中が成り立っていた。一種の生物が死滅しただけで、その微妙な円環は崩壊しはじめる……。

（羅刹紅葉の増え方は――普通やない。こないな妖草はびこらせたら、何かの動物が、ほんの幾日かで死に絶えてしまう。

ほしたら……世の中が、壊れてしまう。

そやさかい――この妖草《くさ》を止めねばあかんのや）

「駄目やっ！　この子舐めたらあかん！　この子は、もう死んどる、この子舐めたらあかん！」

椿は、涙をこぼしながら、母鹿を子鹿から引きはがし、ふるえる声で大雅に、

「大雅はんっ、羅刹紅葉の小さいのが、仰山出てきとる！　一つ一つつぶしてほしい」

「わかりました。椿はんは？」

「うちは、蕭白はんと、逃げた妖草追う！」

言うが早いか――椿は、憎き羅刹紅葉と蕭白が駆け去った方に、走りだした。

母鹿の哀しげな声が、後ろで聞こえた。

店が少し落ち着いた所で、辰五郎の許しを得、お染を神護寺に誘った。

金堂の石段に立つ三人。

朱に染まったモミジの枝越しに、五大堂《ごだいどう》と毘沙門堂《びしゃもんどう》が見下ろせる。堂宇の向うに見える山肌には、北山杉がこんもり茂っている。晩秋の空では犬鷲《いぬわし》が旋回していた。山雀《やまがら》やカワラヒワのさえずりが、絶え間なくつづいていた。

重奈雄が、

「お染さん。これを見て下さい」

と、懐中から、黒い毬藻形《まりもがた》妖草・風顛磁藻《ふうてんじそう》を取り出した。重力にあらがう風顛磁藻は、重奈雄の掌からふわふわとはなれ、宙を漂いはじめた。

「これは……」

目を丸くして驚く蕪村とお染に、

「妖草。常世という、もう一つの世界に生える、不思議な力をもつ草です。時として……人の心を苗床に、こちら側に芽吹くこともある」

「常世。そうどすか…………そないな場所が、在るんどすか」

面長のお染は、目を細め、寂しげな表情で言った。

「ええ。在ります。実は昨日、常世からきた、また別の種類の妖草がこの高雄に現れ、蕪村さんを襲った。羅刹紅葉という草で、人間の悲嘆の心を苗床に、こちら側に芽吹く」

「羅刹紅葉……」

「はい。――人の血を吸う妖草です」

「人の血を……？　ほしたら蕪村はん、羅刹紅葉に血ぃ吸われて……」

「ああ。それで怪我したみてえだ。俄かには信じられねえ話だが、さっきあたしも、あたしを襲ったのとは別の羅刹紅葉を見てね、信じねえわけにはいかなくなった」

「何処《どこ》で見やはったんどす？」

「山の神の祠さ」

蕪村の答を聞いたお染は、くらくらと眩暈《めまい》がしたようになった。蕪村に抱き止められている。

「どうしたい、お染さん」

青い顔のお染は、蕪村の腕の中で、うめいた。

「ほな……庭田はん」

山秋風《あきかぜ》が、寂しさを匂わせて、どっと吹く。

曇り空が、ゆったりと動いてゆく。

お染は、さっきより強い語調で訊ねた。

「誰かの悲嘆の心がなくならん内は、また、羅刹紅葉が高雄に出てくるゆうことどすか」

「――はい。そうなります」

お染は横長の目を苦しげに閉じて、蕪村からはなれた。その時、何処か遠くの山で、鹿の悲しそうな声が聞こえた。三度《みたび》、聞こえた。すると蕪村が――


「三たび啼《なき》て　聞《きこ》えずなりぬ　鹿の声」


錆《さ》びた声で、言った。

「……ええ句や。ほんまにええ句や」

思わず呟いたお染に、ふっと微笑した蕪村は、

「鹿と言やぁ、恋。秋の妻恋の声のせいで、鹿は恋の獣と考えられてきた……。

恋で思い出したんだが、六年前、辰五郎の店ぇ、手伝ってる看板娘目当てに、何人もの男が高雄にきてた。

その頃のあんたは…………輝いてたぜ、お染さん。

久《しさし》ぶりに都に出てきたんでねえ、もしかしたら、あんたが出てねえかと思って、こっちに顔出してみたら、どうも様子が違うようだ。辰五郎は相変わらずだが、肝心のお染さん、

あんたに、からっきし元気がねえ。あれ？　と思いつつ、店が満席だったから、つい蔦紅葉を見に降りたら、羅刹紅葉の野郎に血ぃ吸われちまった」

黙りこくるお染に、蕪村は、

「……何かあったのかい？　よかったら……俺たちに話してくんな」

瞳にできた潤みが、蕪村に相対していた。重奈雄は、懐中に、風顚磁藻をしまった。やがてうつむき加減に石段を下りたお染は、境内の隅まで行くとぽつぽつと語りはじめた。


さっきの街道に——出ている。

椿と蕭白は、逃げる羅刹紅葉の群れを、追っていた。

ピョンピョンピョンピョンッと高速で、地を跳ね、逃走する羅刹紅葉の前方に、武士の一団がやってきた。一人、騎馬。芸妓らしい厚化粧の女をのせた駕籠《かご》が、二つ。後は徒歩《かち》の者、六人。

（あかん）

椿が思った刹那、俄かに跳揚した羅刹紅葉どもは……二人の徒歩の侍の顔面と、馬の面《めん》貌《ぼう》、さらに馬にのった、身分の高そうな武士の、袴《はかま》にくっついた——。

うけ口で、ギョロ目、気の弱そうな騎馬の武士は、

「な、な、何じゃっ、この赤い蛙は！　蛙？……ん？」

「蛙やない！　羅刹紅葉っ。人の血ぃ吸う化物どす！……ごめんやっしゃ」

大声で教えた椿は、徒歩の侍の顔面についた羅刹紅葉を、思い切りひっぺがした。そして、勢いよく千切った。

また蕭白は、馬の目の所にくっついた二枚の羅刹紅葉をひっつかむように取り、きょとんとする武士と馬の前で鎮圧し、さらに、

「失礼！」

と叫んで、騎乗の武士の袴にくっついた羅刹紅葉をさっとつかみ取って、素早く千切った。

同時に椿は、二人目の侍の面にはりついた羅刹紅葉を、はがし、

「えい！」

裂帛《れっぱく》の気合と共に、真っ二つに、裂いた――。まだ地面近くに、何枚もの羅刹紅葉がいたが、危ないものと思ったのだろうか……馬が蹄《ひづめ》をくり出し、悉《ことごと》く踏み散らした。

全ての羅刹紅葉が――鎮圧された瞬間だった。全力で走ってきたため、ぜいぜい呻《すた》めいている椿にかわり、

「いやあんたら、本当に危ない所じゃったな」

ボサボサ髪、垢じみた衣の蕭白は、身分の高そうな武士に、堂々とした態度で言った。

「もし俺たちが、少しでも遅かったら、全身の血を抜かれて、息絶えていたぞ」


曾我蕭白に、身分制社会の常識というのは――通用しない。

こんな話が、ある。

伊勢のさる藩の殿様が、蕭白に屏風絵《びょうぶえ》を描いてほしいと思い、城にまねいた。ところが蕭白はいつになっても……食っては寝、食っては寝しているだけで、屏風絵の制作に取りかかってくれなかった。しびれを切らせた殿様は、家老に命じ、蕭白に催促させた。すると蕭白は憮然《ぶぜん》とした様子で「では、描こう」と答え、擂鉢《すりばち》をもってこさせた。そして、用意されていた十五両分の高価な絵の具を、全部、擂鉢に突っ込み、シュロ箒で、ぐちゃぐちゃに混ぜはじめた――。

一体、何を描くのかと家老以下、侍たちが固唾を呑んで見守っていると、蕭白は、唐突に、金屏風にシュロ箒で豪快な線を引き――勢いそのまま、家老の顔面も箒で塗って、飄然《ひょうぜん》と、立ち去った。

正気に返った家老が「追えぇ！」と命じた時には、蕭白は城を出た後だった。一方、屏風はというと、はじめは只《ただ》の黒い線だったのが……蕭白が去ってしばらくすると、虹《にじ》のような七色の光が現れてきて、その城の宝物になったという。

このように蕭白は、身分制社会の権威、権力というものの、埒外《らちがい》に生きている人物なので、今のような口調で武士に喋《しゃべ》っても、何ら不思議はなかった。

だが、蕭白に不遜《ふそん》な態度で話しかけられた武士の目玉は、異様な大きさまで見開かれていた。駕籠にのった厚化粧の女たちが、くすくす笑っている。その笑い声に刺激されたか、騎馬の武士の顔は、鍛冶屋《かじや》の炎よりも赤くなってきた。

「わ、わ、わしを……誰じゃと思うておる？」

武士の異変に気づいた椿が、

「あのお侍様。うちは、あのう……」

なだめようとするも、うけ口でギョロ目の武士は、怒りで口をぱくぱくさせて、

「京都西町奉行・松《まつ》木行部《きぎょうぶ》とは、拙者のことじゃっ！　おのれ狼藉者《ろうぜきもの》め……斬れっ！　斬れえええ」

「いかん椿殿、逃げるぞ！」

蕭白に腕を引かれた椿は、神護寺方向に逃げだした——。後ろで、何本もの刀が、抜かれる音がした。

重奈雄と蕪村は、お染の話を聞き終えた。

お染の話とは次のようなものであった。

お染は錦小路猪熊《にしきこうじいのくま》の、小さな豆腐屋の跡取り息子、勝蔵《かつぞう》に見初められ、その妻になった。勝蔵は、飲む、打つ、買うと三拍子そろった札付きの不良だったが、お染と一緒になると心を入れ替え、真面目に豆腐つくりにいそしむようになった。

嫁いで二年目には、勝蔵の父親、つまり、お染の舅《しゅうと》が亡くなり、先代の味と違うということで、常連客の一部がはなれてしまった。お染はやつれ果てた夫をよくささえ、幾皿も、幾皿も、夫がつくる豆腐を食べた。

試行錯誤の末、先代の味と一緒、いや、それ以上の豆腐を勝蔵はつくり上げた。

すると、はなれていた常連客が……次第にもどってきた。

「その頃が、うちの人生で、一番幸せな時どした」

お染は、神護寺で述懐している。

転機は二年前に訪れた。

勝蔵のつくった豆腐が、時の京都所司代・酒井忠用《さかいただもち》に気に入られ、勝蔵の名声大いに高まり、一気に客が殺到するようになった。羽振りがよくなると、また、勝蔵は……昔のように、悪い遊びをはじめるようになった。豆腐作りを若い者にまかせ、深草《ふかくさ》の水茶屋の女に入れ込み、帰りが遅くなった。それをお染がとがめると、手を上げた。しまいには、水茶屋の女と一緒になると言い出し、手切れ金をお染にわたそうとした。

「ただの意地やったのか、まだ勝蔵に未練があったのか、どうどすやろ？　うち……手切れ金には手ぇつけずに、高雄にもどってきました。山の神さんの祠の傍に、欅の樹ぃおまっしゃろ？　あの樹の下で、勝蔵に、嫁になってくれと言われたんや」

お染は涙をぽろぽろと流して、言った。

「あの樹で首吊ろう思うたこと………一度や二度やありまへん。そやけど、死ぬ度胸もなかった」

「お染さん」

重奈雄は、言った。

「そこは死ぬ度胸じゃなくて――生きる勇気が在った、こう言っていいのではないか？」

「……生きる勇気どすか？」

蕪村が、お染の手をにぎって、

「そうだよお染さん。あんたが、高雄にもどってて嬉しいと思ってる男だって、いるんだ。俺は……またあんたがいたらいいなって思いで、またきたんだぜ」

さん」

「とにかく、そんなろくでもねえ男と別れられてよかったと、そう思ってくんない、お染

「……え？」

と、蕪村が元気づけた刹那——

「御用！　御用！」

という声が、山門の方で、した——。

侍たちに追われている椿と蕭白は、神護寺に逃げ込めば、そう乱暴なこともできまいと考えた。

ここが、江戸時代の江戸だと、町奉行所の者は、寺社の境内に入った下手人を、無闇《むやみ》に追いかけられない。——寺社奉行に話を通さねばならない。

また、ここが、戦国時代の京都でも、官憲は、無闇に寺社領に入れない。その頃の寺社領は、無縁所と呼ばれる権力不入のアジールであり、官憲の立ち入りをこばむ権利をもっていた。

だが、ここは……江戸時代の京都。

京都町奉行は、江戸における寺社奉行と町奉行を合体させたような役職で、都の寺社の

治安維持をも担う。

椿と蕭白を追っているのは、京都西町奉行・松木行部と家来たちだ。

侍たちは、

「御用！」「御用！」「狼藉者じゃぁ――っ」「そ奴らをとらえい！」「町人ども、そ奴らを捕縛せぇぇいっ」

と怒鳴りながら、山門をくぐってきた。さすがに刀は鞘《さや》にしまうも、境内に乱入してきた――。また西町奉行・松木行部は、門前で下馬して、入ってきた。


「あれは……椿と蕭白ではないか」

重奈雄が、呟く。

只事でないと判断した重奈雄は、懐中から、一本の妖草を取り出している。白い綿帽子のようなものがついた妖草で、浅茅《あさじ》に似ている。

「こっちだ！　ゴホッ」

と呼ばわった重奈雄は、長い石段を登ってきたせいで、くたくたに疲れて崩れ込んだ椿、蕭白をかばうように、立った。首領格らしい侍が、

「そこの枯草色の衣を着た町人！」

「俺のことかな？」

「そ奴らは、許し難き賊じゃ！……ぜい、ぜい。かばいだてすると、ためにならぬぞ」

重奈雄は、その首領格らしい侍の素性を知らなかったが、

「許し難き賊？　きっと……あんたの勘違いであろうよ」

桜桃《ゆすらうめ》の如き重奈雄の唇から、ふっと、息がもれる。重奈雄の息が白い綿帽子を揺さぶった。

「妖草・知風草《ちふうそう》」

すると、どうだろう。

物凄《ものすご》い突風が、巻き起り、椿、蕭白を追ってきた侍どもを軽々と吹っ飛ばしてしまった――。侍どもは、遥《はる》か向うの赤いイロハモミジの樹上に吹っ飛ばされ、昏倒《こんとう》している。

境内で、どよめきが起った。

「今の内に逃げるぞ」

重奈雄は椿の、蕪村がお染の手を引き、蕭白は何とか自力を振り絞って、境内を取り巻く山林に逃れた。重奈雄は江戸で闇の妖草師と戦った折、その者がもっていた妖草・知風草を回収していたのだ。

＊

その数日後――

紅葉狩りでにぎわう嵐山渡月橋《とげつきょう》の近くに、重奈雄、椿、池大雅夫妻、曾我蕭白の姿があった。

例の侍どもからは、あの後、無事に逃げられた。町でも遭遇してはいない。

万が一、羅刹紅葉の生き残りがいた場合、惨劇が起ってしまう。それを阻止すべくやってきたのだが――一かけらの妖異も、感じられなかった。

桂川に渡月橋がかかっている。

その向うに、嵐山があった。

常緑樹の緑。

桜紅葉のくすんだ赤。

そして、イロハモミジや山モミジの、真紅や、橙や、黄色。

丸っこい稜線に、埋めこまれた色とりどりの葉群は、絢爛《けんらん》たる練絹《ねりぎぬ》に創られた模様のように、ある種の旋律を漂わせていた。

重奈雄が「椿、異変はないか」という目で見てきたので、椿は、大きく首を縦に振った。

すると重奈雄が言った。

「嵐山のモミジは王朝の頃より名高いが、桜は鎌倉に幕府があった頃、後嵯峨《ごさが》院が植えたのに始まるらしい……コホ」

「何や、嵐山の桜と、モミジなら、モミジの方が古いんや」

椿の言に、重奈雄は、うなずいた。

「植えられた桜は、吉野《よしの》のものだったとか……。どうもこの嵐山嵯峨野というのは、大覚《だいかく》寺統《じとう》にまつわる場所が多い」

渡月橋の名前は、大覚寺統、亀山《かめやま》上皇の言葉からきているし、この近くには大覚寺統の離宮、亀山殿もあった。

「だから尊氏《たかうじ》は、後醍醐《ごだいご》天皇の菩提をとむらう天龍寺《てんりゅうじ》を、この辺りに建てたのであろうよ。天龍寺から見る嵐山も、また格別であろう。行ってみるか」

「うん。あれ？　蕪村はんと、お染はんは？　さっきまでいやはったのに……」

椿は、辺りを見まわした。

大雅夫妻と蕭白は近くにいたが、つい先ほどまで一緒にいた蕪村と、お染の姿が、見えなくなっていた。

蕪村とお染は、青竹の中の小径《こみち》を、歩いている。野々宮《ののみや》の方にむかう小径で、人気《ひとけ》は、ない。遊山《ゆさん》の人々は皆、錦秋の嵐山に吸い込まれているのだ。道の両側の青い竹藪《たけやぶ》からは、ただ雀の声が聞こえるばかりであった。

蕪村は例の古い墨染、お染は渋めの黄色の地に、藤色や白、あるいは薄桃色の、色とりどりの扇が散らされた晴れ着を着ていた。二人は昨日の夜、芝居を観《み》に行ったのだが、蕪村はあらゆる役者の台詞《せりふ》を覚えていて、竹林の小径で一人何役もやって再現し、お染をひとしきり笑わせた後で、

「なあ、お染さん」

「はい」

「東山の方の料理屋で働くんだってぇ？」

「そうどす。父の紹介で……。高雄は、モミジが散れば……もう、雪や。訪れる人はどんとへりますさかい」

「辰五郎一人で店をまわせるってわけか。あたしも、いつまでも辰五郎の世話になってるわけにはいかねえなあ……」

竹落葉の道をすすんでいた、お染の下駄が、止った。

「蕪村はんは、どうしはりますの？」

立ち止った蕪村は、

「俺は……俳諧師、または、絵師として、やっていきてんだが……まずは住む所さがさねえとな。取りあえず知恩院に転がり込もうと思ってる」

「………」

面長の顔を赤くしたお染は、青竹の道で、うつむき黙していた。やがて、小さな声で、

「あの、うち、料理屋さんの近くの、どこぞええ長屋に入ろう思うてます。もし蕪村はんがよかったら……うちが落ち着いた時に………その長屋に一緒に……」

「え？」

蕪村の目は、丸くなっている。うつむき加減に佇むお染の手をにぎり、

「そんな……あたしは願ったり叶《かな》ったりなんだが……あたしで、いいのかい？　お染さん」

頬が紅葉したみたいに赤くなったお染はこくりとうなずいた。

青竹の道に立つ蕪村は、お染に口づけしてから、腕の中に強く抱いた。

「蕪村はん………今の気持ち……俳句になりまへんか？」

腕の中のお染に言われた蕪村は、困ったように辺りを見まわし、

「……弱ったな。頭の中がぽおーっとして、俳句なんかちっとも出てこねえ」

ぷっと吹き出したお染は、

「ほな、蕪村はんが今まで詠んだ中で一番お気に入りの句ぅ教えてくれまへんやろか」

「お気に入りの句……」

腕の中に、お染の温かい体がある。その質量を感じながら、蕪村は目を閉じた。やがて、

「いいぜ。丹後に与謝《よざ》って場所がある」

「与謝？」

「ああ。その与謝の、夏の川原で詠んだ句だ……。

夏川を　こす嬉しさよ　手に草履
丁度な、村の子供たちがな、手に草履をもってな、じゃぶじゃぶと飛沫《しぶき》を立てて、本当に楽しそうに川を渡っているのを見た時に、出てきた句だ」

「――ええ句や。ほんまにええ句！」

蕪村からはなれたお染は、目を潤ませ、頬を上気させて言った。

「蕪村はん、日本一の俳諧師って誰なんどす」

「それは、芭蕉翁だ。松尾芭蕉ってお人だ。何十年も、前の人だ。だが――芭蕉翁をこえる俳諧師を俺は知らねえ」

「芭蕉翁の句を教えて」

「荒海や　佐渡に横たふ　天の河」

「他には？」

「五月雨《さみだれ》を　あつめて早し　最上川《もがみがわ》」

「蕪村はんの、五月雨の句は？」

「皐雨《さみだれ》や　貴布禰《きふね》の社燈　消《きゆ》る時」

お染は深く思案するような面差しになった。そして、言った。

「うちは…………うちはな、蕪村はんの句の方が好き。お世辞やのうて、ほんまにそう思います。そやさかい……蕪村はんは、日本一の俳諧師どす」

「いくら何でも褒めすぎだぜ、お染さん」

強く頭《かぶり》を振ったお染は、

「蕪村はんの句にはな…………人間が、おるんや。

芭蕉翁の句は、たしかに美しい。そやけど、蕪村はんの句にはな、夏の川を楽しげに渡る村の子供たちや、社《やしろ》の灯明《とうみょう》を照らす人や、その景色の中で、たしかに……生きとる人たちの息遣いが、入っとる。

そやさかい、うちは、蕪村はんの句の方がええと思います」

「――ありがとよ。お染さん」

蕪村は、もう一度強くお染を抱きしめた。

この時の、お染の感想と、ほとんど同じ感想を述べる人物が、およそ百五十年後に現れる。

——正岡子規《まさおかしき》である。

子規は明治三十年に発表した「俳人蕪村」の中で、次の如く言っている。

美に積極的と消極的とあり。……日本の文学は源平以後地に墜《お》ちて復振《またふる》はず殆ど消滅し尽せる際に当って芭蕉が俳句に於《おい》て美を発揮し消極的の半面を開きたるは彼が非凡の才識あるを証するに足る。……芭蕉死後百年に垂《なんな》んとして始めて蕪村は現れたり。彼は天命を負ふて俳諧壇上に立てり。されども世は彼が第二の芭蕉たることを知らず。

（美に積極的と、消極的がある。……日本の文学は、源氏平家以降、地に落ち、ほとんど消滅しそうになっていた所に、芭蕉が現れ、俳句において、消極的美を開拓したのは、芭蕉に非凡の才能があったことの証左であろう。……芭蕉死後、百年になろうとして、はじめて蕪村は現れた。彼は積極的美の発見という使命をおびて、俳諧師となった。しかし世

間は、彼が第二の芭蕉であることを知らなかった）

子規による再発見、再評価によって、はじめて与謝蕪村は松尾芭蕉に匹敵する俳諧史上の巨人として、世の中に認知される。

蕪村が、与謝と名乗ったきっかけが、この宝暦七年の、お染との会話であったかどうかは、筆者も知らない。

我らが知り得るのは、彼が京を終《つい》の棲家とするのは、宝暦七年晩秋であったこと。そして、それから間もなく、蕪村が——妻をめとったことだけである。

西町奉行

一

のっぺりと灰色の雲が、都におおいかぶさっている。およそ形というものとは程遠い、鏝《こて》で平らにしたような、冬の雲が、京の空の大分下の方まで降りてきていて、体の芯《しん》がちぢこまるくらい、冷たい日であった。

「いつ雪が降ってもおかしくないのう、重奈雄」

曾我蕭白は首まで湯に沈みながら、呟《つぶや》いた。湯屋から外に出た時、間違いなく凜冽《りんれつ》たる寒気が襲ってくる。その冷たい外気に対抗すべく、少しでも風呂の温気《うんき》を、体の中枢に取り込もうとしているようだった。

「今日は、冬至。一年でもっとも、日差しの少ない日さ。……初雪が都に舞い降りても、不思議ではあるまい」

自分の方によってくる、いくつかの柚子《ゆず》を、ぽちゃ、ぽちゃと、押しのけながら、重奈雄が言う。紅葉の頃は、なかなかしつこい風邪に苦しめられた重奈雄。今は、すっかり快復している。

宝暦七年十一月。冬至。今の暦で、十二月下旬。

庭田重奈雄と、曾我蕭白は、蛸薬師堺町東入ル《たこやくしさかいまちひがしいる》にある銭湯にきていた。せっかくの冬至の柚子湯であったが、少し早くきすぎたのと、あまりに厳しい寒さが重なって、思ったより客が少ない。

二人の他は、よく銭湯で見かける顔見知りの表具師の老人と、その孫。板張りの浴槽には、他に、錦市場《にしき》で働く男たちが、何人かいる。

湯気につつまれた老人は、口を上に開けてうたた寝し、孫はと言うと、湯面《ゆづら》を漂ってくる黄色い柚子をつまんで、果皮をかじったりしていた。

不思議なことに、子供が黄色い実をかじる度に、近くでそれを見ている重奈雄の口腔《こうこう》で、柚子のつんと澄ました香気が、広がるのだった。

蕭白が、

「のう重奈雄」

「何だ？」

「冬に、たとえば……冬至の日などに、出てくる妖草《やつ》などはおるのか？」

蕭白が問うと、重奈雄は秀麗な眉を顰《ひそ》めている。

柚子湯で顔をジャブジャブ洗った蕭白は、

「……こういう場所で、言わん方がよかったかな？」

「ああ……そうしてほしいな。妖草妖木《あれら》についての話題は、たとえば俺の長屋や、高雄《たかお》の他に人がいない山中や、東山北山の林内などではよいが、こうした人が沢山いる場所ではさけてほしいな」

重奈雄はこの所、滝坊椿、曾我蕭白、池大雅などに、妖草が引き起す事件の解決を手伝ってもらっている。それは勿論《もちろん》、ありがたい。だが彼ら素人《しろうと》と妖草師の違いは、妖草師が感情的にならず、妖草妖木の跋扈《ばっこ》を淡々とふせげるのに対し、椿たちは妖草事件を解決すると、どうしても興奮してしまう所なのである。自分を誇らしく思い、人前で妖草妖木の話題をつるっとしてしまう傾向が、強い。

ある程度は仕方ないが、度重なると危険だと重奈雄は考えていた。世の中は——善意だけが固まったような人の方が少ない。どんな人間の胸にも、悪意がある。中には、邪心が凝り固まったような人もいる。左様《さよう》な者に、妖草の存在が知れてしまったら……？　椿、蕭白、大雅を傷つけぬよう、上手《うま》く自分の考えをつたえねばなと、近頃、重奈雄は思案していた。

湯で、すっかり体が温まった重奈雄が、腰を上げる。

「出るか？」

蕭白の言に、重奈雄は首肯した。

外に出ると、底冷えした町に、凍てついた比叡颪《ひえいおろし》がどっと襲いかかり——二人はちぢみ上がっている。

重奈雄は、綿が入った、枯葉色の小袖の下で、背を丸め、

「錦市場に、よってゆこう」

薄い唇から、白い息がもれた。


京の台所、錦市場は、錦小路にある。

錦小路は、銭湯のある蛸薬師通と、二人の長屋にほど近い四条通の、丁度、中間にある。

元々……糞《くそ》の小路と言った。

宇治拾遺《うじしゅうい》物語によると、平安時代、清徳聖《せいとくひじり》という人がいた。

母の菩提《ぼだい》を、愛宕《あたご》に三年間こもって弔った清徳が都に下りてくると、西の京に、水葱《なぎ》の

田んぼがあった。

水葱というのは水葵《みずあおい》で、この頃は大切な野菜であった。

さて、疲労困憊《こんぱい》の清徳は、道すがら、水葱を手折《たお》って食しながら、歩いていた。田んぼのもち主の男がこれを見かけ、不思議に思い、

「何でそんなに食べているんです？」

と訊《たず》ねた所、

「疲れ切って、腹が減ってな……。ついつい……食べてしまった」

との返事。

「そういうことなら、もっと食べていいですよ」

と言われた清徳は、三十本ばかりの水葱を、見る見る喰ってしまった。驚愕《きょうがく》したもち主は、

「もう……好きなだけ食べていいですよ」

と言ったから、たまらない。御礼を言った清徳は、三町（一町は百アール弱）ばかりの田んぼに育った水葱にむしゃむしゃかぶりつき――全部、食べてしまった。どこまでも、親切な田のもち主の男は、卒倒しそうなほど驚いて、

「そこまでお腹《なか》が減っているなら、何かつくってあげましょう」

と、一石《こく》分のご飯を炊いてあげると、

「何も食べていなかったせいかな？　疲れてしまって。かたじけない」

と、これまたぺろりと食べてしまった。噂《うわさ》を聞いた藤原師輔《ふじわらのもろすけ》が、屋敷にこの聖を呼んでみると——清徳の後ろについてくる、ついてくる。

餓鬼、虎、犬や鳥、狼《おおかみ》、数万匹のいろんな種類の動物が、清徳の後ろにぞろぞろとくっついて歩いてくる。実は、大食いの犯人は清徳ではなく、この後ろにくっついた、人間の亡者や無数の動物霊だったのだ——。だが、それは師輔の目にしか見えなかったのである。

さて、師輔の家でも十石分の白米をご馳走《ちそう》になった、帰り道、清徳は、四条の北にある小路で、ぼとぼと糞《くそ》を垂れながら歩いた。勿論、清徳が脱糞《だっぷん》したのではない。後ろの眷属《けんぞく》どもが、糞を垂れ流したのだが、都の人々にはそれがわからない。

何と汚い坊主だ、道中、糞だらけにしやがってと、大いに汚がり、この道路を糞の小路と命名してしまった。

それを聞いた帝が、「あまりにも、下品な名前だ。錦小路と名付けたらどうか？」と言ったから、四条の一本北を、東西に走るこの道を、錦小路と呼ぶようになったのである。

錦市場を歩く二人は、煮干をさがしていた。

京都では、夏に南瓜《おかぼ》が手に入ると、必ず一つ、十字に紐《ひも》をかけ、台所の天井から吊るしておく。日持ちする、南瓜。この台所に吊るした南瓜は、冬至の日にいただく。

鍋に煮干を入れ、包丁で切った南瓜を、水炊きする。ほどよくやわらかくなった所で、砂糖、淡口醬油《しょうゆ》をかけ、味をととのえる。料理上手の女は、よく鍋底《なべぞこ》に竹皮を敷く。——焦げつきをふせぐのだ。

煮干の味がしみこんだ南瓜を、熱々のご飯にのせて食べるのが、冬至の日の定番だった。

冬至の日のことなど考えぬ蕭白は、何も準備していなかったが、几帳面《きちょうめん》な重奈雄の台所には、ちゃんと南瓜が一つ、ぶら下がっている。ただ重奈雄は煮干を切らしていたため、二人は錦市場で買い物してから、帰ることにしたのだ。

餅屋《もちや》、川魚屋、干物や塩鮭《しおざけ》が並んだ、海の魚屋。豆腐屋、雑穀屋、酒屋。さらに、京都最大の青物問屋、枡源《ますげん》。

人の口に入るものを商う店が、狭い小路の両側に、ずらりと並んでいる。板前や、回り——行商——の魚屋が、真剣な目で、商品をえらんでいた。

威勢の良い掛け声に驚いたか、桶《おけ》に入った寒ブナがビクリと蠢《うごめ》く。琵琶湖《びわこ》でつかまった魚だろう。

漬け上がったばかりの乳白色のすぐきや、赤紫蘇《あかじそ》で、紅に染まった柴漬を、女たちが買っていた。重奈雄もすぐきを一つ購入している。漬物屋は、経木《きょうぎ》――薄い木の皮――で蕪《かぶ》の形をしたそれをつつみ、重奈雄によこした。鰹節《かつおぶし》や昆布、干しシイタケが並んだ乾物屋で、煮干を買っていると――

「どけ！　足が、止らへんっ。どいてくれぇぇ」

子供の吠《ほ》え声がして、買物客の叫びが、いくつも起った。重奈雄は、

(何だ？)

体をさっと道側へまわした刹那《せつな》――眼前を、灰色、茶色、黄色と黒が混じった色、三つの色彩の塊が、風同然に、吹き去っていった……。

おそらく腕白小僧が、駆けて行ったと思われる。だがあまりに速すぎて、子供が走ったというよりは、色風《しきふう》が吹いた、と表現せざるを得ない、凄《すさ》まじい勢いであった。

(――妖草、あるいは妖木だろうか？)

直感的に、重奈雄は思っている。子供たちの速力は、一町（約百九メートル）を……五つ数えるくらいで行ってしまうほど、凄《すご》いものだった。

三千世界から走り自慢をあつめ、大試合をもよおしても――一町を、九つ数えるより早

く走れる者など、いないはずである。

なのに、宝暦七年冬至、京都に現れた三人の子供は、一町を五つ数えるくらいで駆け抜け、錦市場を大混乱に陥れた――。

これはもう、そこら辺の足が速い子が駆けた、で済まされる話ではない。常世《とこよ》の植物が関与する事件に相違ないと、瞬間的に感じたわけである。

「蕭白、行くぞっ」

「おう」

重奈雄、そして竹の皮でつつんだ豆餅を買った蕭白は、子供らが駆け去った方へ、走りだした。


市で仕入れ、これから得意先をまわろう、としていた行商の天秤棒《てんびんぼう》が、子供らに激突。アジの開き、塩鮭、鯖《さば》街道をはるばる若狭《わかさ》から運ばれてきた、きつく塩のきいた、刺しサバが……地面に散乱している。

豆腐屋の前で立話していた僧が、神速で走る子供に吹っ飛ばされ、枡源と仲が悪い青物屋の前で、水桶に入っていたくわいが、丸ごと引っくり返って、ごろごろ転がってゆく――。

左様な混乱が、錦市場で広がる中、重奈雄と、蕭白は、人々を掻《か》きわけ、疾走する子供たちを、追った。

子供たちはあっという間に見えなくなったが、彼らの引き起した騒擾《そうじょう》で、いかなる道をたどったかわかった。

走る風と化した童《わらべ》たちは、錦市場を駆け抜けて、西洞院《にしのとういん》通を右へまがっている。

西洞院通には紀州藩京屋敷がある。

今、この紀州藩邸の前に、荷車が一台止り、正月用の茎大根をとどけた農婦が、どれくらいの長さの注連縄《しめなわ》が必要か、門松はどういう木がいいかなど、二人の侍から、こまごました指示を受けていた。三人の少年はこの壬生村《みぶむら》の女が引いてきた大八車をよけようと思ってよけきれず、大音声《だいおんじょう》立ててぶつかった。

おかげで、重奈雄と蕭白が到着した時には、黒山のような人だかりができていた。

密集する人垣を腕で押しのけ、前へ出た重奈雄の視界に、まず地面に散らばった茎大根の糠漬《ぬかづけ》が飛び込んでいる。次に、怒りながらそれをひろいあつめ、桶にもどそうとしている農婦と、血だらけで泣きじゃくる三人の少年、厳しく叱責する侍の赤く上気した顔が、みとめられた。

「紀州藩の御方。それくらいで、勘弁してあげてくれぬか？……どうも、その子らも、悪気があったわけではないようだ」

すすみ出た重奈雄に、若い侍がきっと振りむき、怒りの風圧みたいなものが、降りかかる。

「何じゃ、お主は」

袴が糠漬で汚れた侍は、眼光鋭く問うてきた。

「堺町四条で、草木の医者をしている。――庭田重奈雄という」

「庭田……重奈雄……」

羅刹《らせつ》の如《ごと》き面差《おもざ》しだった若侍の口が、ぽかんと開く。

「それがし、今年の八月まで、江戸表の藩邸に詰めておりました。貴方様《あなた》は……あの江戸の中屋敷を襲った竹を……」

重奈雄は、今年の七月――江戸赤坂の紀州藩邸に現れた怨《うら》み竹なる妖木を鎮圧、現、紀州藩主・徳川宗将《むねのぶ》とその妻、徳子《とくこ》の命を救っている。

「いかにも、その重奈雄です」

水の如《ごと》く落ち着いた様子で重奈雄が答えると、若侍は、

「……とんだ無礼をいたしました。お許し下さいっ」

若侍が年輩の侍に何事かささやくと、能面に似た無表情だった、初老の侍の体の隅々に、

恐縮の情が行きわたったようである。さっきまで子供らに見せていた横柄な冷たさは何処《どこ》へやら。とたんに、別人の如くかしこまり、

「貴方様が、あの庭田様にございましたかっ。ど、どうぞ、藩邸の方でごゆるりとおくつろぎ下さい！　ろくなおもてなしもできませぬが」

「いえいえ、まずはこの子らの怪我の手当てが先です」

怜悧《れいり》な瞳が、血と、涙と、砂埃《すなぼこり》にまみれた、少年たちにむく。

と、

「庭田はん」

人垣が開き、薄い肌色の地に、白鼠色《しろねずみいろ》の雪輪《ゆきわ》が散らされた衣を着た娘が、話しかけてきた。

「おお……お加代《かよ》さん」

その小柄な娘は、紀州藩京屋敷の隣、数珠屋《じゅずや》、黒田屋《くろだや》の娘、お加代である。五台院で花をならっているお加代の父は、さる妖草に苦しめられていた。重奈雄と椿は、何とかお加代の父を助けようとしたが……力およばず、彼は妖草の餌食《えじき》となってしまったのだった。

胸底で、救えなかったという思いが、強く巻き起る。ただ重奈雄は、椿から、秋も深まった頃にお加代がようやく立ち直り、稽古《けいこ》に顔を出すようになったと聞いていた。

黒田屋の庭には、一本の楠《くすのき》と、二本の蜜柑《みかん》の木が立っている。蜜柑の枝には、橙《だいだい》色《いろ》の実がたわわに実っていた。

三人の子供の手当てはお加代がしてくれた。宗八《そうはち》という下男が、水桶などを甲斐甲斐《かいがい》しく運んでくれた。ぼさぼさ髪の蕭白は、密林のように鬚《ひげ》がのびた顎《あご》を撫《な》でつつ、

「宗八がお加代の、心の支えになっておるらしい。椿殿から聞いたのじゃが」

重奈雄の耳元で、そっとささやいている。

お加代と宗八が良い仲だというのは重奈雄も知っていた。

(立ち直ったとは言っても、お加代さんの眼に、時折、憂いに似たものが浮かぶ……。人を一気に不幸にする妖草を、俺は沢山見てきたけれど、人を一思いに幸せにする妖草に……お目にかかったことはない)

重奈雄は、思った。

お加代の優しい介抱で、三人の子供の痛みが落ち着き、硬かった心がやわらかくなるのを感じた重奈雄は、

「お前たち。先ほどは、足が止らぬなどと言って、錦市場を……恐ろしい速さで駆けていたな。一体、どうしたのか?」

のぞきこむように、訊ねた。

いずれも錦市場界隈《かいわい》に暮す、町人の子だろう。齢《よわい》は十一、二歳か。

一人目は、濃い灰色と、薄い灰色が、七宝《しっぽう》つなぎになった衣。

二人目の衣は茶色い地だ。二つずつ、松の枝葉の塊が、白く浮き上がっている。

三人目は、黒と黄色の市松模様だった。

涙で濡《ぬ》れた三人の瞳が、見つめ合う。「お前が言えよ」「嫌だよ、お前が言えよ」と目で会話していた。

「おい、餓鬼ども。何か……変な草か、木の実でも喰って、ああなったんじゃないのか？　このおじさんは、そういうことに凄くくわしいのじゃぞ」

「まだ、おじさんと言うほどでもないがな」

蕭白に肩を叩かれた重奈雄が微笑すると、三人の目は、丸くなっている。灰色の七宝つなぎの子が、恐る恐る何かを差し出してきた。

それは、小枝であった。

深緑色の細長い葉が、いくつかついている。

珊瑚《さんご》に似た、赤い小粒の実が、何個かくっついていた。

「……南天か」

蕭白が、呟く。

重奈雄は瞳から――冷光を発した。

「もう、南天が赤くなる季節どすなあ。うち、南天の赤い実、見ると、お正月……思い出します」

血で汚れた手拭《てぬぐ》いを片づけるために、部屋から出ようとしたお加代を見ず、じっと赤い実を睨《にら》んでいた重奈雄の口が、開いた。

「これは………南天ではないよ。お加代さん」

誰が見ても、南天としか思えない小枝をにぎる重奈雄の呟きは――余人にはうかがい知れぬ、暗黒の淵辺《みずべ》に佇《たたず》む人の、声のようであった。重奈雄は、自分の声にこもる冷気で、せっかく落ち着きかけた子供たちが、再びおののいてしまったのを見つけている。つとめてやわらかい声調で、

「さぞ怖かったろう。この実をいくつか食べたら、足が止らなくなってしまったのだな？」

「せや。……良平《りょうへい》が悪いんや」

「良平？」

七宝つなぎの子に問うと、今度は松模様の衣の子が、教えてくれた。

「どんくさい奴でなあ、鬼ごっこすると、べったり鬼なんや。鬼から抜け出られんのや。せやけど、今日、鬼ごっこしてみると……」

やけに、足が速い。すぐに良平は、鬼の境遇から抜け出てしまった。不思議に思い、問いつめてみると、父親の育てている南天の実をかじると、足が速くなるとわかり、いつも鬼で悔しいから、今日はそれをかじって出てきたと、良平は、白状している。三人は、良平に強く迫り、その赤い実を食べた。良平は一粒だけ食して家を出てきたのに対し、三人は見境なく……幾粒か口に入れた。すると、足が勝手に、猛速度で動きだした。本人の意志と関係なく錦市場を風神の速度で駆け抜け……さっきの大騒動が起きてしまったわけである。

荷車との衝突は、子供らの足に成程、大怪我をあたえた。だが、かの衝撃により、勝手に走りだすという、魔的な作用はおさまっている。子供らの足は平静な状態にもどっていた。

重奈雄は、言った。

「良平の所まで、案内《あない》してくれぬか？」

良平は、麩屋町《ふやちょう》錦小路下《さが》ルにある、麩屋、鶴良《つるよし》の、倅《せがれ》であった。重奈雄たちは、きた道ではなく、三条通を東に行き、麩屋町通を右へまがる形で、鶴良を目指した。途中、蛸薬師通の北辺りで、町奉行所の人数と、野次馬が、雲集していた。何か事件があったようだ。鶴良につくと、鉢植えのサザンカと南天が置かれた店先で、坊主頭の子が一人、独楽《こま》をまわして遊んでいた。

「おい、良平」

市松模様の子が、呼ばわると、気弱そうな良平は、びくっとすくんだようになった。色白で、眉が下がり気味の、背が小さい少年だ。重奈雄はくる途中、三少年が、良平に接する態度に、何の変哲もない南天が、妖木化するきっかけがあったのではないかと……考えている。

だから、

「お前、よくもわしらに、けったいな実ぃ喰わせてくれたなっ」「せや。おかげで、えらい目にあったわ」

などと、悪餓鬼どもが因縁をつけながら、良平につめよろうとすると、

「こら」

と、二人つかまえた。蕭白も一人、確保している。

「そういう言い方はよくないぞ。お前たちが、無理矢理、良平の南天を奪ったのであろ

う」

冷静な面持ちでさとすと、ゆっくり——鉢に立つ南天に、歩み寄る。

重奈雄は、真剣な目つきで、枝、葉、そして赤い実に指でふれ、たしかめていた。

「良平。この木は、もう幾年もここにある？」

「………」

小さな良平の目が、じっと重奈雄を凝視している。やがてハンペンみたいに白い少年は、無言のままうなずいた。

重奈雄は、妖気でも嗅ぐ気なのか、鼻を赤い実に近づけて、目を細めた。

「重奈雄。妖草……いや、妖木なのか？」

「うむ」

蕭白が問うと、重奈雄は答えた。

「韋駄南天《いだなんてん》。——立派な妖木だ」

「韋駄南天……」

絶句する蕭白と子供たちに、重奈雄は教えた。

「韋駄天というのは、暴風雷電をつかさどる、破壊の魔王、自在天の子だ」

仏法の自在天は、ヒンズー教の破壊神・シヴァである。

「疾風の如く――速く走る韋駄天は、四天王三十二将の長でもある」

「………………」

重奈雄は、

「さて、韋駄南天だが……この韋駄天を彷彿《ほうふつ》とさせる走力を、実を食べた人にあたえる常《と》世《こ》の木なのだよ。南天の実を、人は普通食さないが、この韋駄南天、食べてみたいと人に思わせる、かすかな香気をもっている。それが、良平が口に入れてしまった理由だろう」

「のう重奈雄。妖草妖木は――人の心を苗床にする。では……韋駄南天は、いかなる心によって、人の世に芽吹くのじゃ？」

「いい質問だ、蕭白。段々、常世の植物《もの》について、わかってきたではないか」

「ふん」

髭《ひげ》もじゃの蕭白が、鼻を指で撫でると、重奈雄は言った。

「煩悶《はんもん》」

「煩悶？」

「速く走りたいという、あるいは、何かを速く走らせたいという、煩悶。ちょっと特別な心だが、走るのがおそい子。飛脚。競馬《くらべうま》に出る武士。

何かの事情で……速く走りたい、愛馬などを速く走らせたいと強く願う者の傍に、南天の木がある時、韋駄南天になりやすいという」

妖木伝で得た知識だった。

その時だ。

「何どす？　うちの子に、何か用でっしゃろか」

仕込みをしていたらしい良平の父、縫物をしていたらしい良平の母が、中から出てきた。

良平の父は、まるで版木ですったように、良平と瓜二《うりふた》つの顔で、身長はひょろりと高い。母親は色白で、良平と同じくらい小柄だった。

重奈雄は、微笑を浮かべ——

「俺は、庭田重奈雄。——妖草師」

「妖草師？」

——止める間もなかった。

韋駄南天の実が、三粒ほど、重奈雄の手でもぎ取られ、口に放られる。一嚙《ひとか》みした重奈雄は、ぺっとそれを路上へ吐き出した。すると、どうだろう。

「——」

まず、微量の火薬が、はぜるのに似た音が、した。そして重奈雄の歯で、ひしゃげたような形になった三つの赤い実は、バッタよりも高く跳び、猫よりも素早く動いて、思い思いの方向へ、いなくなってしまった。物凄い勢いで、跳びながら、小さくなっていってしまった……。

言葉が見つからない人々に、重奈雄が言う。

「特に毒などはないが、恐るべき走りの衝動を秘めておる。人に噛み砕かれると——一気にそれが、弾《はじ》け出る。子供たち、あれを噛んだ刹那、今みたいにはぜる音が、自分の内側でしたろう?」

良平、そして、錦市場で暴走した三人の少年が、全員、うなずく。

「幾粒か、口に入れただけだから、よかったのだ。たとえば、もっと沢山……十個くらいの実を口に入れてみよ。韋駄南天は、速く駆けることしか考えぬから……もっと疾《と》く、稲妻の如く走れるかもしれん。だが韋駄南天は、前に石垣があろうが、侍の群れがいようが、おかまいなく走る。止めることはできない。石垣か侍の群れに、恐るべき勢いで突っ込んでいたら……どうなっていた?」

悪餓鬼たちの相貌《そうぼう》から、血がさーっと退《ひ》いていった。

「なあお前たち。良平が、ずっと鬼なのを面白がって……鬼ごっこしかしないなどと、道中で、言っておったが、いつも鬼なのが悔しいという良平の気持ちが………凡俗の南天を、この恐ろしい木に変えてしまったのだよ。

だから、これからは、隠れんぼとか、竹馬とか、良平が好きそうな独楽だとか、他の遊びもしてみたらどうだ？」

「………」

悪餓鬼たちは、うなだれている。

蓬髪《ほうはつ》をぽりぽりと掻いていた蕭白が、良平の頭を強く撫でて、

「のう、良平。鬼ごっこしかしてくれぬ友達など、ほしくなかろう！　そんな友達は、いなくてもいい。この際、ばさっと関係を絶ち、わしの許で、絵の稽古《けいこ》でもしたらどうじゃ？　楽しいぞ、絵は。わしは、蕭白。これでも一応、絵師の端くれよ！」

いつになく温かい様子の蕭白から出た誘いだが、良平はきっぱりと、首を横に振った。

「蕭白はん。えらい気ぃつこーてもろぉて……おおきに。せやけど、わし、絵は……好きやおまへん。みんなと一緒がええ。半吉《はんきち》や、喜助《きすけ》や、清造《せいぞう》と、一緒におった方が楽しい」

ふるえる声で、言った。

すると、うつむいて、唇を噛みしめていた悪童の一人が、

「ほな……隠れんぼ、しよか」

「うん」「うん」「うん！」

四人の子供は——麩屋町通を、元気よく北へ駆けていった。

重奈雄と蕭白は、子供たちの後ろ姿を目を細めて眺めている。

「庭田はんと、蕭白はん……で、よろしおすか？

ほんまに…………ありがとう！　おおきに、ありがとう」

良平の、両親の、頭が、深々と下る。

「鶴良のご主人、この韋駄南天、ここに置いておくのは、あまりに危険すぎる。……できれば、あずかっていきたいのだが」

異論があるはずもない。

良平の父がもたしてくれた竹籠《たけかご》に、お礼でもらった麩、さっき市で買ったものを入れて蕭白がもち、重奈雄は鉢植えの韋駄南天をかかえ、帰宅することになった。久しぶりに良い仕事をしたという充実感が、二人の胸をみたしていた。

もう少しで、四条通に出るという所で——いきなり前方に、数名の侍が展開した。四条通に隠れていて、重奈雄たちがくると見るや、一気に走り出たと思われる。

異様な気配を覚えた重奈雄が、顧みると——目つきの鋭い男が三人、十手《じって》をちらつかせ、殺到してくる。道に降りて何かついばんでいた鳩《はと》どもが、びっくりして、ふためき飛んだ。

「一体、何事かな」

重奈雄が訊ねると、後ろからきた目明し風の男が、

「真昼間から、大胆な奴っちゃ！　麩屋の鉢植え、盗んだら、あかんやろ」

「盗んだ覚えはない。これは、いただいたものだが……」

「問答無用。また、面妖な手品をつかい、麩屋をたぶらかし、掠《かす》め取ったものであろう」

何処かで聞いた声がしたため、重奈雄は、鉢植えをかかえたまま前にむいている。

前方に、八人の侍が、立っていた。町奉行所の、与力《よりき》、同心《どうしん》と思われる。

中央に黒塗りの笠をかぶった武士が仁王《におう》立《だ》ちしていた。貧相な体型だが、身にあまる量の殺気が、四肢でうなりを上げているのが、感じられる……。立派な身なりだから、かなり、高位の武士のようだ。相貌は陰になり、うかがい知れぬ。

「よもや忘れたとは言わさぬぞ。あの娘は、今日はおらぬようじゃな？　まあ、よい。いずれ、居場所を吐かせてくれよう！」

武士の顎が、やや上がる。うけ口の骨格。ギョロリとした目。京都西町奉行・松木行部が、そこにいた——。

（あ……）

「さあ、この盗人《ぬすっと》どもを、引っ立てぇい！」

二

京都西町奉行所は——二条城の西南、押小路千本東入《おしこうじせんぼんひがしい》ルにある。

江戸に北町奉行と、南町奉行があるように、京には、東町奉行と、西町奉行がいて、隔月で民政、警察業務を、おこなっていた。

京都にいる幕府の役人で、最高位の者は、二条城の北にいる京都所司代だ。所司代はもう少し上の任務をあたえられている。乃ち、朝廷の監視と、西国大名の監察だった。


重奈雄と蕭白は、町奉行所の牢《ろう》に入れられている。蕭白は先程から、頑丈な格子にしがみつき、「出せ」とわめいている。

重奈雄はと言うと、余裕なもので、連行される途中、「京都所司代・松平輝高様に、庭田重奈雄をとらえた、とつたえてくれぬか」と、言ったきり、後は大人しくしていた。牢内というよりも、友人宅に遊びにきた人の如く、すっかりくつろいだ表情で、横臥《おうが》していた。

蕭白は、何故《なぜ》、重奈雄がこれほど落ち着いていられるのか、わからない。

「のう、重奈雄」

「何だ？」

　横になって、腕枕している重奈雄が、言う。

「不当な疑いをかけられ、持ち物を全て奪われ、牢に入れられているというのに、どうして貴様はそんなに澄ましていられる？」

「別に澄ましていないさ。……蕭白、こっちへよれ」

　押し殺した声でささやくので、蕭白が重奈雄にいざりよる。

　重奈雄は懐から一枝の韋駄南天を取り出すと、隣の牢に聞こえぬ小声で、

「つかまる寸前に、一枝手折ってきた」

「……ほう」

「もし、奉行が所司代に言ってくれれば、松平様は、何かの手違いと感じ、俺たちを助けるべく急使を出すだろう」

　蕭白は同意した。

「そうじゃな。じゃが問題は、奉行がにぎりつぶした時ではないか？」

「全くその通りだ。その時に、これが活きてくる」

「韋駄南天が？」

重奈雄の秀麗な瞳が、細められている。

「うむ。あの奉行の気性ゆえ、俺たちを斬ろうとするかもしれん。だから、牢を出される時、韋駄南天を何粒か口に入れておく。舌の横にでも置いておき、噛んだり、飲んだりはしない」

「……」

重奈雄が、つづける。

「表に引っ立てられた時に、韋駄南天を飲みこむ。俺たちは――一気に走りだすはずだ」

「成程」

「その勢いは、縄を引いている役人を魔風の如く引きずり、役人が手を放すか、縄が千切れるかして、どちらにしろ囚《とら》われの状態から、脱せるであろう。そのまま、所司代屋敷に駆け込み、事情を説明する。さすれば松木行部も手が出せまい」

「……考えたな。おい、じゃあ俺にもいくつか実をくれ」

「勿論」

赤い実が何個か、重奈雄から蕭白にわたされた。蕭白はそれを懐中にしまった。

「昨日とらえた者ども、石抱きにかけても、まだ口をわらぬか？　わしが昼飯を喰い終るまでに、何としても吐かせい。もし吐かぬようなら……海老責《えびぜ》めにして、拷問蔵に押し込んでおけ。さっき捕えた二人を、石抱きにかけるのじゃ」

昨日、二条で捕縛した盗賊団の口が、思ったよりも固い。それがために、重奈雄、蕭白を拷問にかけられないでいた。

石抱きは……三角形の材木を五本並べた所に、囚人を座らせ、膝《ひざ》の上に、石の板を何枚ものせてゆく。上からは石板の重みが、足をいたぶり、三角形のとがった所に、足がのっているわけだから……下からは、鋭く削られた材木が肉に突き入ってくる深痛が、囚人に襲いかかる。

下手人《げしゅにん》でない者も、「わたしがしましたっ」と叫ばずにはいられないような、物凄い痛みをともなう拷問である。

京都西町奉行・松木行部は、執念深い性格から、「蝮《まむし》の行部」と怖れられていた。江戸で、大身《たいしん》旗本の家に生れ、何不自由なく育ってきた行部は、社会の底辺で必死になって生きる者たちへの思いやりに、欠ける所がある。さらに、異様に自尊心の強い行部は、江戸で権力の中枢にかかわる仕事をしたいと思っていた……。つまり、京都町奉行という現在の役職に、彼は、不満なわけである。その鬱屈《うっくつ》した思いが、咎人《とがにん》たち、町人たち、無宿人たちに……冷たい感情の噴火となって、出てしまい、蝮の異名で呼ばれるようになっていた。

九月は、西町奉行の当番月で、なかなか忙しかった。ようやく仕事が一段落し、祇園《ぎおん》の馴染《なじ》みの女たちと、観楓《かんぷう》に出かけた行部は、神護寺近くの茶店で、鮎《あゆ》を食べるのを楽しみにしていた。

その計画が、例の娘――椿――に掻き乱され、妖しげな風を引き起す男――重奈雄――に打ち砕かれた今、行部の胸中に、悪竜みたいな感情が渦巻いている。

例の一件以降、行部はことあるごとに洛中に出動。重奈雄一味がいないか、あらためていた。今日はたまたま、盗賊に遭った商家を検分中、南に行く重奈雄、蕭白を見かけ、確保に踏み切ったわけである。

（庭田重奈雄と言うのか……。遂に、つかまえたわっ。所司代と顔見知りのような口ぶりじゃった。どうせ、虚言であろう）

前にせり出た行部の下唇に、冷えた笑みが、浮かんだ。

灰色の痛みに似た情念が、白洲《しらす》に引き出された重奈雄の胸に、巻き起っている。

血で濡れた、三角に削られた材木と、いかにも重たげな石板が、砂利の上にあって、それが、普段ここでどのような取り調べがおこなわれているか、物語っていた。

ここでしらべられた者には、真の罪人もいたろうし、無実の者も、いたろう。特に無実の者は訳のわからぬままとらわれて拷問され、無念であったろう。

――様々な者たちから噴き出た無念が、透明な大蛇となって、とぐろを巻いているように、思えた。

「そこに座れ」

役人が命じてきた。重奈雄と蕭白は、白い砂利の上に、座った。二人の口中には、牢を出される直前に放った韋駄南天が、入っている。

(まだ、嚙むべきではない)

嚙みしめたら最後――重奈雄と蕭白の足は、天狗《てんぐ》の速度で、走りだす。棒をもった役人が隣にいるが、つかまえられまい。手縄をされた二人は――白洲から、奉行が座す部屋に上がり、稲妻の速度でそこを突っ切り、中庭を駆け抜け、開かれた表門から……外に出てしまうだろう。二条城の北、京都所司代の許に行けば、助けてくれると重奈雄は思慮していた。

だがもし、運悪く、所司代がおらず、重奈雄を知る侍もいない状態で、後ろから西町奉行所の連中が殺到してきたら……その場で、斬られるかもしれない。

(その場合はどうするか？　思案のし所だな)

重奈雄は、考えている。と、

「お奉行様。おなぁりー！」

太鼓の音がして、威儀をただした松木行部が、やってきた。

二人の家来と共に、重奈雄たちの前方、部屋の中に座した行部は、冷血な双眸でこちらを睨んでくる。

重奈雄が、

「お奉行様」

口から韋駄南天の実がこぼれぬよう、配慮しつつ、言った。

「何じゃ？」

「先程も申しました通り、それがし、庭田重奈雄と申します」

「……ふむ」

貧相な行部だが——唇だけは、脂ぎっている。ネズミを天麩羅《てんぷら》にして衣を取ると、こういう人相になる気がした。

「堺町四条上ルの長屋にて、草木の医者、および妖草師という、稼業をいとなんでおりまする。こちらは、曾我蕭白。絵師をしております」

「妖草師……となゝ」

妖草師という単語が——松木行部の胸に、引っかかったようである。意地悪そうな目を細め、（はて、妖草師などという稼業の男を、わしは、とらえたことがあったかな）と、記憶中枢で、しきりに反芻《はんすう》しているふうだった。

重奈雄はたたみかけるように、

「妖草とは——常世に生じる草。

常世とは、人の世と重なり合うもう一つの世界です。無数の妖草の働きを知り、時折、こちら側に芽吹く彼奴らを駆除する存在《もの》が、妖草師です」

行部は二人の家来と目を見合せた。家来たちは、神妙な面差しを崩さない。妖草師、あるいは、妖草というものに、心当りがあるのかもしれない。だが行部は、強く頭《かぶり》を振って重奈雄を睨むと——やがて笑いはじめた。はじめは小さく、次第に大きく笑った。

「……ふふふ。あっはっはははは！

重奈雄よ。そなた、これまで左様な妖言を駆使し、おびえる人々から銭金を巻き上げ……それなりに上手く生きてきたのじゃろう。じゃが、この松木行部の目は、誤魔化せぬぞっ」

行部の冷眼が、拷問道具の方へ、動く。

「あいや、待たれい！」

蕭白がすかさず叫んだ。同時に、拷問倉から——

「……わしやないっ！　違うんやぁぁぁーっ」

という哀れな叫びが、聞こえてきた。

海老責めにされている男が叫んだものと思われる。海老責めとは、なかなか口をわらぬ者を、頭と足がくっつく形で、責め立てるのだ。拷問倉では、清水寺《きよみずでら》から仏像を盗んだ嫌疑で、昨日、二条でとらわれた三人の男が、責め立てられている。当の三人は潔白を主張するも、行部は、彼らこそ下手人に違いないと、断定している。彼らは石抱きにかけられた後、海老責めにされていた。

内一人が上げた悲鳴が白洲にひびき通ったため、重奈雄らを石抱きにかけるようにという、行部の命令は機を逸する形になった。蕭白が、

「今年の七月、三十三間堂の隣、養源院に、柿の化物が出たっ」

小奇麗な男から、化物という言葉が出ても、説得力が薄いかもしれない。だが、ぼさぼさ髪、無精髭《ぶしょう》、垢《あか》じみた肌、異様に鋭い眼光、という蕭白の口から出た化物の語は、説明不可能な重さ、奇怪《きっかい》な吸引力をもって、侍たちに迫った。それがために行部と家来たちは、

この怪しい絵師の話を、聞く気になってしまった……。

「青タンコロリンという化物じゃったが、毎晩、寺の者たちの夢に出て、恫喝《どうかつ》してきた。養源院は……徳川家ゆかりの寺じゃろう？　京都所司代・松平様もゆゆしきことと思われた。そこで、この重奈雄の出番よ。見事、解決！

養源院の、化物柿騒動は、ぱたりとおさまった」

本当かな？　というういくつもの視線が、重奈雄の方へ、動く。

「――真《まこと》にござる」

水の如く落ち着いた白皙《はくせき》で言い切った重奈雄は、桜桃《ゆすらうめ》みたいな唇を開き、

「松平様か、養源院の方にたしかめていただければ、真偽の程は自ずと知れるかと……」

小者《こもの》を扇でまねいた行部は、何事かささやくや、大急ぎで走らせた。二条城北、所司代屋敷に走らせたと、考えられた。

「待てよ……重奈雄」

疑《うたぐ》り深い行部が、呟く。

「先程そなた、妖草は、常世に生える草と申した。柿の化物というのは……木の化物」

蝮の行部はいかなる矛盾も見逃さない。重奈雄が、説く。

「それは妖木と申して――我ら妖草師の領分に入ります。お奉行様、今秋、高雄にて、こ

の蕭白と、他一人のそれがしの仲間が、お奉行様に無礼をはたらいた件について、釈明いたしたく思います」

重奈雄は、神護寺近くに現れた羅刹紅葉と、その恐るべき力、蕭白たちは行部の血を吸おうとしていた羅刹紅葉を取ったにすぎないことを、じゅんじゅんと説いて聞かせた。

「乱暴する気など、毛頭ありませんでした。ただ、御命を助けたいがための、振る舞いにござった」

「…………ううむ」

陰険な目を細め、じっと話に耳をかたむけていた行部は、小さく唇をなめている。千鳥が描かれた扇が、まっすぐに、重奈雄を指す。

「そなたが風を起して、わしをはね飛ばしたのは？　あれは妖草をつかったのか？」

「ご明察の通りにございます。あれは、知風草《ちふうそう》と申し、風を巻き起す妖草」

奉行のわしに、そんな危ない妖草をつかったのかっ……という眼火が、一気に行部の瞳で燃え盛ったのを受けて、重奈雄は、静かな、されど白洲に染みとおる声で、

「まさか、町奉行様とは思いませなんだ。……不逞《ふてい》の浪人どもが、友を斬ろうとしているように見えたのでございます」

ほんの一瞬、剃刀《かみそり》の如く鋭い眼光を発した重奈雄は、後はもう春陽に似た穏やかな微笑《ほほえ》

みを浮かべて、説いた。

「奉行所の方々と知っていましたら、あのような挙に出なかったと、思います。お奉行様、そして供の方々にお怪我を負わせてしまったこと、深くお詫《わ》び申し上げます。今後、妖草妖木が都に現れ、お奉行様の手をわずらわせることもあるやもしれませぬ。

左様な場合は、この庭田重奈雄、誰よりも疾《と》く現場にむかい、常世の草木が引き起す災厄を解決したく思います」

「……ふうむ」

重奈雄は刹那だが、行部の面《おもて》に迷いに似たものが浮かんだ気がした。

（京都所司代と俺との関《かかわ》りを気にしている？……違う。もっと、別種の迷いである気がする）

たとえば——行部の胸中に、庭が、在るとする。庭には、草どもが生い茂っている。何の変哲もない雑草どもが、ワサワサ茂っている。その密集する草どもの中に、一輪だけ妖花が咲いている。妖花が一つあるだけで、庭全体が何となく落ち着かない、不穏なる気をはらんでいる。それがために、行部の胸中に……不安の熾火《おきび》が燃えていて、重奈雄の妖草話で、その不安が益々大きく燃え盛った。

左様な困惑である気がする。

つまり、行部には妖草らしきものの心当りがあり――今、重奈雄の話を聞き、この男に相談してもよいのではないかという動揺が生じた。そういう表情である気がした。

行部の家来たちはと言えば、重奈雄が妖草師と言った時から、真剣に彼を見ている。

(何かあるな)

と感じた時、

「のう重奈雄……。実は………そなたに見てほしい草があるのじゃが。もし、それが妖草で、そなたがどう刈ればよいのか知っておるなら、そなたらを罪には問うまい」

行部が、言った。

三

重奈雄と蕭白がつれて行かれたのは――中庭である。

天をあおげば、どんよりした冬空だったが、町奉行所の中庭は青々としていた。常緑樹が多いのだ。

椿、こぢんまりと剪定《せんてい》された北山杉。ネズミモチ、こぢんまりと剪定された松。丸っこい形にされた、ツゲ。

それら木立の足元には緑色の苔《こけ》がふかふかと生えていた。

さて妖しげな一叢《ひとむら》の草どもは――中庭の真ん中辺り、ツゲの木陰、蹲《つくばい》の隣に在った。


ホトトギスという草に、似ている。

百合科・ホトトギスは――よく庭園にもつかわれる多年草で、山の半日陰などで、成育する。互生するホトトギスの葉は、何処か両刃《もろは》の短剣のように思える。秋に花を咲かせるホトトギス。この花には、斑点《はんてん》がある。この斑点が、ホトトギスという鳥の、胸にある斑点に似ているということで、その名がついた。

さて――今、重奈雄たちの眼前に育った草だが、一点、ホトトギスと異なる所があった。

（葉の縁が……赤い）

ずらりと横並びした葉の縁が、まるで血刀のように、赤く染まっている。葉の中心部は緑色だ。だが、両縁が血色に染まっていて、緑の中心にも、まるで飛沫《しぶき》でも散ったような、赤色斑点が不規則に浮き上がっていた。

奇怪な草は、全部で十数本あった。すっくと直立していた。

重奈雄は、一間《いっけん》ほどはなれた所から、注意深くその草をうかがっている。

「元々、赤く染まっていた所もあるが……人の血で赤くなっておる所もある」

渡廊下に立った行部が、庭に降りた重奈雄に教えた。

「庭師や小者が庭に入った時、不意にその草が動き……斬りつけたのじゃ。重奈雄。その草は………動くのじゃ。そして、近くにいる人を斬りつける」

「――でしょうな」

柳の精が口をきいたような、落ち着いた声だった。

「お奉行様。もしかして、一度、この草を長柄《ながえ》の鎌《かま》か何かで、刈り取ったりしませんでしたか?……その刈り取った跡から、倍くらいの数の同じ草が出てきて、今に至るのでは?」

行部は、

「まさにその通りじゃ。重奈雄。秋口に、その草の葉に切りつけられ、掠り傷を負う者が続出したゆえ、長柄の鎌で刈らせた。ところが、すぐに芽吹きだし、前よりももっと生えてまいった」

「その新しく生えてきた草の葉は、はじめのものより、遥《はる》かに、硬く、鋭く、襲われた者は――命にかかわる深手を負うようになった。違いますか?」

行部と家来たちが、生唾《なまつば》を呑み下す音が、した。重奈雄の指摘が寸分たがわず当っていたのだろう。

「……そうじゃ。故に、刈れずにいた。また倍にふえたら、恐ろしいことになるからの。この草は……一体、何なのじゃ？　わしは迷信などは信じぬたちでな。妖草などというのも、今日はじめて聞いた。だが、これは……。そなたが言う妖草なのかっ」

重奈雄は、その質問には答えず、

「少しお見せしたいことがあるので、我らの手縄をはずしていただけませぬか？」

役人が不審げな眼差《まなざ》しになるも、行部の下知《げち》で二人の縄ははずされた。

自由になった重奈雄は、庭にあった竹箒《たけぼうき》をもってくると、無造作にそ奴らの叢に突き出してみた。

――するとどうだろう。

骨髄がちぢみ上がりそうな、不快な音が、奉行所中にひびき渡っている。短剣に似た、幾多もの葉が、神速で動き、硬い竹箒に襲いかかっていた。そして、まるで真綿《わた》でも嚙み破るようにたやすく、硬い竹箒を、粉々に切り裂いてしまった。ほんの一瞬の出来事であった。

重奈雄が、箒の残骸《ざんがい》としか呼べないような、無残な姿になったそれを、引きもどす。草どもはまるで血に飢えたけだものの如く、ぶるぶると、百合科・ホトトギスに似たしなやかな体を、震動させていた……。

「これを妖草と言わず、何と言いましょう？」

重奈雄が言った。冷えた、声調だった。

「妖草にはいろいろ種類があります。童の悪戯《いたずら》のように、可愛らしい悪さしかしない草。天変を巻き起し、一撃で、人でも牛でも屠ってしまう恐るべき草。これは——かなり恐ろしい妖草《やつ》と言って、よいでしょう。

………背高人斬り草《せいたかひときりそう》と申します」

「背高人斬り草——」

絶句する行部、侍たち、蕭白に、重奈雄は語った。

「お奉行様。常世の草たる妖草が、人の世に芽吹くには、必ず人の心を苗床にせねばなりませぬ。背高人斬り草が苗床にするのは、不当なものへの怒り」

「不当なものへの怒り……」

「はい。この情念から芽吹いた背高人斬り草。故に、さかんに人を斬りつけようとする。また、人の血をあびると、強くなりまする」

「強くなるとは、どういうことじゃ重奈雄。人を傷つける力が、増すということか？」

「そういうことだ、蕭白。さらに鎌で刈ろうとしたりすると、それを不当なこととみなすゆえ……次に出てきた背高人斬り草は、先の背高人斬り草にくらべて、より強靭になる。凶暴になる。また、背も高くなります」

おびえた小動物に近い相好《そうごう》の、行部の家来が、より一層萎縮《いしゅく》した面持ちで、

「たしかに、前に出てきたのより、大きくなっておるの」

重奈雄は知性的な瞳を光らせ――

「やはりな」

「うっわぁぁぁ……うっわぁぁぁ――」

遠く、拷問倉の方から、地獄でさいなまれる亡者の呻《うめ》きに似た、悲しげな叫び声がもれてきた。重奈雄は硬い面持ちでそちらを見ている。と、叫び声に連動するかの如く……背高人斬り草の叢が、ざわざわとふるえた。

「あまり時間がないかもしれない」

妖草経第二巻、天駆《あめか》ケル妖草の項目に、風顚磁藻《ふうてんじそう》などと取り上げられている、背高人斬り草の重要な特徴は、ある程度成長すると空を飛ぶことだった――。

この妖草は、人の血と、周りに渦巻く、不当なものへの怒りの念から、ある種のエネル

ギーを得、まるで鳥のように、飛ぶことができる。

空飛ぶ背高人斬り草は、宙から人めがけて降下し、斬りつける。血飛沫により、さらなるエネルギーを得ると、より一層激しく飛びまわる。京都のような都市で、こんな、空飛ぶ辻斬りみたいな妖草が暴れたら……どれほどの大惨事が引き起されるか、想像もできなかった。

「力をつかい果たすと、元生えていた場所にもどり、妖力をたくわえる。妖力がたまってくると、また空を飛んで、人を斬る。つまり……これが藪《やぶ》の中などに生えていて、何処から飛んでくるか判然としない時、妖草刈《くさか》りするのに大変手間取るという……古老たちの言葉も、妖草経に紹介されています。

まあ、藪の中に生えるのは少ない。この妖草、不当なものへの怒りを苗床にするわけですから——大抵は人家の庭に生えるようですな。まだ……飛べない状態でよかった」

「重奈雄よ。この京都西町奉行所の何処に…………不当なものへの怒りが渦巻いていると言うのかな?」

行部が不思議そうに訊ねたため重奈雄は小さく驚いたようだった。だが、行部の言葉に反応したのは、重奈雄だけではない。背高人斬り草も——反応している。益々《ますます》、激しく、波打つように、ふるえている。

「その説明は後にしましょう。今、まさに飛び立とうとしているように思われるゆえ。お奉行、まず、拷問倉でおこなっている拷問を——早急に止めていただきたい」

行部が家来を一人走らせると、重奈雄は言った。

「これで少し、奴が飛行する力が弱まるでしょう。次に、この近くで桃と蓮《はす》がある場所はありませぬか？　桃は枝が必要で、蓮は敗荷《やれはす》でもよろしい。つまり、双方枯れていて結構」

「それならば……所司代屋敷にあると思うぞ」

重奈雄の秀麗な眉が、ひそめられる。

「どうした？　重奈雄」

蕭白が問うと、重奈雄は、

「うむ。韋駄南天を噛んで、桃と敗荷をあつめに行っている最中に、鬼神の如き速さで、背高人斬り草が飛びはじめたら……どうしようと思ってな」

「その時は、わしが鬼神の如き速さで動きまわり、何とか、こいつらが奉行所の外に出ぬよう踏ん張ろう」

口に、妖木・韋駄南天の実をふくんだ蕭白が、不敵に微笑む。

「何《な》ぁに、お前は武芸の腕がつたないが、この蕭白、以前、五畿内と勢州《せいしゅう》、江州《ごうしゅう》を放浪していた覚えがあり、腕には自信がある。野犬や無頼漢から、我が身を守ってきたのじゃ」

師と呼べる者はいなかったけど、蕭白には、棒術の心得がある。

「貴様のなまっちろい腕で、留守をあずかるより、この蕭白が、突棒《つくぼう》か熊手でこ奴らを押さえていた方が、死人は出にくいじゃろう。さあ、行ってこい！」

無精髭に埋もれた顎を掻きながら、傲岸《ごうがん》に告げた蕭白。重奈雄には——この友が、自分から不安を払い飛ばすために、左様な態度に出ていることが、はっきりとわかった。

「——かたじけない！　では行ってくる」

「うむ」

重奈雄は——嚙む。

口中の韋駄南天を。

一気に、走りだした——。

ほとんど茶色い風と化した重奈雄が、電光石火の素早さで駆け去るのを、行部ら西町奉行所の者たちは、目をしばたたかせながら見送っている。中庭の傍の一室には、山林を描いた襖絵《ふすまえ》があった。

左に、紅の敦盛草《あつもりそう》。右に、純白の熊谷草《くまがいそう》。

遠景に、霧に巻かれた、大鎧《おおよろい》の一団が、何処かへ落ちてゆく光景《さま》が描かれている。

韋駄南天の作用で、ほとんど妖人の速さを入手した重奈雄は……その高価な襖を、ぶっ飛ばし、踏み破るような形で、何処かへ、走り去って行った。

「ああっ！　あ奴め、よくも大切な襖をっ」

行部が怒鳴る。それを尻目に蕭白は、話が分かりそうな武士に近づいた。

「おい。熊手か、突棒の一隊を準備した方がよい。後、俺にも何か得物《えもの》をくれい！」

蕭白に刺股《さすまた》がわたされ、熊手、突棒の者どもが身構えたのと、飛行がはじまったのは、寸分の差もない。

ワサワサワサと一際大きくふるえた、背高人斬り草群落が一瞬、静止し、このまま大人しくなってくれると思われたその刹那、俄《にわ》かに土煙が舞い、信じられない勢いで草どもが浮遊。

――襲いかかってきたのだ。

「おい、熊手、突棒で叩き落とせ！　下に落ちた所を、上から叩き伏せる形で、暴れられなくするんじゃっ」

茫然《ぼうぜん》自失の体《てい》となった、行部に代り、蕭白が指揮を執る。

恐るべきはしっこさで、宙に飛んだ背高人斬り草。互生する短剣形の葉を、激しく武者震いさせ、途方もない勢いで降下してくる――。

「――ッ」

刺股が、猛速で、蕭白の手からくり出され――一本目の敵と宙で激突した。

払い飛ばした。と、別の背高人斬り草が、行部の首へ飛びかかる――。

蕭白は――韋駄南天を、嚙んだ。

突風よりも速く動いた蕭白が、刺股で、行部を襲おうとしていた草《やつ》を、叩き飛ばす。

「おおぉぉ――っ!」

武士たちは、どよめいた。

体中ではじける、韋駄南天の走りの衝動を、戦いの体捌《たいさば》きに転用した蕭白が――三本目の敵に挑む。

妖草《そいつ》は、一人の与力の脇腹を斬ろうと、低めに滑空していた。三本目の背高人斬り草と、刺股が、ぶつかる。

蕭白はそのまま敵の草体を近くにあった赤松の幹に、押しのけ、そして、固定した。ぶるぶると奴が暴れている。自らを赤松の幹に釘付《くぎづ》けにする刺股を、不当なる暴力ととらえているのだろうか……？　激動する背高人斬り草の、魔的執念が、刺股の柄を通して――蕭白の神経にひしひしとつたわってきた。

（早くもどってくれ！　重奈雄）

次なる背高人斬り草が、空飛ぶ緑竜、あるいは、緑の稲妻の如く飛んできて、蕭白の額に襲いかかる。ざっくりと――斬られた。鮮血が、左目に入ってくる。そいつは、あっという間に反転し、首めがけて襲来してきた。

（まずい！）

火花が、散る。

蕭白の首を斬ろうとした硬質な背高人斬り草に、奉行所の侍が振った熊手が命中。地面に叩き落とされたのである。

背高人斬り草は、十二本だ。

当方は、蕭白と、武士が、十六人。

息づまる苦闘が……京都西町奉行所で、はじまった。

重奈雄は――奔馳《かけ》ている。

都大路を、南へ――。

京都所司代邸とは、逆へ……。

どういうわけか、韋駄南天の力をかりた重奈雄の足は、千本通を鬼神の速度で逆走している。本当は、北に走らねばいけないのに、かつて平安京朱雀大路《すざくおおじ》であった千本通を、所司代邸とは逆、南へ、南へ、駆けていた。

(足が止らぬのだっ！　おのれ)

こんなことをしている暇はない。

西町奉行所に叢生《そうせい》した背高人斬り草を、猖獗《しょうけつ》させるわけにはいかない。一刻も早く、止めねばならぬ。

頭では、わかっていた。だが――足が勝手に動いてしまうのだ。

重奈雄が二人の男を吹っ飛ばす。

「あっ、たたたたたぁ！」「痛っ、ああ痛っ！　何や？　今けったいなもんが、走って行かんかったか？」

二人が呟いた時には、重奈雄はもう蟻《あり》みたいに小さくなっていた。

あっという間に、千本三条の辻が、重奈雄に迫ってきた。

(まずい！　畑の姥《おば》か――)

その畑の姥は、三条通を東から西、つまり重奈雄から見て、左から右に行こうとしていた。そして辻の真ん中に立った時、ふと――北方から猛進してくる、茶色い影をみとめ、茫然と立ち尽くしたようだった。

畑の姥というのは、大原女《おはらめ》、桂女《かつらめ》と並ぶ、洛中の物売り女の一つである。

大原女が薪《まき》を、桂女が鮎や飴《あめ》を売りにくるのに対し、畑の姥は、梯子《はしご》、床几《しょうぎ》、鞍掛《くらかけ》を売りにやってくる。

大原女は大原から、桂女は桂川方面から、畑の姥は、梅ケ畑《うめがはた》、高雄方面から、やってくる。

驚異的な体力をもつ畑の姥たちは、まず、長く太い梯子を頭にのせ……その上に、いくつも、いくつも、床几や鞍掛をのせ、都まで歩いてきた。大体二十四貫（一貫は三・七五キロ）、頭上運搬できたと云う。

今、重奈雄の前に現れた畑の姥は、六十五歳くらい。

小柄で痩《や》せた女だが、一体何処にそんな力が隠れているのか、夫がつくった長梯子を頭にのせ、その上に息子がつくった大量の床几を積載し、

（かなんなあ。今日は床几、全然売れへんなあ……）

という悲哀を漂わせ、埃《ほこり》にまみれた足を、この辻まですすめてきたのであった。そんな時——北方から、我がもの顔に都大路を暴走する茶色い影が、ドカドカと突きすすんできたからたまらない。畑の姥は丸っこい両目を最大限に開き、辻の中心で、彫刻的にかたまってしまった……。


「どけ、どくんだ！」

重奈雄が、叫ぶ。

畑の姥は動かない。茫然と凝固している。

——重奈雄の足も、方向転換できない。このままではぶつかってしまう。

けれど、重奈雄の体内で暴れ狂う韋駄南天の実は、前に何があるか、おかまいなしに、ただ速く彼の足を突き動かそうとするのであった。

（韋駄南天、恐るべき妖木よっ。……そうだ）

重奈雄は懐中に、ある一本の妖草が入っているのを思い出した。


その妖草を取り出す。

重奈雄が出した妖草は——浅茅《あさじ》に似ていた。白い穂にむかって、重奈雄が、息を吹く。

地面に草をむけながら、ありったけの息を吐きかけた、重奈雄。

すると、どうだろう。

強風が地面に、上から下へ、思い切り叩きつけられたゆえ、跳ねっ返りの作用が、下から上への——凄まじい猛風を生み出した。重奈雄を中心に、砂埃の大花びらに似たものが、千本通に現れ、いきなり襲いきた突風で、体の平衡が崩れた畑の姥の頭上から、ガラガラと沢山の床几が、崩れ落ちた。

畑の姥が、倒れる。

だが重奈雄と正面衝突するよりは、浅い怪我ですんだ。

重奈雄もまた風に巻き上げられている。

体が横回転するような姿になった重奈雄が、さっきと別の方を見る形で、着地。

進行方向は……南から、北になっていた。

「畑の姥！　すまぬ」

重奈雄の声が、老婆の耳にとどいた時には、もう彼の姿は豆のように小さくなっていた。

重奈雄がつかった妖草は……勿論、知風草である。

西町奉行所が、どんどん大きくなってくる——。

前方から、編笠《あみがさ》をかぶった托鉢《たくはつ》の一団が、ぞろぞろとやってきた。

(このままでは、ぶつかる)

と思った刹那、体が、やや右にずれている。

おかげで重奈雄は僧たちとぶつからずにすんだ——。

茶色い疾風《はやて》と化した重奈雄が、神速で横を走ってゆくと……僧たちの衣は、激しくふるえた。

(俺は……韋駄南天になれてきたのか)

重奈雄は武芸は苦手で、筋力にとぼしいが、存外、小器用である。どうやら、韋駄南天を嚙んだ状態で上手く走るコツを、つかみかけているようだった。

西町奉行所横を、疾走。

(蕭白、踏ん張ってくれ)

さて、所司代屋敷に行く最短経路は、西町奉行所の北を、右折。二条城の水堀に突き当ったら、左折。城の北側までできた所で、右にまがれば、左前方に所司代屋敷が見えてくるはずだった。

要するに、まず、奉行所の北を、右折しなければならない。

ここをまがりそこねると、まず右手に、小堀《こぼり》役宅、出世稲荷《いなり》、所司代下屋敷などが現れる。所司代下屋敷には入れるけれどなかなか所司代屋敷に行けないというモジモジした気持ちと共に北へ走りつづけねばならず、余程遠回りしないと、目的の地にたどりつけない。

（まがれるか、右に）

足に力を入れようとして、やめる。

韋駄南天は、妖木。

妖木は——心を苗床にする常世の木。

どれだけ足に力を入れた所で、制御できまい。それよりは——心に強く命じた方が、効果がある気がした。

（まがる、まがる、まがるっ！　ここで、右にまがる）

重層的に、体の内に入った妖木の実に、語りかける。


——————！


砂が、飛沫となり、散っている。

重奈雄の足が、踏ん張るような形で、右にむいたため、道路の土が飛沫のような形状で舞い上がっている。

蝦夷地《えぞち》の犬橇《いぬぞり》が、銀世界の斜面を駆け下る時に、舞い上がる雪煙の如く――都大路の砂埃が土煙となって暴れていた。

シャーッという音と共に、方向を転じた重奈雄が、奉行所の北を凄い勢いで、東へ走ってゆく。

奉行所と小堀役宅にはさまれた道には、二人の侍が立っていた。

二人は眼球がこぼれるかというくらい瞠目《どうもく》し、こちらを見つめている。

直進すると、一人が腰に差した大刀に、体がふれる。

さっと、進路を変えた。

重奈雄の体は――大刀にふれるか、ふれないかという、絶妙の場所を、矢よりも速く駆け抜けた。

(二条城の堀か。落ちたら、凍え死ぬぞ)

石垣と、幅が広い水堀が、一気に近づいてくる――。

冬の水堀が、ほんのちょっと先で死の口を開けている所で、重奈雄は、踏み止《とど》まった。

足元で恐ろしい量の砂煙を上げながら、左折に成功している。

左様な勢いで重奈雄は、門番が制止せんとするのも、速さで振り切って、京都所司代屋敷に侵入した。

その日、京都所司代・松平輝高は、家臣と囲碁をしている時に、西町奉行所に庭田重奈雄、曾我蕭白を名乗る男二人が、とらわれているとの知らせを受けた。

さっき松木行部が走らせた男が、今、到着したわけである。

とにかく奉行所の者の話を聞こうと、濡れ縁を歩いていると、すぐ横の庭を茶色い突風が吹き去ってゆく。

「………何じゃ、今のは？」

家臣に訊ねた。

と、

「松平様」

桃の木の傍で勢いをうしない、人間の姿となった茶色い風が、呼びかけてきた。

「狼藉者《ろうぜきもの》！」「狼藉者！」「狼藉者ぉぉ」

幾人もの家来が、白刃を抜き、庭に飛び降りる――。

「待て！　庭田殿ではないか……。一体、どうしたのじゃ」

輝高が、叫ぶと、闖入者《ちんにゅうしゃ》に斬りかかろうとしていた、いくつもの剣が――止った。頬を上気させた妖草師は、

「はっ。案内《あない》もこわず、参上し、ご無礼をいたしました。実は、西町奉行所に、背高人斬り草なる妖草が現れましてな。このままでは、都に血の雨が降るのは必定《ひつじょう》」

「背高人斬り草――」

「かの妖草を鎮めるには、桃と蓮が必要。双方、こちらにあると聞き、無礼を承知でまかりこした次第。

――事態は、急を要します。急ぎ、桃の枝と敗荷《やれはす》をわけていただきたいのですが、よろしいでしょうか？」

「……お、おう」

返事を聞いた重奈雄は、さっと一礼している。この修羅場の中、右折、左折のみならず……韋駄南天を呑んだ際の静止すら会得した重奈雄は――

「では、御免」

桃の枝を手折り、すかさず、池にむかった。重奈雄が池畔につくと、重苦しい曇天から、ひらひらと細雪《ささめゆき》が落ちてきた。

無重力的な軽さを漂わせながら降りてきた雪のかけらが、敗荷に当る。

夏の盛り、あれだけ人々を魅了した蓮どもは、今、総じてうなだれていた。

茎と葉は、褐色に色褪《いろあ》せ、老醜をさらして萎《しぼ》んでいる。ポキンと途中で折れたようにまがった長茎の先に薩摩芋《さつまいも》に似た色の、果托《かたく》がついている。この穴が沢山開いた果托が、蜂《はち》の巣に似ていることから、蜂巣、転じて——蓮というわけだが、そういう状態の蓮池に細雪がぱらつく様は、何とも荒涼たる雰囲気であった。

重奈雄は比較的、水際に近い、敗荷を何本か、引っ張るようにしてあつめた。

輝高がそんな重奈雄に近づく。

「庭田殿。一体どういう……」

「今は、詳しく説明している暇《いとま》はありませぬ。西町奉行所にきていただければ、わかるかと思います。松平様……助かりました。御免」

深々と一礼した重奈雄は——一陣の茶色い風になると、あっという間に門の方へ走り去っていった。

唖然《あぜん》とした面差しで見送っていた輝高は、家来に、

「我らも、西町奉行所に行こうぞ」

四

満身創痍《そうい》になっていた。

蕭白は――。

空飛ぶ妖草、背高人斬り草は、硬く、素早く、しぶとい。そして、苛烈《かれつ》であった。

既に一人の武士が斬り殺され、もう一人、命にかかわるのではないかという、深手を負った武士もいる。

その男の、ぜいぜいという息が聞こえる。

細雪に打たれる蕭白は、血だらけになっていた。

韋駄南天がなかったら、蕭白はたちどころに斬り殺され、奉行所の人数は全滅していたと思われる。韋駄南天を嚙んだから、ここまでの被害ですんでいた……。

(この草も、同じくらい素早い)

苦闘する、蕭白。肩、脇腹、太腿《ふともも》をざっくりと斬られ、鮮血がほとばしり出ている。さっき切られた額の傷からも、血が流れ、目に入ってくる。蓬髪は逆立ち、玉の汗が顔中に浮いていた。

曾我蕭白は、これより五年後、播州加茂社《ばんしゅうかも》に、絵馬を一つ奉納する。

神馬図《しんめず》絵馬というこの絵馬には――荒ぶる黒馬が一頭描かれ、その馬の大眼《おおまなこ》からは、白い稲妻に似た殺気がほとばしり出ている。

黒馬の目には、命のやり取りに直面した者から漂う、緊迫感が、異様な密度でこめられている。

蕭白は、神馬図絵馬を描く時、宝暦七年、冬……京都西町奉行所でおこなわれた、背高人斬り草との死闘を思い出して、筆を取ったのかもしれない。

さらに――蕭白の傑作、群仙図屛風《ぐんせんずびょうぶ》や寒山拾得図屛風《かんざんじっとくず》には、妖気や殺気をはらんだ植物群が数多く登場するが、これらもまた重奈雄とすごした日々が、描かせたものかもしれぬ。

刺股や熊手で地面に叩きつけても、背高人斬り草は、しぶとく跳ねあがってくる――。

人間たちが、上からの攻撃になれて、守りを堅くしたと見るや、人斬りに憑《つ》かれた妖草《くさ》どもは、低めで攻撃してきた。つまり大人の脹脛《ふくらはぎ》くらいの高さを物凄い速度で滑空し、足の動脈を斬り裂こうとしている。

「――ッ！」

また、足を、斬られた――。赤い閃光《せんこう》が足元から頭《こうべ》にかけて走った気がして、蕭白は一瞬、よろけそうになった。

　何とか、踏ん張る。

（足を深く斬られたら、韋駄南天にもらった力もへった……。ちっ、何を弱気な。お前は武芸がつたないが、わしは腕には自信がある、などと言ったのは――どこのどいつじゃ。重奈雄がもどるまで、何とか踏みとどまるのじゃ！）

　雪の量が段々と、多くなってくる。細雪が、比較的強い雪に、変ってゆく。

　己の足を斬った奴を、刺股で突こうとするも、そいつは高速で浮き上がり――蕭白の喉に突進してきた。

　刺股の柄で、何とか受ける。

　隣で鮮血が舞い上がっている。

　今、蕭白が食い止めた背高人斬り草が、もう宙を横へ走り、熊手をもった奉行所の侍の首を、物凄い勢いで裂いたのだ。

　その侍は血泡を噴き、四肢を痙攣《けいれん》させながら、ぶっ倒れた。当然――即死している。

「ええい、ありったけの与力同心をあつめて、当らせよ！　早く」

「お奉行様！　他の者は、皆、洛中の探索に出ておりますっ」

「ぬう……。東町奉行所に加勢を……いや……それは止めた方がよいな。ええい！　何としても、奮戦して、ふせぐのじゃ」

ちなみに東町奉行所はすぐ近くにあった。今は、門を閉め、先月の残務処理などしているはずだ。だが行部には、東町奉行への微妙な対抗意識があるらしい。……それが原因《もと》で、助太刀《すけだち》をたのむ使いを出せなかった。

また、行部は――腰を抜かして畳にへたり込んでおり、ほとんど働きらしい働きは、見せていなかった。

さっき蕭白が刺股で受け、すぐ横に走って侍を一人屠った背高人斬り草が、また蕭白を襲わんとしている。

ふわりと飛行して、随分、高くに浮いてから――蕭白の眉間《みけん》めがけて一気に急降下してきた、背高人斬り草。雪にまぎれて襲う気だ。突きをくらわすと、蛇のようにくねって、地面すれすれまで行き、不意に、跳ね上がって、こちらの股に飛び込もうとしてきた――。

させるかと、刺股で叩き払う。

殺気を感じた。

もう、別の背高人斬り草が、きた。蕭白の左方から、隼《はやぶさ》の如く直線的に飛んできたそいつは――当方の首前を、左から右へ、飛ぼうとしているらしい。敵前飛行しつつ、例のずらりと並んだ短剣形の葉で、喉仏を裂こうとしている。

それが、直感でわかる。

だが対応できない。

刺股は——股に斬りかかろうとしている奴と、戦っているからだ。

(斬られるっ。遅すぎじゃ、庭田重奈雄ぉぉ！)


蕭白が心の底で咆哮《ほうこう》した、まさにその時であった。

「闇夜で迷った童のように……」

蕭白の眼前を、韋駄天が走ったような茶色い突風が、さっと駆け抜けて——。

枯枝が勢いよく振られ、空中を隼の姿で驀進《ばくしん》していた背高人斬り草が、はたき落とされる。

「方角を誤って、遅くなってしまった」


ひらひらと、白雪が舞っている。

その男——庭田重奈雄は少しも興奮した素振りもなく、西町奉行所に到着した。

右手には桃の枯枝、左手には幾本かの敗荷がにぎられていた。

多くの人が草木は何も感じることはできないと思っている。だが草木は、自分にとって有益なもの、無益なものを感知する力をもっている。たとえば渓谷に立つイロハモミジは、必死になって、闇から遠ざかり、少しでも光が多い場所にのびようとする。それがために――不自然にまがりくねった姿になっている。

妖草も同じである。

自分にとって有害なもの、強い危険を感知する力をもっているようだ。

桃と敗荷をたずさえた、妖草師の再登場は――十二本の背高人斬り草に、これは……今までのようにはいかないぞ、という戦慄《せんりつ》を、ひしひしとあたえたようである。奴らは今までおのおの好き勝手に動き人間を襲っていた。

だが、今は、どうだろう?

個別に動くのではなく、三、四本ずつ一ヶ所にかたまり、隼の如く飛び、蛇のようにくねるのではなく、獲物をじっとうかがう肉食獣みたいに、息を潜めつつ、空中でかたまる素振りを見せた。

いや。

例外が、いる。

重奈雄が桃の枝で打った背高人斬り草だけは、地面に落ちている。

そいつの体からは、青々しい生命力は消えていた。夏、田んぼの脇の畦道《あぜみち》で、あれほどむさ苦しい生命力を滾《たぎ》らせていた、野草どもが、秋に、寒波が訪れると、一夜にしてどっと色褪せ、打ちひしがれたようになっていることがよくある。

同じ現象だ。

重奈雄に叩かれた奴は今、妖草というより、ただの枯草に近い……しょぼくれた弱さを漂わせているのであった。そいつだけは飛行力をなくし、地面にうずくまって、時折、パタ、パタ、と力なく動くのだった。

他の背高人斬り草は、その草から教訓を引き出し、重奈雄に警戒しているようである。

雪の西町奉行所は、死闘から一転——殺気が凍った静寂《しずけさ》に、呑み込まれていた。

重奈雄の手がゆっくりと動く。まず蕭白に、敗荷を一本わたした。それから重奈雄は、背高人斬り草が襲ってこないか気をくばりつつ、与力同心たちに、敗荷をくばっていった。不意に一本の敵が、重奈雄に躍りかかろうとするも、重奈雄は、手にもつ敗荷を、宙で輪を描くようにまわしている。

すると……重奈雄に飛びかかった背高人斬り草の勢いが、明らかに減じた。まるで酩酊《めいてい》したように、空中でふらふらしはじめた。

同瞬間、さっき桃の枝で打たれて、萎《しお》れていた背高人斬り草が、最後の力を振りしぼって重奈雄に斬りかかろうとするも――重奈雄は、そ奴を蹴退《けの》けた。駄目押しとばかり、桃の枝が動く。

まず、空中でふらふらしている奴を、ぶっ叩き、そ奴をそのまま押し下げながら、地面に蹴退けられた妖草をも、強く、打ち据えた。

「な――」

蕭白は、うめいている。

重奈雄に打たれた二本は、急速に体が茶色くなり、動かなくなった。つまり、完全に枯れたようだった。

「やっつけたのか？」

「うむ」

二ひらの雪が、重奈雄の黒髪に吸い込まれ――消えてゆく。

「背高人斬り草は、不当なものへの怒りから生れし妖草。

蓮は、浄土に咲くという花。浄土とは、五濁《ごじょく》、悪道のない世界。

劫《こう》濁――戦、飢饉、悪政。時代や世の中の、汚れさ。

見濁《けん》――邪《よこし》まな考え方がはびこること。思想の汚れ、考え方の汚れだ。

煩悩濁《ぼんのう》――欲望が強すぎて、争いが絶えぬこと。……心の汚れさ。

衆生濁《しゅじょう》――人間の資質、人品が低下したことによる汚れ。

命濁《みょう》――人が寿命をまっとうできないという、汚れ。命というものが……軽んじられている風潮を言うのかもしれぬ。

この五つの汚れで溢《あふ》れ返っているのが……人の世だ。ちょっと想像もつかんが、この五つの濁がない世界が、浄土なのだという。

背高人斬り草は、五濁で汚れきった世界で、不当なるものへの怒りを苗床に、芽吹く。もし浄土なら、自分は現れなかったのではないかという迷いから、この妖草は、蓮に出会うと困惑する。その困惑が――さっきのよろめきだ」

「桃は？　桃はどうなのじゃ」

蕭白が問うと、重奈雄は答えた。

「古事記によると……亡き妻、伊邪那美《いざなみ》に会うために冥府《めいふ》に降りた伊邪那岐《いざなき》は、黄泉比良坂《よもつひらさか》まで逃げてきた。伊邪那美は、黄泉軍《いくさ》と、雷神にこれを追わせた。追ってくる者どもに気づいた伊邪那岐は、三つの桃の実を、後ろへ投げた。すると追手は……悉《ことごと》く退散していったという。

さらに、唐土《もろこし》では桃と神仙の関りは深いと考えられているし、桃から生れた桃太郎は……鬼どもを倒しておる。

このように、桃には魔を駆逐する不可思議な力があると考えられてきた。

あながち嘘ではあるまい。

桃の実や葉、枝を苦手とする妖草妖木は実に多いのだよ、蕭白」

「背高人斬り草も、」

「――その一つということだ」

不意討ちをくわだて、こそこそと横から近づいてきた背高人斬り草に、桃の枝が振られる。不意討ちのもくろみは、完全に粉砕された。重奈雄を奇襲しようとした背高人斬り草は、茶色く枯死している。

倒れた背高人斬り草に、雪がつもってゆく様は……何処か哀愁を掻き立てるものがあった。

「みんな、手にもった敗荷をゆっくりとまわすんだ！」

重奈雄が、叫ぶ。

与力同心が敗荷をまわしはじめると、残り全部の背高人斬り草は――地面に落ちたり、植え込みに倒れかかったりして、悪酔いしたように頼りなくなった。

重奈雄はぐにゃぐにゃと緩慢に動く背高人斬り草を片っ端から叩いてゆく。桃の枯枝が当る度に――凶暴な妖草は、茶色く枯れていった。

激しく動く重奈雄の肩から、湯気が立ち上っている。

丸っこい台状に剪定されたツゲの植え込みに、最後の背高人斬り草が潜り込もうとした――。だが、ツゲは、葉群に入ってこようとする背高人斬り草を、やんわりと拒絶した。

密集する、丸く、小さく、硬い葉っぱと、無数の細かい枝が、強い壁となり、わけ入ろうとする背高人斬り草は、拒まれている。最後の背高人斬り草は、鋭利な葉を動かして、ツゲを切ってでも潜り込もうとしたが、桃の枝がぴしゃりと打ち据えると、急速に力をなくし動かなくなった。

全ての敵が――重奈雄によって成敗された。

背高人斬り草がいなくなると、重奈雄は、深手を負った男の許に急行したが、血溜りに転がり雪に打たれていたその男は、既に息を引き取っていた。

「三人か……三人も犠牲になってしまったか」

白い息と共に呟いた重奈雄に、益々、強まった雪が降りかかる。雪どもは、お前がもっと早ければ、犠牲は少なかったぞと、冷たく責め立てているようだった。と、

「西町奉行。此《こ》は――いかなることぞ?」

松平輝高の声が、した。

＊

「庭田殿。青タンコロリンは、斬られた者、滅ぼされし者の怨念《おんねん》により、こちら側に芽吹く。背高人斬り草は……不当なものへの怒りで芽吹くという。

しからば、京都西町奉行所の何処に、妖草の苗床となるものが渦巻いていたのでしょう？」

重奈雄と行部から事情を説明された輝高は、真剣な目をしている。

先程の中庭が見える座敷で、外はまだ雪が降りつづけていた。妖草の残骸は片づけられ、血溜りには水がかけられていたが、赤いものは消えきっていない。

「……ええ」

唇から白い息がもれた重奈雄の横に火鉢が置かれる。火鉢は、もう一つある。輝高、行部の隣で、赤々と燃えていた。

重奈雄は、おそらく左様な暖がいささかも存在しない、拷問倉に思いをはせた。隣で、ずっと小刻みにふるえていた蕭白が、やってきた火鉢に体を近づける。重奈雄も総毛がちぢまるくらい巨大な寒さを全身で感じていた。

だが微動だにせず、怜悧《れいり》な瞳を細めて、

「少し、お奉行様には耳が痛い話になるやもしれませぬ」

「構いませぬ。よいな？　行部」

「……はっ。どうぞ、お願いします」

京都所司代が重奈雄に丁寧な態度で接しているため、行部も……真似している。

「お奉行様。今、京都町奉行所では、どのような吟味のやり方で、囚人をしらべているのでしょう？」

重奈雄の質問に、行部は答えた。

「笞打《むちう》ち、石抱き、海老責め、釣責《つるしぜ》め。この四種じゃな。ただ……この四つで、どうしても口をわらぬ大悪党を……水責めにしたこともある。ただ大抵は、今言った四つにございます。それはわしだけでなく、東町奉行も、伏見《ふしみ》奉行も、駿府《すんぷ》町奉行も、江戸町奉行も、みんなやっていることにございます、松平様」

行部ははじめ重奈雄を見ているが、最終的には輝高の方を見て説明した。重奈雄は険しい眼光を灯《とも》しながら、行部を見据えている。

「お奉行様。その拷問にかけられた者の中で……実際には罪を犯していない者はどれほどいるのでしょう？」

しゃくれた顎が、こちらにむき、

「――どういうことかな？　わしが取りしらべた、男も、女も、みんな己の罪をみとめておるんじゃやが」

微笑すらはらんだ、やわらかい声だが、底の方に冷たい針金が通った、行部の訊《き》き方だった。

「つまりじゃ。行部。そなたがしらべた者の中には……潔白の者がおったかもしれぬ。じゃが、辛い拷問にたえかねて――自分がやりましたとみとめてしまった。そういう者が、今まで一人《いちにん》もいないとは言い切れぬのではないか、庭田殿はそう言われたいのであろう」

輝高から助け舟が出る。重奈雄は、首肯した。行部は冷たい目を針金の如く細めて、小さく笑った。

「この行部、今まで町奉行として、洛中の治安や良俗を乱す悪人どもを、斬首《ざんしゅ》や遠島、獄門や火あぶりに処してまいりました……。

その中の一人として――濡れ衣《ぎぬ》を着せられた潔白の善人などという者はいなかった、と確信しております。

つまり、全員が悪党か、大悪党であった。逃せば――京都の安寧は守られなかった。故に、この行部が罰した！　そう確信しておる」

（――嘘だ）

重奈雄は確信している。

密告と拷問を軸とする、江戸時代の調べ方では、無実の者が咎人として罰せられる確率が、ぐんと高まる。

（もし、この男がそんなにも公平な裁きをしているなら……どうして、奉行所で妖草が芽生える？　不当なものへの怒りを苗床にする背高人斬り草が何ゆえ――あんなにも茂ったのだっ。こ奴は、嘘をついている！）

眼火をぶわっと燃やした重奈雄は髪の毛が逆立ってくるのを覚えた。五体の内で、熱鉄に似たものが、駆けめぐっているため、身を切るような寒さは毫《ごう》も気にならない。

重奈雄は――強い目で行部を見つめつづけた。

行部は微笑を崩さず、

「仮にじゃ……。仮にですぞ、草木の医者殿。いや、妖草師殿か。

もし仮に、一人か二人、無実の罪で西町奉行所にとらわれて、罰せられた町人や、無宿人がいたとする。じゃが、ここに左様な者がいるのなら……東町奉行所にもいるだろうし、伏見奉行所にもいるじゃろう。江戸の南北奉行所も同じじゃろう。ここにだけ妖草が生えたというのは、面妖な話よのぉ。解《げ》せぬ話よのぉ」

「なあ、お奉行様よ」

嫌味っぽく笑う行部に、蕭白が——ありったけの怒気をぶつけている。

「一人か、二人でないから、背高人斬り草が出てきたのではないのか？」

蕭白の手が、額の包帯にふれる。さっき簡単に手当てされたのだ。

「な、この無——」

無礼者と叱ろうとした行部は、隣に輝高がいるので、思いとどまった。顔面蒼白《そうはく》になり、いじけた蝮みたいな表情で蕭白をねめつけた。

「今からありったけ無礼なことを言うから、もしそれが罪になるなら、遠島にでもしてくれい！　火あぶりや獄門は困るがな……」

蕭白の手がぼさぼさ髪を叩く。フケが、畳に落ちた。もじゃもじゃ密生する無精髭を撫で、眼を鋭く光らせながら、蕭白は、

「お奉行様は、相手が庶人なら、たとえ罪人でなくても、しょっぴいて、拷問し、罪を着せて罰するのに……左程痛みを感じておられない。違うかな？」

「…………」

「たとえば、京都町奉行よりもっと偉い大奉行という奴がいたとする」

「大奉行？」

「たとえ話じゃ。たとえ話。あんたは何もしていないのに、所司代屋敷から高価な茶釜《ちゃがま》を盗んだろうと、大奉行から言われ、屋敷に大奉行の手下が踏み込んできてひっとらえられたとする。白洲に引き出され、石の板を膝に何枚ものせられた。あんたはどうする？……どう思う？」

行部はしばらく考えていたが、やがてぽつりと、

「……それは……怒るな」

「怒るじゃろうっ」

蕭白は小さく笑ってから——哀しげな面差しになった。中庭に降りつもる白雪をしばし見つめていたが、やがて、静かに言った。

「ではどうして——商人や、職人や、無宿人の怒りがわからない？　何もしていないのに、お縄にかけられ、引っ立てられる。石抱きが辛いのは勿論じゃが、海老責めだって辛い。頭と足がくっつくように、縄でしばる。全身の血のめぐりが悪くなり、言いようもない辛さが襲ってきて、体の皮が海老みたいに真っ赤になる。その状態で、激しく叩かれ、お前がやったろう、お前がやったろうと責め立てられれば——楽になるために、やってもいない罪をみとめてしまうんじゃないのか？」

「…………」

桜桃に似た重奈雄の唇が、開く。

「拷問の最中は、真の下手人でも怒りを感じるでしょう。潔白の人であれば、なおさらです。彼ら彼女らは石抱き、海老責めなどが終った時、一瞬は……楽になるのかもしれない。だがしばらくすると、もっと大きな怒りにふるえるはずだ。やってもいない殺しや盗みを、みとめてしまったという怒りに。――それは不当なものへの怒りではないでしょうか？」

雪にふるえる西町奉行所で、他の音は、しない。重奈雄の声だけが、ひびいている。

重奈雄はつづけた。

「町奉行の良し悪《あ》しは、とらえた罪人の数ではありますまい。まず、盗みを働く者が少なくなるような良き市政をしき、それでも悪事が起った場合には、真の下手人を追及する……それが、本分ではないでしょうか」

「…………まこと、その通りじゃな」

赤黒く凝結する行部にかわり、輝高が答える。輝高の体が行部の方にむき、

「行部。そなたの直接の上役は、御老中。わしではない。勿論、有事の時、町奉行は所司代の幕下にくわわるのじゃが、今は平時。故に今までわしは、そなたに黙っておった」

「……はっ」

「東町奉行や、伏見奉行、あるいは奈良奉行にくらべ……そなたは拷問にかける回数が多

く、一度の拷問が長く、そのやり方も苛烈であるとの報告を受けておる。左様な話が、わしの耳に入っておる」

「……………はっ」

「これは何とかあらためられぬのか？」

「……………」

黙り込む行部に、輝高は告げた。

「いや……是非、あらためてもらわねば、困る。空を飛び、人に斬りつけるような妖草を、洛中であふれさせるわけにはゆかんのじゃ」

「よくわかりました」

内心は——わからぬ。だが、外側にあらわれた行部の表面を、大いなる恐縮がおおっていた。

「次に、何かことあった場合、同心、目明しを駆使して、まず証拠をかためまする。多くの証拠が出そろってもなお、罪をみとめぬ者に対して、先程申し上げた方法でしらべます。左様な改革によって……潔白の人が、二度と不当な怒りをいだかぬよう、万全を期したく思いまする！」

妖草は——駆逐された。町奉行もまた、再発をふせぐと確約している。

だが重奈雄の胸中には、まるで冬雲のような、わだかまりがのこっていた。

(たとえば、京都所司代。所司代が、もっと早く、行部に注意していれば……助けられた無実の者も、いたのではないか。だが所司代は、行部の直接の上役、江戸の老中たちに遠慮し、何も言わなかった。——そのせいで死んだ命もある)

京都所司代は、次に老中になる者が任じられる役職である。輝高の頭の中には——必ず老中になるという、自分の進路が描かれている。行部を注意し、現職の老中たちの不興をかい、その道が閉ざされるのをさけたいという、輝高の判断は、わからなくもない。慎重居士《こじ》の輝高は、自分が設定した出世の道から、脇道にそれたり、変につまずいたり、立ち止ったりすることを、極端に嫌うのであろう。

だが、もしかしたら輝高が行部に苦言を呈することで、救われた男女がいたかもしれない。

行部が如き横暴なる者は、武士の総数を考えれば、少ない。だが、彼ら横暴な者は、実に頻繁に人々へ暴威を振るい、弱い者、貧しい者、無知なる者を、圧迫している。そして、横暴なる者の周りには、必ず無関心な者たちがいる。この無関心な者たちが、横暴なる者を苦々しく思いつつも、放置しているせいで、此度のような問題が起るのではないかと、重奈雄は感じた。

左様に考えると――苦々しい思いが、にじみ出てくるのであった。

松平輝高は、後年、老中になる。だが、輝高の政策に反発する農民たちが、自領、高崎領で一揆《いっき》を起すと……そのことを気に病んで病死した。

＊

「さっき、何を考えていた？　重奈雄」

奉行所を出てしばらく行った所で、蕭白が言った。蕭白は、足を、引きずっている。

養生してゆかぬかという申し出を彼は固辞していた。

雪は大分、小降りになっている。奉行所からかりてきた傘を蕭白がさしていて、重奈雄は返してもらった韋駄南天の鉢を、しっかりとかかえていた。また、拷問倉でしらべられ、潔白を主張していた男たちは、輝高の命で東町奉行所にうつされた。

三条通を行く二人の左右には、櫛《くし》や紙、そして酒の大店《おおだな》が軒をつらねていた。

酒屋の屋根には、真新しい緑の杉玉がぶら下がっていて、雪空にむいた方は、薄く白粉《おしろい》をのせたようになっている。

重奈雄が、

「神君と言われる家康につかえた、酒井忠次《さかいただつぐ》という武士がいた。三方ヶ原《みかたがはら》の戦いで、信玄《しんげん》に大敗した家康は、命からがら浜松城に逃げ帰った。その時、家康は……あまりの恐怖で糞をもらした。それを見た酒井忠次は、家康を嘲笑《あざわら》ったという」

「ふむ」

「武田《たけだ》騎馬隊が殺到すると、酒井は城門を開け放ち、篝火《かがりび》を焚《た》き、自ら太鼓を打った。この太鼓の音を聞いた武田勢は、何か策があると思って、引き上げていったという。思うに酒井は、今、家康を笑い、悔しい思いをさせることが……後々、必ず主《あるじ》のためになると思い、笑ったのであろう。

今、将軍が脱糞したとして、酒井と同じ思いから、これを笑える武士は、日本にどれだけいるのか」

「……いないんじゃないのか。みんな、自分の家が潰《つぶ》されぬか心配で、何も言えまい。もっと小さいことも言えぬのじゃから」

「左様。酒井忠次は、自分の家がつづくとも、徳川家がつづくとも思っていなかった。今日にでも、武田家に滅ぼされるかもしれぬと思っておった。だから、万が一、家康が生き延びられた日のために――主を笑った。

だが今の武士は、徳川家が未来永劫《えいごう》つづくと思い込んでいる。それに属する自分の家も、特別に大きなへまでもしなければ、永続すると信じておる……。民百姓は、人生が薄氷の上を行くようなものだと、ひしひしと感じておるが、侍はそれを忘れてしまった者が多い。左様な者ほど——保身を第一にする。

蝮は、たしかに毒だよ。

だが蝮に気づいても、保身のために見て見ぬふりをする人たちも、やはり世の中に毒をおくっている。

俺はそんなことを考えていたのだよ、蕭白」

「……そうか」

重奈雄の思いを察したのか、蕭白も硬い面持ちになっている。と、

「雪がやんだようだな」

重奈雄は冬空をあおぎながら、深々と息を吸った。冷たい大気で、肺腑《はいふ》に淀《よど》んでいたものが、洗われてゆく。息を吐くと——かなり大きい、白い煙になった。

「のう蕭白」

「何じゃ」

傘をたたんでいる蕭白に、

「せっかく風呂に入ったのに、すっかり冷えてしまったなぁ」

「うむ。その鉢植えを長屋に置いたら、また、柚子湯に入りにゆくか？」

「…………」

「そうすれば、また温まるんじゃないのか」

韋駄南天の鉢植えをかかえた重奈雄は、ふっと微笑んだ。

「そうだな。——是非、そうしよう」

引用文献とおもな参考文献

『蕪村全句集』　藤田真一　清登典子編　おうふう
『俳人蕪村』　正岡子規著　講談社
『奇想の系譜』　辻惟雄著　筑摩書房
『目をみはる伊藤若冲の「動植綵絵」』　狩野博幸著　小学館
『人物叢書　平賀源内』　城福勇著　吉川弘文館
『本草学者　平賀源内』　土井康弘著　講談社
『彩色みやこ名勝図会　江戸時代の京都遊覧』　白幡洋三郎著　京都新聞出版センター
『蕪村』　藤田真一著　岩波書店
『アート・ビギナーズ・コレクション　もっと知りたい曾我蕭白　生涯と作品』　狩野博幸著　東京美術
『新潮日本美術文庫12曾我蕭白』　狩野博幸著　新潮社
『京都時代MAP　幕末・維新編』　新創社編　光村推古書院

ほかにも沢山の文献を参考にさせていただきました。本当にありがとうございました。

解　説

高橋敏夫
（文芸評論家・早稲田大学文学部教授）

武内涼のことは、もう、時代小説ファンなら誰もが知っている。

二〇一一年に『忍びの森』で登場し、『戦都の陰陽師《おんみょうじ》』、『秀吉を討て』など、次つぎに話題作を刊行しつづける旺盛《おうせい》な創作活動はもちろん、武骨さを内面でうけ涼やかさにつなぐ絶妙なペンネームも、言葉にこだわる時代小説ファンをひきつけるのだろう。

時代小説ファン必携の書となっている『この時代小説がすごい！』の二〇一五年版で、武内涼の『妖草師』は、書き下ろし時代小説文庫部門（ベスト二〇）において、第四位に選ばれた。第三位は辻堂魁《かい》の「風の市兵衛」シリーズ、第二位は上田秀人「百万石の留守居役」シリーズ、そして第一位は髙田郁《かおる》の「みをつくし料理帖」シリーズである。周知のとおり辻堂魁、上田秀人は時代小説界の大ベテラン、髙田郁は佐伯泰英とともに書き下ろし時代小説ブームの二大牽引《けんいん》者であることを思えば、新鋭武内涼の第四位は、ニューウエーブ系時代小説のトップにかがやくにちがいない。

しかも、髙田郁の大人気シリーズが完結した年にはじまる、新シリーズ「妖草師」である。人気シリーズは髙田郁から武内涼へとひきつがれたといってもよい。江戸市井の若い女料理人をめぐる人情話から、京を舞台に人と社会に災いをなす奇異な妖草と闘う若き妖草師およびその仲間たちの伝奇活劇譚《たん》へ。静から動へ、明から暗へ、日常から非日常へ、しみじみとした情感から驚愕《きょうがく》によってみちびかれる深い思索へ、あるいは……。

過酷な出来事と社会の大きな変容が顕著となった今。ファンの新たな関心と期待にこたえるかのように、シリーズ第二巻となる本作品『妖草師　人斬り草』が刊行される。

シリーズものは途中から手をだしにくいと敬遠する読者も多い。加えて、シリーズものは初々《ういうい》しき第一巻がおもしろいというのが定説である。しかし、「妖草師」シリーズに、そんな定説はあてはまらない。『妖草師』はたしかにおもしろい。が、平賀源内や与謝蕪《ぶ》村《そん》なども登場し妖草との闘いに加わる『妖草師　人斬り草』はもっとにぎやかで、はるかに深く、いっそうおもしろいのだ。本作品から読者は躊躇《ちゅうちょ》なく、すでにふつふつと沸きたつ物語の真っただ中にとびこめばよい。

＊

武内涼？

わたしは大学の研究室で、武内涼と名のる人の訪問を待っていた。角川ホラー文庫から書き下ろし時代小説を出すので持っていきたいと、メールにはあった。わたしの講義「ホラー論・怪物論」の受講生だったという。しかし見覚えのない名前だった。

「ホラー論（前期）・怪物論（後期）」は、文学部で最大の四〇〇人教室で毎年開講している授業で、もう一五年つづく。その時どきの事件や話題や、小説、映画、マンガ、アニメなどをとおして、人と社会の「暗黒」および「異形」性をあきらかにしつつ、それらを存分に浴び一筋の希望へとどかせる。こう書くと、われながらアクロバティックにも思える物騒な講義である。

パワーポイントや映像を使用することから教室の照明の多くを落とす。「さて」と話しはじめると、薄暗く静まりかえった巨大な空間はたちまち、それぞれの「暗黒」を心身いっぱいにかかえこみやってきた四〇〇人の学生の興味と反発、思考と探求心が交叉《こうさ》し乱反射するステージと化す。そのときの学生一人ひとりのうかべる生きいきとした表情が、なんともいい。わたしが受講生の顔をあらかた覚えてしまうのは、あるいは、それゆえか。

ドアを開けてはいってきた瞬間、武内涼がかつて暗い巨大空間で生きいきとした表情をうかべていた学生の一人であるのが、わたしにはわかった。そして、忍者をめぐる異様に分厚いレポートを提出した学生だということも。

忍者を主人公に据えた壮大な映画づくりにこだわりつづける武内涼は、卒業後、映画製作の仕事につく。が、集団のなかにあってその実現は遠ざかるばかりだった。

ある日、朝から新宿御苑《ぎょえん》のベンチに一日すわって今後を考えようと思いたつ。日が傾き閉園が迫るころ、突如、頭のなかに忍者が出現、次からつぎへと炸裂《さくれつ》するイメージは多くの場面を形成、やがてストーリー全体があらわれでた——映像化するにはあまりに奇想の世界に、奇異なイメージが連鎖する。

それを言葉にしたのが『忍びの森』だった。

＊

武内涼作品の魅力のツートップは、言葉の潜勢力を駆使したグロテスクで美しいイメージの乱舞と、人と社会をめぐる思想のたしかさ、揺るぎなさである。

たとえば、戦国乱世の響きに怯《おび》える京の町で陰陽師の姫が活躍する『戦都の陰陽師』(二〇一一年)には、こうある。「戦国という時代は、民が己らのために国を創る可能性にあふれていた。その道が、信長によって完全につぶされたことが、今日の日本にも、深い爪跡を残しているとしか思えない」。今どうして戦国なのか。戦国乱世を舞台にした歴史・時代小説がいつもあいまいにする問いに、武内涼はきっぱりと答える。

歴史における英雄豪傑の跳梁跋扈《ちょうりょうばっこ》を認めず、横につながった民の幸福を踏みにじるどんな権力をも認めない。つよい否認が武内涼作品には底流し、暴力的な垂直的秩序に、友愛でつながる喜ばしき水平的な関係をさしこむ仲間たちを前へ前へとおしだす。

垂直的秩序から水平的秩序へ――そうあるべきにもかかわらず、そうでなかった歴史の暗黒に立ちむかう武内涼の作品が、別の生き方、別の人間関係のあざやかな現出をめざして、伝奇にかたむきファンタジー的趣きをもたないはずはない。

『妖草師　人斬り草』で、魅力のツートップは、いっそうはっきりとあらわれている。

時代は幕藩体制がそびえたつ江戸時代中期。

体制の中の「平和」があたりまえになった時代に、奇怪な変事があいつぐ。こんな変事の要因に妖草の存在をみるのは、京の町で草木の医者を営みながら妖草師として都を守る庭田重奈雄《にわたしげなお》である。「妖草とは、常世《とこよ》と呼ばれる異界に芽吹き、時折、人の世にやってくる妖しの草である。こちら側に芽吹く時は、人間の心を苗床にし、様々な災いや、妖しの出来事のきっかけになる。妖草師とは、沢山の種類の妖草の特徴、駆逐法に通じ――遥《はる》か昔から人の世を守ってきた者たちなのだ」。

妖草から人の心の暗黒へ、さらには社会の暗黒へとたどり、「平和」な時代がいかに多くの暗黒をかかえ、ふみつぶしているかを重奈雄は目《ま》のあたりにする。

町衆の自治から生まれた花道家元の娘である椿《つばき》と組んだ重奈雄は、絵師の曾我蕭白《そがしょうはく》や池大雅《いけのたいが》と一緒に、妖草や妖木と闘い、その実、暗黒をもたらす人と社会のありかたに闘いを挑む。そんな大いなる闘いに、あるときは平賀源内、あるときは与謝蕪村、あるときは伊藤若冲《じゃくちゅう》といった、それぞれのジャンルで突出し時代の閉塞《へいそく》と相渉《あいわた》る人物たちがからむのは必然である。

武内涼にとって、戦国の物語が「戦中」論の具体化だとすれば、この江戸中期の物語は「戦後」論の結実か。

現在から遠くて異なる伝奇時代小説こそが臆病きわまりない現代小説をしり目に、「新たな戦前」にのりあげようとする「戦後七〇年」の暗黒をくっきりとてらしだし、執拗《しつよう》に変更を迫る、迫る。

いいぞ、武内涼。

二〇一五年二月

この作品集は「若冲という男」を除き、書下しです。

「若冲という男」初出＝「読楽」（小社発行）２０１４年１月号「伊藤若冲、妖草師に遭う」改題

徳間文庫

妖草師

人斬《ひとき》り草《そう》

2015年3月15日 初刷

著者 武《たけ》内《うち》涼《りょう》

発行者 平野健一

東京都港区芝大門二―二―二 〒105―8055

発行所 株式会社 徳間書店

電話 編集〇三(五四〇三)四三四九
販売〇四八(四五一)五九六〇

振替 〇〇一四〇―〇―四四三九二

印刷 株式会社 廣済堂

製本 ナショナル製本協同組合

ISBN978-4-19-893947-2 (乱丁、落丁本はお取りかえいたします)